集英社オレンジ文庫

花は愛しき死者たちのために

柳井はづき

JN019578

Contents

イラスト／香魚子

花は愛しき死者たちのために

天にまします我らが神よ。

どうか僕を憐《あわ》れんでください。

僕は罪を犯しました。

どうしてこんなことになってしまったのでしょう。僕はただ、幸福だっただけなのに。

誰かを憎む心も、傷つけたいと思う気持ちも、ありはしなかったのに。

そこには、今までに感じたことのない大きな悦《よろこ》びがあるだけでした。

そして僕にとってそれらはすべて、主よ、あなたの恩寵《おんちょう》でした。

僕の肥沃《ひよく》な、けれどまだ何の植物も育ってはいなかった心の庭に、あなたは一つの煌《きら》めく種を落とし、恵みの雨を降らせてくださったのだと僕は信じました。みるみるうちに僕の心には一本の薔薇《ばら》の木が育ち、そこに咲いた美しい花は朝露を弾いて艶々《つやつや》と輝いていました。

この木を大切に育てていくことが自分の使命にすら思えた。薔薇の棘《とげ》は時々僕の手を傷つけることもあったけれど、僕はその痛みさえも甘く、愛《いと》おしいものに感じたのです。

これほどの悦びを与えてくださるあなたに、僕は毎日感謝していました。それなのに。

嗚呼《ああ》、神よ。全能の主よ。

あの素晴らしき日々はあなたの御業《みわざ》ではなかったのでしょうか。

僕の愛《め》でたあの薔薇は、「彼女」は、本当は神の恩寵などではなく、悪魔《サタン》の差し金だったのでしょうか。

主よ、僕は罪を犯しました。愚《おろ》かな僕を、慈悲深いあなたはお赦《ゆる》しになるでしょうか。

神父さまは仰《おっしゃ》いました。どれほど罪深い者であっても、主を信じ、祈りを捧げる者を主はお救いになるのだと。

それならば、主よ、あなたが僕をお救いになることはないでしょう。

僕にとっての神はもはや、あなたではなくなってしまったのですから。

◇◇◇

ヨゼは親というものを知らない。

実の親が最後にヨゼにしてくれたことといえば、生まれて間もない彼を襤褸《ぼろ》切れにくるみ、町はずれの小さな教会の、よりにもよって墓地へ置き去りにしたことくらいだった。

ヨゼといういくらか素っ気ない名前は、彼を拾い育てた墓守の老人がつけてくれたものだ。

おめぇは墓場で拾った、と老人はヨゼが物心ついた頃から隠すでもなくそう語った。

『真夜中に墓地で、おぎゃあおぎゃあ、赤ん坊の声がするのさ。気味の悪い話だよ。死んだもんしかいねぇ墓地から、生まれたばかりの赤ん坊の声がするなんてよ』

『おめぇは墓場で生まれたようなもんだよ』

それから、ヨゼの世界は墓地だけだった。

赤子のうちは老人の背に負われ、地に足がつくようになってからは老人の手伝いをして、幼いながら墓守の仕事を覚えた。そして時折優しい神父さまが訪ねてきては、文字を教え、本を読んでくださった。七歳の時に老人が亡くなり、神父さまに引き取られるまではそうして過ごしていたし、墓守の仕事を引き継いでからもそんな毎日は変わらない。

十八になったヨゼが一人歩くのは今日も、幾多の棺《ひつぎ》が埋まった冷たい土の上だ。

「おはよう、ハンス。すっかり晴れたね。ゆうべはひどい風だったけど」

晴れあがった空の下、枯れ葉色に染まった長閑《のどか》な死の庭で、せっせと掃き掃除をする若い墓守の声に応《こた》える者はいない。けれどヨゼは気に留めるでもなく話し続ける。

「ローザが来たのは今年の春だっけ。ここは秋が一番素敵だよ。……掃除は大変だけどね」

そう言って、ふふ、と笑みをこぼす。

ヨゼの視線の先にあるのは、物言わぬ灰色の墓標だった。

いつからか、こうして墓地を見回る傍《かたわ》らで墓標に語りかけることが日課となっていた。

教えでは、死した人間の魂《たましい》は身体《からだ》を離れて神の御許《みもと》へ召されるとされる。土に埋まっているのは最後の審判を待つ肉体にすぎず、そこへ語りかける行為は本来意味を成さない。

けれど、こうして墓石に声をかけることがヨゼの中で矛盾《むじゅん》することは不思議となかった。

墓地へやって来る者たちの生きていた時分を、彼らに魂の宿っていた頃を、ヨゼは知らない。葬儀で目にする悲しみに暮れる人々の心の中にいる彼らの姿を知らないのだ。

ヨゼにとって、「彼ら」はただ死の庭の住人たちだった。墓守たるヨゼが世話する、もの静かで親しみ深い隣人たち。

先代の墓守がある時、冗談めかして言った。

『もしかすると、おめぇは死体の胎《はら》ん中から生まれてきたのかもしれねぇな』

今思えば、年端も行かぬ子供にかける言葉としては些《いささ》か不謹慎な気がしないでもない。しかし、当時のヨゼはそれで気分を悪くするには幼すぎたし、そもそも老人に悪意はなかったのだろう。不愛想で行儀の悪いところはあったが、他人を傷つけるのを好むような人ではなかった。だからこそ、ヨゼは老人の言葉を真に受けたのだ。

それは素敵な考えに思われた。

家族は自分が生まれた時から皆死んでいて、墓の中にいる——そうした思考はいつの間にやらすり替わり、墓の中の者たちこそが自分の家族なのだと思うようになっていた。

だからヨゼは毎日声をかける。過去と切り離された、ヨゼの世界への移住者に。そして、青白く涼しげな父や、母や、兄弟たちに。

「おはよう、ヨゼ。精が出ますね」

歳《とし》を重ねた穏やかな声がヨゼを呼んだ。温かな生者の声。

振り返れば、黒い平服《カソック》姿の神父さまが、その声に寸分違《たが》わぬ笑みを浮かべて佇《たたず》んでいた。

「おはようございます、神父さま」

ヨゼの表情も自然とほころぶ。

実際には、時刻はすでに朝からはほど遠く、午後三時の鐘が鳴って少し経《た》つ。

　夜を本分とする仕事のうえで起床が午後になるのは昔からだ。先代が死んで、ヨゼの生活を案じた神父さまは代わりの墓守を雇うことも提案されたが、ヨゼが仕事を続けたいと申し出ると希望を聞き届けてくださった。それがあなたの望みなら、と。

　本当のことを言えば、そんな大それた思いがあったわけではない。ただ変えられなかっただけだ。昼の世界に生きる神父さまの暮らしに、結局ヨゼは馴染《なじ》むことができなかった。

　それでも、神父さまは変わらずヨゼに親切だった。

　こうして「おはよう」と声をかけてくださる神父さまのことが、ヨゼは生きている人間の中で一番好きだったし、尊敬していた。

「今日の掃除は骨が折れるでしょう。お茶にしませんか」

　神父さまはにっこりと皺《しわ》の増えた目尻を下げた。

「はい！」

「きりの良いところで構いませんよ。実は少し……お話しすることもありましてね」

　去り際、柔らかな木漏《こ も》れ日のような神父さまの表情に一瞬、影が差した気がした。

　ひゅ、と肌寒い風が足元の落ち葉を少しさらう。早く掃除を終わらせてしまおうと、散らばった葉を再び箒《ほうき》でかき集め、ヨゼは空を仰《あお》いだ。

　昨夜の嵐も文字通りどこ吹く風といった様子で、午後の青空は傾きかけた太陽のためにわずかに黄味を帯び、刷毛《はけ》ではいたような雲が白く棚引いている。

秋の空気を胸いっぱいに吸い込めば、ヨゼは静かに満ち足りた。

ヨゼは親というものを知らない。けれど、確かに幸福だった。いつだったかヨゼがそう言うと、神父さまはひどく慈《いつく》しみ深い目をして言われた。

『あなたは幸いです。主のお恵みを近くに感じられるのですから』

このささやかな日常はいつも、暖かい午後の陽《ひ》に似た信仰の光に照らされている。

「じゃあ、みんな、またあとでね」

微笑《ほほえ》むヨゼの言葉に、返事はなかった。


教会には聖堂と隣接して、神父さまが寝起きする棟がある。寝室を兼ねた書斎が一間あるほかは、洗面所、台所と小さな居間だけの清貧を重んじた簡素な住居だ。

先代の死後しばらくはここで暮らしたヨゼだが、墓守の仕事を再開してからは元のように番小屋で寝起きしている。とはいえ同じ教会の敷地内なので距離は感じないし、食事やお茶に呼んでいただくことも度々《たびたび》ある。

居間に入ると、神父さまはちょうど二人分の紅茶を淹《い》れているところだった。ティーカップが置かれた卓子の中央には、きつね色をした焼き菓子が皿に盛られている。町へ出かけることがあると、こうして神父さまは何かとお菓子を買ってきてくださるのだ。

「お仕事ご苦労さまです、ヨゼ」

向かいの椅子《いす》に腰かけると、神父さまはヨゼに紅茶を勧めた。

「神父さまも、お勤めお疲れさまでした」

紅茶をすすりながら神父さまは微笑んだ。けれどやはりその表情はどこか翳《かげ》って見える。

神父さま、とヨゼは控えめに尋《たず》ねた。

「さっきの、お話というのは?」

「……ああ。そうでした」

カップをソーサーに戻した神父さまは、何か迷うような素振りで卓子の上に目を落としていたが、やがて心が決まったと見え、静かに顔を上げた。

「――実は、とあるご遺体をお預かりすることになったのです」

そして神父さまの口から語られたのは、どこまでも奇妙な「依頼」だった。

いつものように町での用足しを終えた神父さまは、一人の見知らぬ男に声をかけられた。

山高帽を目深《まぶか》にかぶった背の高い紳士は年齢不詳で、若者のようにも中年のようにも見えたという。男のほうは神父さまのことを知っている様子だった。

もっとも、それ自体は別段怪しむほどのことでもない。

問題はその男が「神父さまと見込んで」と頼んできた内容だった。

――ある少女の遺体を、預かってほしい。

男は声を落として、そう切り出したという。

ヨゼは首を傾《かし》げる。葬儀を出すでもなく、ただ「遺体を預かってほしい」とは妙な話だ。しかし、そのあとに続く言葉のほうがヨゼにとっては衝撃的だった。

「弟さんが……画家をしていらしたのですが、先日、亡くなられたのだそうです。……自ら、命を絶ったのだと」

ヨゼは言葉を失った。

命を絶った――自殺、したのだ。

神父さまは沈痛な面持《おもも》ちだった。

自殺は大罪である。自ら選ぶ死は他者を殺《あや》めることと同様、生死を司《つかさど》る唯一の存在である主の権限を侵す行為だ。ゆえに自殺者は弔《とむら》われることがない。祈りすら捧げられず、ひっそりと埋葬されるのみだ。中にはそれすら断る教会墓地もあるという。

ただの箱同然の粗末な棺に納められた彼らを、ヨゼも何度か土の下へ送った。

うなだれ、人目を避けて棺を運んでくる自殺者の家族は、ヨゼが土を被せ終えるのを待たずに逃げるように帰っていってしまう。彼らは家族の死を悲しむ時間すら満足に与えられず、身内から自殺者を出してしまったことで世間の白い目に晒《さら》されながら暮らしてゆかねばならないのだ。それは捨て子のヨゼには分からないけれど、きっととても、とても不幸なことなのだろう。神父さまが出会ったその紳士もまた、そんな思いをして日々を過ごしてゆくのだろうか――。

しかし、とヨゼは不思議に思う。亡くなったのが弟なのだとしたら、彼が「預かってほしい」と頼んできた遺体の少女とは、どういう関係があるのだろう。

ヨゼの疑問に答えるように、神父さまは続けた。

「弟さんはなかなか画家として芽の出ない方だったようで、そのせいか、ここしばらくは心を病んでしまわれていたのだそうです。お兄さん――私に声をかけていらした方もずいぶんと心配されて、手紙もやり取りされていたようですが、ある日ぱったりと音信が絶え……」

男が弟の画房を訪問すると、すでに彼は事切れていた。毒を呷《あお》ったのか、土気色に硬直した手には小瓶《びん》が握られていたという。

そして、彼が寄り添うようにして倒れかかっていたのが――。

「硝子《ガラス》の棺、だったのだそうです」

その中には、一人の少女の遺体が横たわっていた。

ヨゼは静かに息を呑《の》んだ。それは妖《あや》しく美しい夢物語のようだった。

画房には、画家の遺書めいた紙きれが残されていた。極度の精神衰弱と麻薬中毒で、ブルーブラックの筆記体は余すところなく歪《いびつ》な軌道をえがいており、全く読めない部分も少なくなかった。辛《かろ》うじて読むことのできた箇所も要領を得ない内容であったそうだが、まるで詩でも暗唱するように紳士は遺書の断片を神父さまに語ったという。

『限りある私では足りなかった』

『我が愛、我が破滅』

『冷たき眠り。死せる姫君』

『愛しき白雪姫よ』

最後の一文に、ヨゼは昔、先代の老人から寝物語に聞いたお伽噺《とぎばなし》を思い出した。硝子の棺に眠る、美しいお姫さまのおはなしを。

『なあ、ヨゼ――』

老人の言葉が脳裏に蘇《よみがえ》る。

『墓守なら、一度でいいから会ってみたいもんだな。そんな別嬪《べっぴん》さんによ。俺たちがご対面するのはいつだって厳《いか》めしい真っ黒な箱だけどな、もし、よッく中の見える硝子の棺に、綺麗《きれい》なお姫さんが寝てなさったら……』

手の届かない何かに焦《こ》がれるようにその目を陶然と潤ませ、墓守は言ったものだ。

——俺ァ、惚《ほ》れちまうかもしれねぇな。

「ヨゼ？」

神父さまに呼ばれ、我に返る。

「あ、いえ……では預かるというのは、その子のほうなのですね」

「ええ。身元が分からずじまいで、無縁墓地に葬《ほうむ》られようとしていたところをその方が引き取られたのだとか。状況的に……心中、ということも考えられますから、仮に想いあう同士であったのなら同じ墓所に葬って差し上げたいと——」

優しい人なのだな、とヨゼは思う。

自殺は罪になる。ともすれば恥にもなる。けれど、だからといって死んだ者への親愛の情が消えるわけではないのだろう。いけないことなのかもしれないけれど、ヨゼは少しだけ、そんな肉親の愛情を眩《まぶ》しく思うのだった。

遺体の処遇を決めるまでの間、この教会で預かってほしいというのが男の頼みであるらしい。死者は丁重に扱いたいが、かといって身内ならいざ知らず、身元不明の少女の遺体を自邸に置いておくわけにもいかない。できることなら神のお傍《そば》近くで、ということらしい。

――いずれ、必ず引き取りにうかがいます。

男は半ば強引に約束を取りつけ、引き留める間もなくどこかへ消えてしまったという。

話が終わり、束の間、二人の間に沈黙が落ちた。

ヨゼはようやく思い出したようにティーカップへ手を伸ばした。澄んだ色の紅茶はほとんど冷めてしまっている。一口含んでからおもむろに神父さまを見て、ヨゼはハッとした。

まるで悪い夢に魘《うな》されて跳ね起きた朝のように、神父さまの顔は青ざめていたのだ。見たことのないその表情に、ヨゼは不安になる。

「神父さま……？」

そろそろとカップをソーサーに戻す。陶器のぶつかる音がやけに大きく響いた。

神父さまは目を泳がせた。なぜか、口にすることをためらっているように見えた。

怯《おび》えるような静けさの末、神父さまは、ようやく乾いた唇を開いた。

「その遺体は腐敗しないのだそうです」

この世から遠く離れた場所で響いているかのような、魔的な色彩を帯びた言葉だった。

「腐らない、遺体……？」

――愛しき白雪姫よ。

呆《ほう》けたように繰り返すヨゼの脳裏にまた、あの童話の姫君が煙のごとく立ちのぼった。

闇《やみ》に沈んだ墓地の中を、カンテラを片手にヨゼは歩いていた。

吐く息がうっすらと白く染まっては消えてゆく。

明るいうちは空の青と落ち葉の色が秋を感じさせるが、日が暮れてしまうと途端に厳しい寒さが押し寄せる。ヨゼは厚手の襟《えり》巻きに首を埋《うず》めた。

漆黒《しっこく》の天幕には、すでに冬の星座が瞬《またた》いていた。

本当は灯《あか》りなどなくとも困りはしないのだ。空には年中星が輝き、満月の日などはかえって眩しいほどである。もちろん曇《くも》りや雨の時はそうもいかないが、それを差し引いても墓守は夜目が利く。歩き慣れた墓地なら尚更だ。

それでもこうして火を灯《とも》すのは、いわば墓守の礼法だった。昔はこれで墓荒らしを防ぐ意味もあったのかもしれない。

星明かりに照らされる無数の墓石は死者の顔色に似ている。

いい夜だ、とヨゼは微笑んだ。

「今夜は風がなくてよかった。雲がなくなって、星も綺麗に見えるね」

昼夜問わず虚空《こくう》に話しかけるヨゼの姿に生前、老人は「おめぇを見たんじゃ墓盗人も尻尾巻いて逃げ出すだろうよ」と笑ったものだ。

ふと、彼方《かなた》から蹄《ひづめ》の音を聞き取った。遠くに見える馬車の小さな灯りが鬼火のように、真っ直ぐにこの教会へと向かってくる。

「今日、新しい子が来るんだって。……ちょっと変わった女の子みたいだけど」

硝子の棺に眠るお姫さま。腐敗しない死体。

……時たま、改葬のために掘り返した棺の中から、死んだ時と変わらない姿で見つかる遺体があるらしい。何でも肉が石鹸《せっけん》のように硬化し、蠟《ろう》人形同然になるのだとか。

「彼女」がそれなのかは分からないけれど。

近づいてくる蹄の音と馬車の灯《ともしび》が次第に大きくなるのをぼんやりと見ているうちに、教会の鉄門にも灯りがともった。神父さまが迎えに出ていらしたのだろう。

ヨゼは踵《きびす》を返して墓地の中心、納骨堂へと向かった。

カンテラに照らされ、灰色の壁面をもった小さな石造りの建物が現れる。正面に張り出した屋根の下には黒々とした両開きの鉄の扉がある。

ヨゼは襟巻きの下を探ると、首に麻紐でぶら下げてある鍵束の内の一本を選《よ》りだし、扉同士を繋《つな》ぐ錠前《じょうまえ》の鍵穴に差し込んで回した。

微《かす》かに軋《きし》んだ音をたて、扉が開く。

納骨堂の中には、夜とはまた別種の古びた闇が寒々しく沈殿していた。スンと鼻から空気を吸い込むと、年を経《へ》た羊皮紙のように少しだけ黴臭《かび》い。いくら手をかけて掃除をしても決して消えない、死んだ時間のにおいだ。

幾つかある燭台《しょくだい》に灯を分けていくと、堂内は仄明《ほの》るく照らしだされた。両側の壁には遺骨の納められた石櫃《せきひつ》が天井まで積まれ、正面の小ぶりな祭壇には十字架が掲げられている。

生命に溢《あふ》れるこの世界から、完全に死者のためだけに切り取られた空間。

鈍色《にび》に輝く十字架をぼんやり見つめていると、そこに並ぶ石櫃と、外の墓地の下に広がる棺の群れと、今ここにいる自分との境が一瞬、曖昧《あいまい》に混じりあう感覚に陥《おちい》る。

ぎぃ、と背後で再び扉の開く音がした。

「ヨゼ」

見ると、神父さまが手燭を片手に立っている。普段ならこの時間には寝間着姿の神父さまだが、今日は昼間と同じ平服《カソック》のままだ。

振り返ったヨゼの顔を見て、神父さまはなぜだか一瞬、ぎょっとしたような表情をする。しかしすぐにそれを掻《か》き消して言われた。

「昼間、お話しした方です」

その背後から、まるで神父さまの影から這《は》いずりだしてきたかのように、一人の男がぬっと現れた。

弔事《ちょうじ》のために、男は真っ黒な装いをしていた。すらりと背の高い男は、その出で立ちと相まって壁に映る影法師のようだ。

ふとヨゼは妙な既視感を覚えた。この男のことをヨゼはずっと昔から知っているような、そんな気がしたのだった。――いや、もちろん会うのは初めてのはずなのだが、男の纏《まと》う淀《よど》んだ靄《もや》のような雰囲気は、なぜかヨゼのよく知るもののように感じられた。

男がヨゼを見た。目深にかぶった山高帽の下から覗《のぞ》く二つの眼《まなこ》が、異様に輝いていた。そのただならぬ眼光に射すくめられ、ヨゼは身体を緊張させた。

「こんばんは」

地の底から湧き出たように得体の知れない、しかしどこか甘い響きをともなった低い声。

「君が墓守のヨゼだね」

圧倒的な空気に頷《うなず》くことすらできないで、ヨゼはただ呆然《ぼうぜん》と男を見つめていた。

返事を待たず、男は短く言う。

「棺をここへ」

それを合図にして扉の外の暗がりの中から、六人の影のような男たちが現れた。全員が目の前の男と同様に黒い服で固めており、山高帽の下の表情はよく見えない。

男たちは左右三人ずつに分かれ、棺を囲むようにして納骨堂の中へと運び入れた。彼らは終始無言だった。どこか人間味に欠け、個性もなく似通ったその動作は、依頼主の男を写した六体の分身のようにさえ見えた。

重い音をたて、棺が横たえられる。黒い男たちが同時に棺から離れた。

あ、とヨゼは小さく驚嘆の声を上げた。話に聞いてはいたものの、実際に目にすると、それは今までヨゼが見てきたどんな棺とも異なる、風変わりな姿をしていた。

形こそ一般的な棺のそれだが、大抵は黒い木板であるはずの部分はすべて硝子張りだった。

ヨゼは思わず一歩、棺に近づいた。六人の男たちは音もなく戸外の闇へと消えていく。蠟燭《ろうそく》が揺れ、硝子蓋《ぶた》の表面に刻まれた繊細な切子《きりこ》の花がきらりと光る。枠は金色の接合具で留められており、角の部分には蔓《つる》模様の金細工があしらわれていた。棺というよりは綺麗なチェストのようで、用途に比して装飾的すぎるようでさえあった。

けれどその中に横たわった少女を見れば、それが紛《まぎ》れもなく棺であることが分かる。

歳の頃はたぶん、ヨゼより少し下——十六、七くらいだろうか。

肌触りの良さそうな生成りの布で仕立てたドレスを着て、胸の上で組み合わされた手には十字架を模した銀の短剣を握っている。棺との隙間《すきま》を埋めるようにして少女の周囲は花で満たされていたが、それらはすべて乾燥しきり、色褪《あ》せていた。

彼女を目にした瞬間、激しい動揺がヨゼの中に生まれた。

死者とは皆、真っ黒な棺であり、冷たい墓石であり、茫漠《ぼうばく》と広がる墓地ではなかったか。

それがこの少女ときたら、どうだ。

お人形を入れておくような綺麗な箱の中で、花に囲まれているのだ。まるで夢見るように――実際、そこに眠る少女は比喩《ひゆ》ではなく、本当に眠っているようにしか見えなかった。

自然に閉じられた瞳と唇には、死の苦しみに歪んだ形跡など微塵《みじん》も見られない。ゆるく波打つ、透きとおるような亜麻《あま》色の髪が額と首元に柔らかくかかっていた。薄化粧の施された肌は血が通っていないにもかかわらずふっくりとしており、蠟燭の光に照らされるとより艶《つや》を増して見える。影をおとす長い睫毛《まつげ》が今にも小刻みに震えて、薄目を開けそうだ。

けれど――確実に死んでいた。

薄い胸の奥に沈む心臓が、動きを止めてしまっていることは確かだった。

暖かな昼下がり、木陰《こかげ》で微睡《まどろ》む少女から妖精がひっそりと息を奪ってしまったなら、きっとこんな風になるのだろう。

「気に入ったかい？」

不意に耳元で、男が囁《ささや》いた。気づけば男はヨゼの隣で、同じように棺の少女を見つめていたのだった。その肩越しに、神父さまが気遣わしげな視線を送ってきているのが見えた。

「気に入った……？」

引っかかる言い回しだった。しかし男は至極冷静な表情で見下ろしてくる。

深い水底《みなそこ》を思わせる色をした瞳が心の奥まで見透かすようで、ヨゼはなんとなく居心地が悪くなった。それなのに、目を逸《そ》らすことができない。

「これから君が、彼女を見てやってくれるんだろう？」

「え……ええ、それは……そうですけど」

この教会の墓守なのだから、この教会へやって来る死者の面倒を見るのはヨゼの仕事だ。

しかし男の口ぶりは、当初聞いていた彼の印象とは微妙に噛《か》み合わなかった。

「なら、君が彼女を気に入るかどうかは、とても大切なことなんだよ。私にとっても――彼女にとってもね」

自殺した画家の兄であるという男がなぜ、身元が分からないとされる少女と、まるで旧知の間柄であるような話し方をするのだろうか。

「彼女をよろしく頼むよ」

そう言って、男はおもむろにヨゼの手をとった。黒い手袋をした男の手は、驚くほど冷えきっていた。

その瞬間、ヨゼは唐突に、先ほど男に対して抱いた既視感の正体に気がついた。

――死体だ。

男の纏っている雰囲気は、まるきり死者のそれだったのだ。棺の、墓石の、土の冷たさ。そして死体の。こうして目の前で喋《しゃべ》っている人間が死者であろうはずがない。しかしなぜだかこの男は、生きながらにして死んでしまっているように見えた。

死体の胎から生まれた、ヨゼと同じように。

死んでいるのに生きているかのような少女。生きているのに死んでいるかのような男。隔てられていたはずの生と死が、境目を見失って頼りなく混ざりあう。

ヨゼは混乱した。――そんな存在は、この世にヨゼひとりきりと思っていたから。

男はヨゼの手のひらに、小さな金の鍵をおとした。

「預けておくよ。使うかどうかは君次第だ」

「え?」

言葉の意味を問いかえす間もなく、男はすぐに背を向けてしまった。

「では、私はこれで――あなた方のご親切に感謝いたします」

男の言葉に、神父さまは我に返ったような表情で「お送りいたしましょう」と返し、ヨゼに納骨堂を元通り施錠しておくように言い置いて男と共に出て行ってしまった。

納骨堂の中に、ヨゼだけが取り残された。――いや、ヨゼと、彼女だけ。

手のひらの上に置き去られた金の鍵を、ヨゼはしばらくの間見つめてから、首に掛けた鍵束へと通した。そして再び少女に目を移すと、いつもそうしているように、けれど普段よりは幾分か緊張しながら、新たな隣人に「挨拶《あいさつ》」をする。

「こんばんは、新人さん。……顔が見えるのは君が初めてだね」

静まりかえった納骨堂の石壁に虚《うつ》ろに響くヨゼの声は、心なしか掠《かす》れていた。

蠟燭に照らされた少女の表情は、聖堂のステンドグラスに描かれた聖母に似ている気がした。穏やかでありながら、どこか冷たい潔白さも感じさせるところが。

「これからよろしく。僕はヨゼ。ここの墓守だよ」

少女の枕元に祈るように跪《ひざまず》く。汚れた手で棺に触れないよう、そっと中を覗きこんだ。

ふと、彼女の握る銀の短剣が目に入った。この棺同様に精緻《せいち》な細工の施された品だ。鞘《さや》は少女の手に隠れているが、柄《つか》の部分にはよく見ると何か小さく文字が彫られているらしい。暗くて読みづらいな、と何の気なしにカンテラをかざし、ヨゼは目を瞠《みは》った。

てっきり祈りの文句が書いてあるのだと思っていたのだが、どうやら違っていたらしい。

『エリス　罪深き者よ、安らかに眠れ』

ヨゼの認識が正しければ、それは紛《まご》うことなき墓標だった。では、刻まれているのは少女の名前だろうか。しかし、ならば「罪深き者」とは一体どういうわけだろう。

「……エリス」

呟《つぶや》いた瞬間、ぞく、と背筋に震えが走った。

「え……？」

胸の奥から背中にかけて何か疼《うず》くようにむず痒《がゆ》い、それでいて心地よい温度が広がる。まるで心臓から熱い蜜《みつ》がこんこんと湧きだすかのような感覚が、突然ヨゼを襲った。

我知らずヨゼは自分の身体を抱きしめた。強く胸に押しつけた腕に伝わる鼓動は病気のように速い。少女の頬《ほお》に、髪に、瞼《まぶた》に、唇に、組み合わされた小さな手に、自分のすべてが吸い込まれてしまいそうだった。

ヨゼは初めて、美しいということを本当に知ったような気がした。

移ろう空の色や、鳥たちの囀《さえず》りや、花に宿る雫《しずく》や、白く輝く夜の月――ヨゼの知るすべての綺麗なもの、そしてまだヨゼの知らないあらゆるものが、みんなこの華奢《きゃしゃ》な存在の中に凝縮されているに違いなかった。

「エリス」

墓碑《ぼひ》を唇でなぞるように、もう一度その短い音を慎重に繰り返す。墓標に刻まれた名前を呼ぶだけでこうも後ろめたく、胸が締めつけられるような気持ちになるのはなぜだろう。もうこのままずっと彼女の顔を眺めていられそうな気がした。

……しかし、ややあってヨゼは立ち上がる。

あまり長いこと納骨堂に火を灯していると、神父さまが心配して戻ってきてしまうかもしれない。最後に見た、こちらを案じるような神父さまの顔が頭に浮かび、ヨゼは夢から醒《さ》めたように現実に引き戻された。

墓守の夜は長い。

ヨゼもそろそろ本来の仕事に戻らねばならない。

「また明日ね……エリス」

名残《なごり》惜しく後ろを振り返りつつ、ヨゼは納骨堂の灯りを吹き消した。

辺りにはまた、闇が戻ってきた。


ふと考えることがある。自分があの黒い棺桶《かんおけ》に入る時、本物の死体になる時のことだ。

いくつも墓穴を掘ってきたヨゼだが、ヨゼのための墓穴は一体だれが掘るのだろうか。

先代の墓を掘ったのはヨゼだった。

葬儀の記憶は曖昧だ。絵画のように切り取られた灰色の風景。神父さまの説教も、表情も覚えていない。真っ白な祭服の襞《ひだ》ばかりが影を含んでやけに鮮明だった。

ただ「その時」のことだけは、今でもはっきりと覚えている。

寒さがこたえる冬の午後だった。いつもより早く目覚めたヨゼは、見慣れた小屋がどこか知らない別の場所のようで、奇妙な心持ちがした。普段ならヨゼより早く起きだして火を熾《おこ》している老人が、その日はまだ隣で眠っていた。

あの時感じた異常を、今でもヨゼはうまく言葉にできない。

もう二度と動かない身体を見てヨゼは、自分を育ててくれた老人はすでにこの世のどこにも存在せず、同時に「彼」がヨゼの新たな隣人となったことを悟ったのだった。

「おはよう、テオバルト」

名前だけの質素なその墓石に語りかける時だけ、いくらか胸に痛みを覚える。

ヨゼはもう、自分が昔「彼」のことを何と呼んでいたかも忘れてしまっていた。

生きていた頃の老人と、墓標のテオバルトを、ヨゼは結びつけることができなかった。

テオバルトはヨゼにとって「家族」の一員だが、墓守の老人は違う。

彼は一度もヨゼのことを息子とは呼ばなかった。

老人はヨゼを養育してくれた人物ではあるが、親ではない。神父さまと同じだ。

自分が老人をどう思っていたのか、今となってはあまり覚えていない。幼すぎたからだろうか。もちろん嫌いなわけではなかったが、神父さまに抱くようなはっきりした好意や尊敬とも違っていたような気がする。その感情はもっと曖昧で、けれど不思議な重みがあって、それを形容する言葉を知らないままに、あの老人はいなくなってしまった。

ただ、今日のようにいつもより早く目覚めた日は、こうしてその名を呼びたくなる。

――埋められるなら冬がいいと、ヨゼは思った。

この土地では、冬はある朝ふいに訪れる。まるで死のように。

無邪気な雪の妖精たちが戸口を叩けば辺りは死者の体温よりずっと冷たい気配に満たされ、どんな花にも霜《しも》が宿り、そして枯れ落ちる。

真新しい雪があとからあとから花弁のように、墓になったヨゼの上に降ってくるのだ。

弔花《ちょうか》はいつだって白く、ひんやりしている。

ひとりぼっちのヨゼに花を供えてくれる人は、きっと誰もいないから。

ふと、あの少女――エリスのことを思った。

彼女もまたヨゼと同じように、墓石も、花を供えに来てくれる家族も持たないのだ。

「……そうだ」

花を飾ってあげよう、とヨゼは思った。そしてそれはとてもいい思いつきな気がした。

ところが、事はそううまく運ばなかった。

花屋の軒《のき》先でヨゼは肩を落とす。もうずっと長いことこうしている。

「あんた、買うならとっととお決め」

痺《しび》れを切らした女将《おかみ》が、煙たそうに言った。

「買わないんなら帰っとくれよ。店の真ん前でそう居座られちゃ迷惑なんだから」

「すみません……」

恰幅《かっぷく》のいい女将のよく響く声に、ヨゼは思わず身を縮めた。行き交う人々がこちらへ視線を寄越すのを肌で感じる。

正直なところ、ヨゼは町が苦手だった。教会と墓地の静寂に慣れたヨゼには、賑やかな話し声も往来の雑踏もうるさすぎる。恐ろしいとさえ思うほどだ。

「いくら眺めても花は生えちゃこないよ。こんな時季に生花が売ってるもんかね、まったく。こっちが買ってやりたいくらいだよ」

もっともだ、と店の奥のほうで亭主らしい男の笑い声が聞こえた。

「そうすりゃ俺も冬の間だけ商売替えせずに済むってもんだ」

「そう言うアンタは昼間っから酒かっ食らってんじゃないよ。冬になる前に叩きだすよ！」

おっかねえや、と通りすがりの男が肩を震わせる身振りをしながら笑って去っていった。

考えてみれば至極当たり前の話だった。

こんな季節に生花が、それも切り花が出回っているはずもない。花屋は開いているが、ほとんどは鉢植えか枝ものだった。この時分に花屋を訪れる人は皆、春になって花が咲くのを楽しみに待つのだろう。

だが、そんな悠長にしている時間はヨゼにはない。早く彼女——エリスに花を贈ってあげたい。なんといっても今の彼女を囲むのは枯れた花ばかりなのだ。それは不思議と醜《みにく》くは見えなかったけれど、それでもやはり弔花《ちょうか》にはあまり相応《ふさわ》しくない気がする。それより何より、自分の贈った花で、彼女の眠る部屋を飾ることができたなら、それはどんなにか素晴らしいことだろう——それが不可能だと気づく頃には、ヨゼの頭の中はそんな考えですっかり満たされてしまっていた。

だから諦《あきら》めきれず、花屋の前を離れがたかったのだ。

けれども女将の言う通り、ずっとここにいても花が生えてくるわけではない。

落胆《らくたん》したヨゼが背を向けようとした時だ。

「ああ、マルガなら売ってるけどな」

ぽろりと亭主がこぼした呟きが耳に入った。

「……！　ちょっとアンタ！」

非難するような口調の女将に、亭主は呂律《ろれつ》の回っていない声で「冗談だよ」と笑う。

しかしそんな些細なやり取りも、藁《わら》にもすがりたいヨゼとしては聞き逃せない。

「マルガさん？　どなたですか？」

するとと夫婦の間にわずかに驚いたような気配があり、ややあって「あんた、知らないのかい？」と女将が不審げに問うてきた。

「無理もないさ。あのマイヤー神父ンとこの墓守ボウズだろ？」

カカカ、と亭主がせせら笑う。女将は憐れみのような、あるいは蔑《さげす》みのような、生温《ぬる》い表情をヨゼに向けた。

「花売りのマルガだよ」

女将はそう言った。

「お花を売ってもらえるんですか？」

「行けば分かるさ」

ずいぶんと曖昧な言い方だった。ついさっき「この時季に花など売っていない」と突っぱねられたばかりなのだ。

しかし、本当に売ってもらえるのだったら何としてもそこへ行きたかった。

「花売りのマルガ」の居場所を教えてくれたのは、不機嫌そうに口をつぐんだ女将ではなく、酔いどれの亭主のほうだった。

なんとか頭に叩き込んだ道順通りに薄暗い路地へ入ると、賑わう表通りとは打って変わり、狭い道の両側に寄せ集まるようにして小さな窓や戸口がひっそりと連なっていた。二階から三階建ての古めかしい貸し家の集合で、外から見るだけでも一つ一つの部屋がごく小さいことが分かる。屋上には無数の洗濯物がはためいていた。

生ごみの臭気が寒々しく漂うこの場所に、本当に花を売ってくれる店などあるのか。不安に感じながらも、やっとのことで教えてもらった家を見つけ、古びた板戸にぶら下がった黒い半月型のドアノッカーを叩く。

しばらくして、扉が内側から開かれた。

「あら、初めてのお客さま？」

燃え立つような赤毛が目に飛び込んできた。

大きな栗《くり》色の瞳がヨゼを見上げ、一瞬、不安げに揺れる。

現れたのはヨゼより頭一つか二つ背の低い、小柄な女性だった。綺麗にくしけずられた長い髪を大きな三つ編みにして肩に流し、結び目にやわらかそうな朱色の花を挿《さ》している。

「花売りのマルガさん？」

そう尋ねると、彼女は急にきつく眉根を寄せ、つっけんどんに「そうよ」と答えた。

ヨゼは戸惑う。なぜか今の一言で明らかに彼女の気分を害したらしいが、理由はよく分からなかった。先ほどの花屋との会話でも感じたが、日頃からほとんど神父さまとしか会話しないヨゼにとって、見ず知らずの他人と会話することは大いに苦労を要するのだ。

それにしても、ここはどう見ても普通の花屋とは思えなかった。商売をやっている割には看板もないし、軒先に花など一つも見当たらない。

「見ない顔ね。あんた誰？」

不審げにジロリと睨《にら》みつけられ、ヨゼは狼狽《ろうばい》する。

「えっと……教会の墓守で、ヨゼといいます。そこの通りの花屋さんが、ここならお花を売ってくれるって、それで……」

別に後ろ暗いところがあるわけでもないのに、ここへ来た経緯を説明するヨゼの声は尻すぼみになっていく。目の前の少女の表情は次第に、不機嫌そうなものから珍妙な動物を見るような困惑したものへと変わっていった。

「……は？」

彼女――マルガは、元々大きな目を更に大きく見開いた。

「ちょっと待ってよ。あんた、うちへ何しに来たの？」

「え？　だから――」

花を買いに、とヨゼが言った途端、マルガは急にこらえきれないといった様子できゃらきゃらと笑いだした。その鈴の音のように高い笑い声に、ヨゼは今更になって初めてマルガがまだ少女なのだと気がついた。ずいぶんと大人びた化粧をしていて分からなかったが、もしかするとヨゼより年下かもしれない。

「何よ、もしかしてあんたが買いに来たのってコレのこと？」

マルガは髪に挿していた花を引き抜くと、ヨゼの目の前に差し出した。

「これって……」

まるく咲いた四枚の花弁の中心に黄緑の蕊《しべ》をもった花は、よく見ればどこか普通の花とは違うような気がする。

しげしげと眺めるヨゼに、造花よ、とマルガは言った。

「そうか？」

「そ。ニセモノ」

ヨゼはまじまじとその造花《ニセモノ》に見入った。薄朱に染めた布を花びらの形に切り、一枚一枚貼り合わせてできているらしいその花は、傍目《はため》に見るだけではほとんど本物と変わりない。花びらの細かな皺や反り具合まで、とても精巧だ。

「綺麗……」

思わずそんな呟きが漏《も》れた。マルガの形の良い眉がピクリと跳ね上がる。

「ねえ、あんた、本当に何も知らないでここへ来たの？『花売りのマルガ』の意味も？」

言葉の意味をはかりかねて首を傾げるヨゼに、マルガはため息をつく。

「生花が買えなくてうちに来たの？」

「はい。ここへ来れば花が買えるって聞いて」

ばかね、とマルガはまた少し笑った。

「しょうがないわね。分かったわよ、売ってあげる。こんなのでいいならだけど」

確かに思い描いていたものとは違ったが、マルガの手にしている花をヨゼはもう十分に気に入っていた。しかし、これだけの細工物なら値も張るのではないか。そう訊《き》くとマルガは可笑《おか》しそうに「買い被りよ」と言った。

「安物に決まってるじゃないの、こんなおもちゃみたいな花。本当に欲しがる人がいるとは思わなかったわ。ちょっと待ってて」

小鳥のように軽やかに身を翻《ひるがえ》すと、彼女はまた家の中へ戻っていった。

ヨゼは呆気《あっけ》に取られたまま取り残された。

最初は落ち着いた大人の女性に見えたのだが、急に怒ったり笑ったりとコロコロ表情が変わって、目まぐるしい。

思えば歳の近い女の子とこうして接することなど、ほとんど初めてのことだった。

――もしエリスが生きていたのなら、彼女の表情もあんな風に変化するものだろうか。

想像しようとするが、うまくいかない。

そして、いつの間にかそんなことを考えている自分に、ヨゼは驚いた。

もし生きていたら、なんて今まで考えてみたこともなかった。死者の生前などヨゼには
まるで興味がなかったのだ。死者は死者となって初めてヨゼの隣人たり得るのだから。

一体、エリスの何が今までの死者たちと違うのだろう。出逢《あ》ってから一日にも満たない
少女のことが、なぜ、こうも気にかかって仕方ないのだろう。

お待たせ、という声がして、マルガが扉から顔を出した。

「今あるのを適当に取ってきたけど、どうかしら？」

見ると彼女の手には、季節を感じさせない色とりどりの花が咲き誇っていた。

「すごい……こんなに」

「造花だもの、材料がある限りいくらでも作れるわよ。それで、どれがいいの？」

花の束がずい、と鼻先に突き出される。

「え、えっとそれじゃあ……」

これをください、とヨゼが指さしたのは、細長い白の花弁が橙《だいだい》色の蕊を包むように取
り囲んだ花だった。清楚《せいそ》で可憐《かれん》な感じがする花だ。

エリスの髪によく似合うだろうと思った。

「あら、クロッカス。私も好きよ。春を告げる花だものね」

趣味がいいわ、とマルガはその時初めて少女らしい無邪気な笑みを浮かべた。

「でも意外ね。墓守なんていうから、てっきり麝香撫子《ネルケ》かと思ったのに」

冗談めかして言うマルガの持つ花束の中には確かに、献花で馴染み深い白いフリルのような花も見えた。

「さっき花屋さんでも言われました」

「あははっ、そりゃあそうよ。墓守が花を買いたいだなんて、一体どうしたの？」

「それは――」

ヨゼが口を開きかけた時だった。

それまで明るかったマルガの表情が一転して硬いものへと変わった。戸惑うヨゼに、彼女は無機質な声で言い放った。

「――ごめんなさい、今日はもう帰って」

「え……？」

彼女の視線は、ちょうどこの通りに入ってきたばかりの人影に向けられていた。短く刈り込んだ明るい茶髪が遠目にも目立つ、大柄な男だ。その姿をマルガは何かひどく疎《うと》ましげな目で見ていた。

「ほら早く。お代は今度でいいから。あんたがいると仕事の邪魔なの」

本業のね、と吐き捨てるように言って、ヨゼに造花のクロッカスを強引に握らせると、男が来るほうとは反対側へと押しやった。

「あの、本業って――」

「……季節を通して売れる花は造花だけじゃないってことよ」

謎かけのような言葉だけを残し、マルガは扉をぴしゃりと閉めてしまった。ヨゼは何となくその男と顔を合わせてはいけない気がして、言われた通り足早にその場を去った。


納骨堂は沈みゆく陽に浸されていた。

十字架の上の小窓から差し込む西日に照らされ、堂内は中央だけが滲《にじ》んだように明るい。まばゆい光の中を無数の細かな塵《ちり》が舞い、反対に部屋の周囲は一層暗く沈み込んでいた。

その光と影の境目で、彼女は待っていた。

昨夜《ゆうべ》から何一つ変わらず、夢見るように死んだまま。

変わってしまったのはヨゼのほうだった。彼女の姿が目に飛び込んできた瞬間、途方もない悦びが身の内側から溢れだした。

少女は黄金の光に包まれて見えた。

「エリス……」

よろよろと棺の傍へ歩み寄れば、優しい面差《おもざ》しが昨日よりずっと鮮明に見えて、ヨゼの胸は締めつけられるように痛んだ。

どうしてこんなにも嬉《うれ》しいのだろう。どうして嬉しいのに泣きたくなるのだろう。

自分のことが分からなくなるだなんて、初めてだ。生まれてから今まで続いてきた穏やかな、心地よいそよ風のような日常が、これからも永遠に続いていくものだと思っていた。どんな嬉しいことや悲しいことがあった時も——テオバルトが死んだ日でさえ同じだった。棺が故人に合わせて造られるように、自分の心の大きさは、そのまま自分の身体の大きさにぴったりと収まっていたのに。

胸の中から溢れだし、世界を侵食しようと膨張する感情を前に、ヨゼは為す術《すべ》もない。

彼女に出逢う以前の日々が、ずっと昔のことに感じる。

ヨゼはぺたりとその場に座りこむ。握りしめたクロッカスは、走ってきたせいで少し形が崩れてはいたものの、萎《しお》れることもなく綺麗なままだった。

それはまるで、エリスのように。

そうか、とヨゼは思った。

造花でよかったのだ。いずれは枯れてしまう生花など、彼女には相応しくない。

棺を埋める枯れ落ちた花々。もとは水気を含んで競うように咲き誇っていたそれらも、時を止めたエリスを飾るには果敢《はか》なすぎたのだ。

『限りある私では足りなかった』

画家の遺書に刻まれていたという一文が思い出された。彼もこの花たちと同じだ。毒に侵され変質した肉体は、今頃どこかの土の下で腐り果てていることだろう。

彼女と在《あ》るには、「生」では足りない。

画家も気づいてしまったのだろう。だから死を選ぶしかなかったのだ。彼女に寄り添うために。――けれど、誰も彼女に追いつくことはできない。孤独な永遠を死に続ける、ひとりぼっちのかわいそうなエリス。

ヨゼなら、一人にさせはしないのに。

毎日、彼女のための寝室を磨こう。風を通し、光を入れて、枯れない花を飾ってあげる。そして語りかけるのだ。ヨゼにならできる。生まれた時から死んでいる、この自分になら。

彼女へ贈る最初の花を、そっと硝子の棺の上へ横たえた。

やっぱり思った通りだ、とヨゼは淡く微笑む。

白いクロッカスはエリスの亜麻色の髪によく映えて、一際綺麗に咲いていた。

「あら、あんたまた来たの？」

扉を開けて開口一番、赤毛の少女は心底意外そうな口ぶりでそう言った。

その反応に、訪ねたヨゼのほうが困惑してしまう。

「この前のお花のお金を――」

「まさか本当に律儀に払いに来るとは思わないじゃないの」

思いもよらない返事だった。先日、確かにマルガは「お代は今度」と言ったはずだ。払いに来なければ泥棒したことになってしまう。それでなくともこの三、四日、他の墓地へ埋葬の手伝いへ駆り出されたり、神父さまの急用で教会の留守番を任されたりと、町へ出る機会がなくて気にしていたのだ。

そわそわと古ぼけた巾着を取り出すヨゼの姿に、マルガは噴き出した。

「あれはもうタダであげるつもりで言ったのに……あんた真面目ねぇ。墓守のくせに、世間知らずのお坊ちゃんみたいだわ」

「お、おぼっちゃん……？」

「そうよ。あんた、えっと――」

何かを思い出そうとしているマルガの素振りにぴんと来て、「ヨゼです」と再び名乗る。

「ああ、そう。ヨゼ、あんた歳は？」

「十八です……たぶん」

「何よそのたぶんって」

「僕は捨て子だったから、ちゃんとした誕生日が分からなくて」

それを聞いたマルガはちょっと目を見開いてから、優しい声で言った。

「奇遇ね。私も親はいないの。母親は死んで、父親は誰だか分からない。——流石《さすが》に自分の歳くらいは分かるけどね。私は十六よ」

「僕の二つ下、だったんですね」

「何よ。老けてるって言いたいわけ？」

「いえ、そういうわけじゃ……」

「もう。違うならいい加減その言葉遣いやめてちょうだい。私、見下されるのは好きじゃないけど、下手に出られるのも慣れてないの。ムズムズするわ。分かった？　ヨゼ」

眉根を寄せたマルガがグイと顔を近づけてくる。微かに香水の甘い匂いがした。

「わ……分かった、よ。えっと——マルガ」

よろしい、と彼女は満足げにうなずいた。

「それで？　クロッカスの代金だったかしら」

「あの、それと、またお花を売ってほしくて」

今日来たのはそのためでもある――というより、むしろそちらのほうが大事だった。

「あら、まだ欲しいの？　こないだ聞きそびれちゃったけど、なんでまたこんな季節に花なんか欲しがるのよ」

「その、贈りたい人が――」

そう答えた瞬間、マルガの表情が変わった。

「ヨゼ……あんたもしかして、あの花、女の子にあげたんじゃないでしょうね？」

「えっ？　駄目だったの？」

ヨゼはきょとんとする。もしかして、お金を払わないで持って帰ってしまったものを贈り物にするのはまずかったのだろうか。やっぱり返してと言われたらどうしよう……でも、お代はあとでいいと言われたし、自分で買ったものなら誰かに贈ってもいいのではないか？

マルガはなぜか大きく天を仰いで額に手をやった。

なんだか分からないが、とにかく今、気が遠くなるようなことを言ったらしい。

「マルガ？　大丈夫……？」

「――大丈夫、ですって？」

大丈夫なワケないでしょうが!!　と、たぶん最近聞いた中で一番大きな声に、ヨゼの身体は死んだふりをするタヌキのように硬直した。耳の奥がビリビリしている。

「あんた何考えてんのよ!?　女の子への贈り物に造花ですって？　しかも素っ裸のクロッカス一輪！　色気づいたばっかの子供でももっとマシなもの考えるわよ。馬鹿《ばか》なの？」

「え、ええ……？」

びっくりした。まさか目の前の小さい女の子からこんな大きな声が出るとは。

「はー……呆《あき》れた」

「……おかしいかな？」

「当たり前でしょ。花がないならもっと別の贈り物考えなさいよ、まったく」

マルガは何というか、ぷんぷんしていた。――ヨゼの気のせいだろうか。マルガと会ってからというもの、叱られてばかりのような気がする。

ヨゼは自分が世に言う「悪い子」だと思ったことはない。少なくとも、降誕節にやって来るという黒い妖精《クネヒト・ループレヒト》にお仕置きの石炭をもらった記憶はない。

小さい頃から、神父さまは事あるごとに「ヨゼはよい子ですね」と褒めてくださった。神父さまは幼いヨゼが些細な失敗をしてしまっても、優しく諭して、許してくださった。

先代の老人のほうはといえば、彼にも叱られた覚えはない。やや困ったような顔をさせてしまうことはあったが、彼は決してヨゼを怒鳴りつけたりはしなかった。

だから、こんなに叱られたのは生まれて初めてだ。でも不思議なことに、思ったほど嫌な気はしなかった。怒っていても、呆れていても、マルガはなんだか温かいのだ。

……とはいえ、ちょっとしょげながらヨゼは呟いた。

「だって、綺麗なんだもの。マルガのお花」

ヨゼはマルガの作る造花だから欲しいのだ。エリスへの贈り物に相応しい、永久に枯れない特別な花。生花が欲しいだなんて、もうちっとも思ってはいなかった。

するとマルガは虚を衝《つ》かれたように押し黙った。

うつむいた彼女は一拍置いて、囁くように「馬鹿ね」と言う。

「私みたいな女から買った花、大事な人へ贈ったりしちゃダメじゃない」

「え?」

どういう意味かヨゼが尋ねようとするのをさえぎって、彼女は「分かったわよ」とまた元のように呆れ顔で、肩をすくめた。

「なんとかしてあげるわ。でもここじゃアレだから、とりあえず入って」

そう言うと、マルガはさっさと扉の向こうへ消えていく。他人の家に招かれたことのほとんどないヨゼは、おっかなびっくりあとへ続いた。

部屋は薄明るく、小ぢんまりしていた。正面奥に通りに面した窓がある。その前にちょっとした書き物机が置かれ、脇に寝台が、中央には一人掛けの円卓があった。

内装は古く調度も少ないのだが、部屋は色彩で満ちていた。台所や円卓の上や窓辺、そこここに花が飾られているのだ。

「これ、みんなマルガが作ったの？」

「そうよ。ただの手慰みだけれどね」

机の上には作りかけのものも含めて何種類もの造花が所狭しと並んでいる。

最初からこれを見ていれば、ヨゼだってここが本当の花屋だと思っただろう。先日訪れたどの花屋よりも花屋然としている。当たり前だ。ここでは年中、花が咲いているのだから。

なんて素晴らしい部屋だろう、とヨゼはうっとりした。エリスの納骨堂も、こんなふうに花で満たしてあげられたのなら、こんなに素敵なことはない。

「さあ、どうしようかしらね。クロッカスは私も好きだけど、同じってのも芸がないわ」

言いながら、マルガは何やら机の上の花を色々と取ったり重ね合わせたりしている。

ただ所在なく突っ立っていることしかできないヨゼに、彼女は手を止めないまま「好きな色はないの？」と訊いてきた。

「色？」

「そ。あんたじゃなくて、その女の子の好きな色ね。もちろん花でもいいわよ」

――エリスの好きな色?

そんなこと考えてもみなかった。

「……分からない」

ヨゼの返事に、マルガはため息をつく。

「仕方ないわね。じゃあ、どんな子なの? まさかそれも分からないとは言わないわよね」

ヨゼはエリスのことを思い浮かべる。

あれから毎日、納骨堂へ通っている。いつもエリスは同じ顔で、同じ姿でそこにいた。

彼女が腐敗しないというのは完全に真実らしい。いつまでも皮膚《ひふ》は白くふっくらとして、体液が染みだすこともなければ蛆《うじ》が湧くことも、硝子越しに腐臭が伝わることもない。冷たく綺麗なまま――。

ステンドグラス、とヨゼは呟いた。

「え?」

「教会の、ステンドグラスの聖母さまに似てる……と、思う」

その時ヨゼは一体、どんな顔をしていたのだろう。それまでせわしなく動かしていた手を止め、マルガはまじまじとヨゼを見つめてきた。

「……やだ、びっくりしちゃった。あんたって結構ロマンチストだったのね」

顔が熱くなっちゃったわ、と軽く首を振ってから、また花を選りはじめる。

「聖母さま、ねぇ。それなら白薔薇かしら」

ぶつぶつと呟きながら、手早く何本かの造花をまとめ、それを囲むようにレースの端切れをふわりと巻きつける。そして外から薄い色紙で包み、最後に青いリボンを結んだ。

「できたわよ。これで少しはマシでしょ」

そして手渡されたものに、ヨゼは目を瞬いた。それは美しい、白薔薇の花束だった。

「すごい……マルガ、こんなのも作れるの？」

「なんか作れたわね。私もびっくりしたわ。言っとくけど、こんなことしたの初めてよ」

そう言うマルガは、けれど心なしか誇らしげだった。告げられただけの代金を手渡すと、彼女はなぜかクスリと笑った。

「私の部屋に来て造花《はな》だけ買っていくなんて間抜けな男、あんたくらいよ、ヨゼ。――それ、私のところで買ったなんて言っちゃ駄目よ」

細い人差し指が伸びてきて、ヨゼの唇にちょん、と触れる。

「どうして？」

「もう、あんたったら本当に野暮ね。スキなひとに贈る花を他所《よそ》の女のところで買ってきたなんて、口が裂けても言っちゃいけないわ」

マルガの言葉の意味は、ヨゼにはよく分からなかった。まだ会うのは二度目だけれど、遥《はる》かに彼女の言うことは時々むずかしい。きっと、教会と墓場しか知らないヨゼよりも、沢山《たくさん》のことを知っているのだろう。

秘密の話をするように悪戯《いたずら》っぽく笑うマルガの瞳は優しげで、同時に少しだけ寂しそうにも見えた。彼女がそんな顔をする理由も、やはりヨゼには分からない。

けれどマルガの柔らかな声は、子どもの頃にそっと頭を撫《な》でてくださった神父さまのそれに似て、陽だまりのように暖かく、ヨゼは自分がいつの間にか彼女と会話する時間を心地よく感じていることを知ったのだった。


神父は白い眉を曇らせ、慈悲深い瞳に憂《うれ》いを宿していた。

小さな書斎の窓辺で、年老いた神父は無意識に嘆息する。

彼の心配事は二つあった。一つは、つい二週間ほど前に出会った見知らぬ男からの奇妙な依頼だ。自死した画家の部屋から見つかった身元不明の少女の遺体——硝子の棺に納められ、屍蠟《しろう》化までしているらしいそれを預かってくれというのである。

腐敗しない遺体。そうした「不朽体」が土地や時代によっては神聖視される場合があることは、もちろん知識としては知っていた。けれど実際に目にしてしまうと、湧き上がってくるのは尊崇《そんすう》の念よりも、異質なものに対する恐れだった。

あの謎の男の風体もまた、彼の不安を掻き立てた。もっとも、そのあまりに唐突で常識はずれな依頼に比べ、男の態度はごく礼儀正しいものだった。

しかし神父は正直、あの男が恐ろしかった。

異様に輝く青い瞳。得体の知れない雰囲気は、一種冒瀆《ぼうとく》的なものさえ感じさせた。

あれ以来、男からの音信はない。連絡先さえ知らされなかった。「引き取りに来る」と言っておいて体《てい》よく押しつけられたのではないか、もし来なければやはり然《しか》るべき手順を踏んで弔うべきかと頭を悩ませる一方、自分が心のどこかで再びあの男に会わずに済めばよいと思っていることにも気がついていた。

男が教会へ来た夜、彼がヨゼに何事か囁いていたことを思い出すと、何かひどく胸騒ぎがした。――二つ目の心配事は、他ならぬヨゼのことだった。

近頃どうも様子がおかしいのだ。

ヨゼは昔から曲がったところがなく、敬虔《けいけん》で、眩しいほどに朗《ほが》らかな子供だった。哀れな境遇にありながらそれを嘆きもせず、ただ実直に自らの勤めを果たす。その精神は確かに信仰によって育まれていた。

彼はステンドグラスの聖母像を眺めるのが好きなようで、仕事の合間に聖堂を訪れては祭壇の前の椅子に腰かけ、長い間見つめていることも少なくなかった。もしかするとその根底には、顔も知らない母への憧《あこが》れがあったのかもしれない。

ところが最近は滅多にその姿を見なくなった。代わりに以前までは避けていた町のほうへほとんど毎日のように出かけていく。

その点に限って彼を諌《いさ》めるつもりはなかった。ヨゼは変わらず墓守の仕事に精を出しているし、それまではやや人見知り気質だったことを思えば、この変化は本来なら喜ぶべきことといえるだろう。

ところが、たまたま耳に入った良くない噂《うわさ》が、神父を動揺させた。

『墓守ヨゼが花売りの家に出入りしている』

花売り――それが俗に娼婦《しょうふ》を指す隠語であることは明らかだった。

ヨゼが娼婦のもとへ通っているなど、はじめは到底信じられなかった。それは今とて変わらない。あの信心深い子が、よりによって教えで最も厳しく戒《いまし》められている行為の一つに手を染めるなど、あろうはずがない。

しかし同時に、自分の認識の至らなさを苦々しく思ってもいたのだった。

年齢を考えれば、もう立派な青年であるヨゼがそうしたことに興味を覚えていても少しもおかしくはない。けれど、純真無垢《むく》な少年のまま育ったようなヨゼの姿に、いつまでも子供であると錯覚していたのだ。「子供の成長は瞬く間だ」という世の親たちお決まりの台詞《せりふ》を、神父はこの老境に差しかかってようやく痛感した。

自分は神に仕える司祭だ。十代の頃に誓いを立ててから、生涯そんな感慨とは無縁の世界に生きていくと思っていた。

ヨゼは、そんな自分に神がお与えになった思いがけない贈り物だった。

自分では彼の親にはなれない。しかし彼を正しい信仰の道へ導いていくことが自分に課せられた一つの使命なのだと信じ、あの子のことはずっと教会の息子と思って見守ってきた。ヨゼもまたその美点を少しも曇らせることなく、よき信徒として健やかに育っているものと神父は思っていた。だが――。

これも、あの夜の出来事だった。棺を運び入れるために先に納骨堂を開けて待っていたヨゼ。振り返った彼の表情に、神父はほんの一瞬、薄ら寒さを感じたのだ。

自分は何かヨゼについて、致命的な思い違いをしているのではないか。

どうしてか、そんな疑念が頭をよぎった。

ヨゼはあの日以来、毎日のように納骨堂へ通っている。

確かにヨゼにはあの遺体の管理を任せたが、それは納骨堂の戸締まり程度の意味でしかなかった。いくらなんでも、それほど毎日やることがあるとは思えない。

彼は一体、あの納骨堂の中で何をしているのだろうか――。

神父は不吉な予感を拭《ぬぐ》えなかった。

そして普段より幾分か早く起きた今朝、神父は見てしまったのだ。いつもならばその時間にはもう小屋で眠りについているはずのヨゼが、納骨堂から出てくる姿を。


――与えられた。

いつしかヨゼはそう考えるようになっていた。それは閃《ひらめ》きを超えた確信で、まさしく天《てん》啓《けい》だった。ヨゼは心の底から神に感謝した。

この幸福が、恩寵でなくて他に何であろう。

まるで、目の前を覆《おお》っていた薄絹が取り去られていくかのように、それまでぼんやりと輝くだけだった世界は急速に色鮮やかな本来の姿を現しつつあった。

白みはじめる瑠《る》璃《り》色の空は彼女との暫《しば》しの別れを意味する。しかしこの時間はヨゼにとって最も世界が美しく見えるひとときだった。

蠟燭を吹き消せば、それはやがて訪れる。

堂内が徐々に明るみ、扉の鉄格《ごう》子《し》から眩《まばゆ》い朝日が投じられる瞬間、二人の時間は永遠を思わせるがごとく輝くのだ。

ヨゼはその刹那《せつな》、しんと冷えた石造りの小部屋に、古き楽園の在《あ》り処《か》を見るのだった。命をもたない花々で満たされた麗《うるわ》しい死の庭。エリスはその女主人、そしてヨゼは彼女の守護者だった。

暗がりの中の少女の顔を、暖かな光が照らしだす。亜麻色の巻き毛は黄金色を帯び、睫毛の先には無数の微細な真珠がきらめいているようだった。

限りなく生に近いのに、ごく薄い紙一枚を隔てたようなわずかな差で、二度と戻ることのできない場所にいる少女。しかしヨゼは思うのだ。これほど美しい死を目の前にしては、儚《はかな》いだけの生など一体何の価値がある？

最後の審判を待つまでもなく、永遠は確かにこうして存在するではないか。

硝子越しに、ヨゼはそっとエリスの輪郭《りんかく》をなぞった。それだけで身体の奥底から甘い愉悦が湧きだした。

不意に、いつかの老人の言葉が蘇る。

『よッく中の見える硝子の棺に、綺麗なお姫さんが寝てなさったら――』

『俺ァ、惚れちまうかもしれねぇな』

どくん、と心臓が大きく跳ねる。

「これが……」

あの言葉の意味だったのだろうか。

幼かったヨゼに教えてくれる人はいなかった。不愛想な顔にやや羞恥《しゅうち》の表情を浮かべて「いずれ分かるさ」と言った老人はもういない。神父さまは困った顔で笑うだけだった。

『愛しき白雪姫よ』

まるでお伽噺に登場する王子のように、画家はそんな言葉を残して死んでいったという。姫君の棺に寄り添い、彼女と共に永遠たることを望んで。

彼もやはり、ヨゼと同じように幸福だったのだろうか。そして——。

『スキなひとに贈る花を他所の女のところで買ってきたなんて、口が裂けても言っちゃいけないわ』

あの日、初めて花束を作ってくれたあと、マルガは確かそう言った。

スキなひと。好きなひと。単純な音の中に、妙に特別な色を含んだその言葉。

どうしてだろう。好きなものなんて、ヨゼにはいくらでもあるはずだ。神父さまのこと、死んでしまった老人、秋の空、夜の月。最近ではそう、マルガのことも好きだ。あんな風にヨゼに接してくれる町の人は初めてだったから。エリスへの贈り物を買いに彼女のところを訪れる時間はとても楽しい。もちろん、彼女の作ってくれる花も花束も、ヨゼは大好きだ。

けれど、そうした沢山の「好き」と、たった一つのエリスへの「好き」は、何かが決定的に違うのだった。それがマルガの言う、「スキなひと」ということなのだろうか。

ヨゼは、棺の上に置いた大輪の白薔薇の花束を見た。

あの日から毎日のようにマルガのところへ花束を買いに行く。マルガはそんなヨゼに呆れたような顔をしながらも、ヨゼの握るわずかばかりの硬貨で、いつも魔法のように新しい花束を作ってくれる。

そうしてエリスに贈った花たちに満たされて、灰色の納骨堂は今ではマルガの部屋にも引けを取らないほど色鮮やかだった。

エリスは喜んでくれているだろうか。

ふとそんなことを考えてみたりする。

おかしなことだ。いつでも死者はヨゼが語りかけるだけの存在だった。彼らの沈黙がヨゼには心地よかったのに――。最近は時々、どうしようもなくエリスの返事が欲しくなる。

どんな色が好きなのか、とマルガに訊かれた。

エリスは一体、どんな色が好きなんだろう。どんな花が好きなんだろう。

ヨゼはエリスのことを何も知らない。これほど毎日、傍にいるというのに。

考えはじめたら止まらず、胸はざわめく。

なぜ彼女は死んだのか。死んだ画家とはどういう関係だったのか。

最初に神父さまの話を聞いてこの疑問が浮かんだ時、こんな気持ちにはならなかった。

生きていた頃、彼女はどんな声で話したのだろう。

その閉じた瞼の奥に隠された瞳は何色なのだろう。

ヨゼは知らない。けれどもしかして、その画家は知っていたのだろうか?

そう思うと、ひどく——不愉快だった。

自分の中にこんな醜い感情が眠っていたということに、ヨゼは愕然《がくぜん》とする。

「エリス……」

ああ、その名を画家も呼んだだろうか。いや、それが本当に彼女の名であるのかさえ、ヨゼには確かめる術がないのだ。

これほど近くにいるのに、これほど心を寄せているのに、考えてみれば彼女についてヨゼが知ることはあまりにも少なかった。

ひょっとして、あの男——エリスをここへ連れてきた、謎めいたあの男なら知っているのだろうか。

ヨゼは断崖《だんがい》から突き落とされるのにも似た激しい絶望感に襲われた。

なぜ今まで忘れてしまっていたのだろう。

彼女はいずれまた、あの男が連れ帰ってしまうのだ。彼の弟の願いを叶えるために。

今、彼女と共に在るのは、他ならぬこの自分であるというのに。

夜明けを告げる大鴉《おおがらす》が一声、鳴いた。

小窓からはすでに水色の澄み渡った空が見える。別れの時間だった。

永遠は確かにそこにあるというのに、それを感じられる時間はほんのわずかしかないのだ。


母親は馬鹿な女だった。

自分を売ることでしか生きる道を知らない、哀れな女。そして自分の価値が日を追うにしたがって下がっていくことに気がつくと、今度は娘を売りに出すことにした。

十歳の時だった。

いつも自分に無関心な母親が、その日は珍しく「ちょっとおいで」と手招きした。

母はマルガにニセモノの花の作り方を教えてくれた。色紙を花びらのように切りだして一枚一枚貼り合わせるだけの、今から思えばあまりにもお粗末な造花。けれど母と二人、並んで椅子に座って工作する時間はとても幸せで、「あんた、なかなか器用じゃない」と母が褒めてくれた時は嬉しくてたまらなかった。

沢山作った花を籠《かご》いっぱいに入れて、母はそれをマルガに持たせた。

「あんたの初仕事よ。それ全部売っといで」

そう言われ、マルガは俄然《がぜん》はりきって頷いた。お母さんが私を頼ってくれているのだと思うと、それだけでワクワクした。初めての化粧を施され、お姫さまのような可愛《かわい》い服を着せてもらったことも十分に効いていた。

そして――その後は、地獄《じごく》だった。

今でもあの時のことは夢に見る。

母に言われた通り、マルガは籠の花がすべてなくなるまで家に帰らなかった。けれど家路につく頃には、何もかもが変わってしまっていた。

明け方、痛む身体と壊れた心を引きずって、やっとのことで家の扉を開けたマルガを待っていたのは、満足げな母の笑顔だった。

「あら、案外早かったじゃないの。あんた、なかなか見込みあるわよ」

それは二人で花を作っていた時と、少しも変わらない笑顔だった。渡した籠の中には、紙切れの花の代金としてはあまりに不釣り合いな金額が入っていたというのに。

「また明日もお願いね」

その言葉を聞いて、マルガは堪《こら》えきれず戸口で胃の中のものをすべて吐き出した。

花を売り歩く少女にどんな意味があるのか知ったのは、もっとずっとあとになってからだ。

やめたいと何度も思った。ある程度の歳になったらまっとうな職を探したりもした。

しかし、まっとうな職にまっとうでない娘が就けるはずもなかったのだ。その頃には、造花など売って歩かなくともマルガが「花売り娘」であることは周知の事実だった。

「あんたがマトモに働けるわけないじゃない」

病床の母はマルガを嘲笑《あざわら》った。

「嫌ならさっさと娘をこさえることだね」

美しかった容貌《ようぼう》は病のために見る影もなく、性格は日に日に歪んでいった。燃えるような赤毛には白髪が交じり、それはマルガ自身の未来をも暗示しているようだった。

母が死んだ日、マルガは一晩中真っ白な紙を貼り合わせて麝香撫子《ネルケ》を作った。憑《つ》かれたように、いくつもいくつも。声を上げずに泣きながら、疲れきって眠ってしまうまで……。

皮肉なものだ。あの日、自分の身体を売る目印を母と二人で作ったのが、マルガにとって母との最後のいい思い出だった。

運命に抗《あらが》おうとするかのように、「仕事」以外の時間は造花作りに没頭した。

自分が売っているのはあくまで花なのだと思い込みたかったのかもしれない。実際には子供の頃と違って、マルガの作った花を持っていく男などいなかったのだが。

たとえ動機が単なる現実逃避にすぎずとも、作り続けていれば案外とうまくなるものだ。素材や作り方を変えたり、表面に艶出しの蠟を塗ってみたりと色々工夫しているうちに、それなりに見られるものができるようになっていた。しかしそれでも、もはや誰かに売るためのものではなかったのだ。

澄んだ目をした、あのおかしな墓守がマルガの家を訪れるまでは。

正直、最初の印象は決してよくなかった。面と向かって「花売りのマルガ」などと名指しされれば、馬鹿にされているとしか思えない。ところが蓋を開けてみれば彼は何も知らず、本当にマルガのところへ花を買いに来ただけなのだった。

差し出した罌粟《けし》の花の髪飾りを見て、彼は「綺麗」だと言った。

今までマルガの容貌や身体を褒める男はいくらでもいた。

けれど、マルガの作る花を褒めてくれた人はこれまで一人だっていなかった。

ヨゼはマルガに身体以外の価値を見出してくれた、初めての人間だった。

彼のために、沢山綺麗な花を作ってあげたいと思った。何も知らないヨゼの前でだけマルガは普通の少女でいられる。もしかしたらあったかもしれない未来を、ほんの束の間だけ味わうことができるのだ。

しかし近頃では、ほんの少し、チリリと胸が焦げつくように感じることがあった。

あの純粋な青年が毎日のように健気に花束を贈る相手は、一体どんな少女なのだろうか。

ステンドグラスの聖母、とヨゼは言った。頬を上気させ夢見がちに話す表情は、まるきり恋する若者のそれだった。

ならばマルガは、彼の好きな相手とは正反対だ。なにせ自分は「罪深き女《マグダラ》」なのだから。

捨て子だというヨゼは、町はずれの教会の優しい神父さまのもとで育ったらしい。マルガが穢《けが》れた娼婦だということを知れば、彼はどんな顔をするだろうか……。

冥府《めいふ》から母の嘲笑《ちょうしょう》が聞こえてくるようだった。

マルガは生まれかけた淡い想いにそっと蓋をしようと決めた。

夢など見ないほうがいい。自分は大切な人が幸せを摑《つか》むための、お節介焼きに甘んじていればよい。このささやかな幸せがあるのならば十分ではないか。

諦めはマルガの人生に寄り添う心安い友人だった。

――そう、そこで立ち止まっておけばよかった。いつものように花束を作ってやり、わずかばかりのお代をもらって彼の背中を見送るだけで、それだけでよかったのに。

背中で扉を閉め、マルガはその場に崩れ落ちた。

知らないままのほうがずっとよかった。そんな真実があるのだと、知ってしまった時には遅すぎたのだ。


返事の返ってこない扉の前で、ヨゼは項垂《うなだ》れた。

ノックをしてもマルガが現れる気配はない――そんな日が、一週間ばかり続いていた。

はじめは単に留守にしているだけかと思っていたのだが、今までと同じ時間に訪れているのに急に会えなくなるものだろうか。

最後に花を買いに来た時の別れ際、ヨゼが「また明日」と言った時も、マルガはいつものように笑って「はいはい、また明日」と返してくれたのだ。それなのに――。

ヨゼは扉の前で立ち尽くし、暫し逡巡《しゅんじゅん》した。

『ノックしてすぐ出なかったら帰るのよ。絶対に待ったりしないで。いいわね？』

三度目に彼女のもとを訪れた時に結んだ約束事をヨゼはきちんと守ってきた。

約束を破ることで花を売ってもらえなくなっては困るし、それ以上にマルガから嫌われたくなかった。だから何日も会えなくても大人しく引き返した。

けれど日を追うごとに、落胆は心配へと変わっていった。何かあったのではないか、と悪い想像が働いて、急に不安になった。

怒られてもいい。とにかく一目でいいからマルガの姿を確かめたい。

だから今日、ヨゼは初めて約束を破った。

扉の前で彼女を待つことに決めたのだ。

足元から寒さがせり上がり、小刻みに震える身体を上着の上からさすってしのぐ。

教会を出た時には西の空にあった太陽も地平線の下へ沈み、縹《はなだ》色の黄昏《たそがれ》が町を覆っていた。時折、通りかかる人が不審げな目つきでこちらをチラリと見ては歩み去る。

扉を背にしてヨゼはマルガの帰りを待ち続けた。ずいぶん長いこと、そうしていた。

やがて辺りがすっかり濃紺《のうこん》の空気に沈み、あちこちの家に灯が灯りはじめた頃――。

突然、背後で扉が開き、ヨゼは驚いて振り返った。

しかし出てきたのはヨゼの知らない男だった。男のほうもヨゼを見て驚いたようだったが、すぐに変な薄笑いを浮かべながら去っていった。

まさか家を間違えたわけもない。マルガは一人暮らしのはずだが、あの男は彼女の親戚か何かだろうか。そうだとしても勝手に家に出入りしているのはおかしな気もするが……。

その時だ。

「ったく、ドアくらい閉めていきなさいよ」

よく知った声とともに、半分開いた扉から燃えるような赤毛が現れた。

「マルガ！」

長い髪はなぜかいつものように結われておらず、肩の上に流されている。服もわずかに乱れているようだが、今のヨゼにはそんなことに違和感を抱く余裕はなかった。

「ずっと会えなくて、僕、心配で……」

しかし、紡《つむ》いだ言葉は口から出た端から頼りなく萎れてゆく。心のどこかでヨゼが予想していたような反応は、何一つ返ってこなかった。

叱られるだろうとは思っていた。大きな声で怒鳴られても、呆れた顔をされてもよかった。

けれど実際は、そのどれとも違った。

マルガは凍りついたように目を見開いた。

「どうして来たの」

身を刺すような沈黙がその場に落ちた。

約束を破るという行為に対して、ヨゼはあまりにも楽観的すぎたのだ。

――やはり待ってはならなかった。二人の間で知らぬうちに守られていた、とても大切でとても脆《もろ》い何かを壊してしまったのだということに、ヨゼはようやく気がついた。

皮肉げに歪んだマルガの顔は、冷徹で、攻撃的で、どこか妖しさを帯びていた。

「私、言ったわよね。絶対に待ったりしないで、って。……それとも何？　安い造花《ニセモノ》なんかより、やっと本物の花に興味が出てきたってわけ？」

白魚のようなマルガの指が、ヨゼの襟元にするりとかけられる。

わけもなくドキリとした。彼女の紅《あか》い唇が今日はやけに濡れて見えた。

「いいわよ？　あんたになら安くしとくわ。あんたってば、子供の小遣い程度しか持ち合わせてないんだもの」

「何、言って……」

「ああ、でも駄目ね。あんたの好みはこんな生臭い商売女じゃなくて、冷たい『聖母さま』なんだもの。抱けやしないわよね」

狂気じみてさえいる笑みを浮かべるマルガに、ヨゼは狼狽《うろた》えた。

彼女は怒っているのか。それとも悲しんでいるのだろうか。ヨゼには分からない。

待っていたことが何の禁忌《きんき》に触れたのか。会わなかった間に彼女に何があったのか。

今、どうすればよいのかも――。ヨゼはただ押し黙っていた。すると突然、彼女は熱が冷めたかのように真顔になった。そして今度はうつむき、ぽつりと言う。

「ヨゼ。あんた、言ったわよね。花を贈りたい女の子がいるんだって」

「……」

「――ねえ、その子、私の作ってあげた花束、喜んでくれた？」

見上げたマルガの栗色の瞳が、真っ直ぐにヨゼを射抜いた。

――分からない。

なぜ……彼女は今、そんなことを訊くのだろうか。

「答えられないんでしょう？　答えられるわけないわよね。だってあなたにも分からないんですもの――死体の気持ちなんて」

はっきりとマルガは言い放った。その表情はどこまでも暗く、沈んでいた。

「……最後にあんたが花を買いに来た日、こっそりあとをつけたのよ。毎日私が作る花を受け取ってるのは、どんな子なんだろうって……軽い気持ちだったわ」

言葉を失ったヨゼに、マルガは淡々とその日のことを語って聞かせた。

この町のどこかに住む少女に渡すのだろうと思っていた彼女は、ヨゼが町をはずれて教会のほうへ戻っていくことを訝《いぶか》しんだ。いくら枯れない作り物だからといって、毎日買いに訪れる以上、マルガの家を出てすぐに渡しに行っているものと思っていたのだ。

「ちょっとだけ期待しちゃったわ。本当は、あんたが毎日……私に会うために、誰かに贈るって嘘《うそ》をついて、花を買いに来てくれてるんじゃないかってね……馬鹿みたい」

マルガは自嘲《じちよう》するように鼻を鳴らした。

「教会までついて行くか迷ったけど、でも、たまには私から会いに行ったっていいでしょ……？　だからそのまま追いかけたの。あんたはまるで気がつかなかったみたいだけどね」

彼女の言う通りだった。誰かにあとをつけられているなど、思ってもみなかった。

花を買って帰る時、ヨゼの心を占めているのはただエリスのことばかりだ。早く彼女の顔が見たい、花を贈りたい、傍にいたいという想いばかりがつのって、後ろを振り返っている余裕などなかった。

「あんたは真っ直ぐ墓地へ向かったわ。そしてその真ん中にある、あの建物へ」

「……納骨堂だよ」

「ええ、知ってる。だからよけいに分からなくなったのよ。どうしてあんたが花束を持ったままそんな場所へ入っていくのか」

そしてマルガは覗いて見たのだろう。

あの黒い鉄の扉の隙間から、納骨堂の中を。

「薄暗かったけど、それでもはっきり分かったわ。そこにあったのは全部、見覚えのある花束だった。あんたが女の子に贈るって言って、私のところで買っていった造花の花束」

夕闇の中でも分かるほどにマルガは青ざめ、その声は震えていた。

「そこにあんたがいた。私のほうに背を向けて、何かに寄りかかっているのが見えた。

……ぞっとしたわ。だって、気づいてしまったんだもの。あ、あんたが、嘘なんか、ついていない、って」

まるで吐き気をこらえるように言いよどむ。

「ねえ、ヨゼ……教えてちょうだい。あんたがひと月近く花を贈り続けてきた相手は、いったい誰……？」

何かおぞましいものを目にしてしまったかのような、怯えきった瞳で自分を見るマルガを前にして、ヨゼは——困惑した。

だって、ヨゼには分からない。

マルガが何に怯えているのか。なぜそんな表情をヨゼに向けるのか。

ヨゼはただ、マルガが元気でいることを確かめて、また他愛もないお喋りをしながら、エリスに贈るための花束を彼女に作ってもらいたかっただけなのに。

自分が何を間違えたのか分からなかった。

だから、どうすれば正しく応えられるのかも分からなかったのだ。

「——エリスっていうんだ」

ヨゼにできるのは彼女の質問に素直に答えることだけだった。

「僕の……すきなひと」

納骨堂の白雪姫。主が孤独なヨゼに与えられた、死せる花嫁。

「馬鹿言わないで！」

マルガは張り裂けそうな声で叫んだ。

「あんた、何も言わなかったじゃない！　死んだなんて、一言も……毎日毎日幸せそうに花束を抱えて帰ったじゃないの！」

「違うよ。彼女は最初から死んでるんだ。初めて見た時からずっとあの姿なんだよ」

「どういうこと……？」

今にも泣きそうなマルガをとにかく安心させたくて、彼女の肩にそっと手を置き、ヨゼは微笑みながら努めて落ち着いた口調で言った。

「エリスは死体だけど、腐らないんだよ。永遠にずっと綺麗なままなんだ。マルガの作ってくれる花束みたいに――」

その瞬間、何かが弾けるような音とともに耳元で衝撃が走った。

驚いてマルガを見ると、彼女は見開いた目に涙を滲ませていた。上げた右手が震えている。マルガがヨゼの頬を張ったのだと、一瞬遅れて分かった。

「――あんた、おかしいわ」

「マルガ……？」

「腐らない死体、ですって……？　あんな硝子の箱に入れて、飾るみたいに花で囲んで、あんたは……そんなモノのために毎日、私のところへ花を買いに来てたっていうの……？」

キモチワルイ、と吐き捨てるようにマルガは言った。

「あ、あんたは、最初から死んでる女のことを、そんな、薄気味悪い死体を……愛してるっていうの？　そんなの……ありえない。あんた、どうかしてるわ！」

マルガは弱々しく首を振る。

「あんたの愛は偽物《にせもの》よ。私の作る花とおんなじ……！」

私は違うわ、とマルガは悲痛な瞳でヨゼを上目遣いに見上げ、そして――。

何が起こったのか、しばらくの間、ヨゼには分からなかった。ふわり、とあの甘い香水の匂いが鼻先でして――唇に柔らかいものが押しあてられていた。

「ヨゼ……私は、本当にあんたを……」

間近に迫った栗色の瞳は、切なげに潤んでいた。――その時だった。

「なんだよマルガ、客と痴話喧嘩《ちわげんか》か？」

背後で野太い声がした。反射的に振り返ると、そこにいたのは茶髪を短く刈り込んだ大柄な男だった。どこかで見たことがあるような気がして、ヨゼはハッと思い当たる。

初めてマルガに会った日に見た、あの男だ。

「なんだよ、誰かと思ったら墓掘り野郎じゃねえか。おいマルガ、お前こんな奴もくわえこんでんのか？」

「違うわよ」

マルガはすげなく答えて視線を逸らす。男は下卑《げび》た笑みを浮かべた。

「アイとか何とか聞こえたんだが、ありゃ空耳か？」

カッと顔を赤くして黙り込んだマルガと、状況を飲み込めていないヨゼとを、男は無精髭《ひげ》の生えた顎《あご》をさすりながらニヤニヤと見比べた。嫌なところのある笑い方だった。

「へぇ……。二人して趣味がいいんだか悪いんだか。花売り娘と墓守男が良い仲とはな……なぁ、みなしごヨゼよ。立派な神父さまが、まさかこんな場所へお前を出入りさせるはずもねえよな。コソコソ隠れてずいぶん可愛がってもらってるじゃねぇか、ええ？　どうだい、俺たちのマルガの味は――」

「やめてルッツ！」

マルガが金切り声を上げる。

「彼とは本当に何もないのよ。もういいでしょ？　……ヨゼ、お願いだから今すぐ帰って。前にも言ったわよね？　あんたがいると邪魔なのよ」

最初に会った時と同じように自分を押しやるマルガに、ヨゼもまた流されるまま従おうとした。しかしルッツと呼ばれた男は、ヨゼの肩に腕を回してそれを引き止める。

「おい、何も帰すこたァねえだろ、せっかく来てんのに。ひでぇ女だ……なあ、ヨゼ？」

顔を寄せてくる男の吐く息からは強い酒の臭いがした。思わず身を引こうとしたが、筋肉質な男の腕は力強く、抜け出せない。

「あの、僕は……」

「堅いこと言わねぇでよ。たまには三人ってのもアリだろ」

「ルッツ!!」

マルガの制止などお構いなしに、ルッツはヨゼを引きずり込むようにして彼女の家に強引に押し入った。

もう見慣れたはずのマルガの部屋が橙色の灯りに浸されている。そこでヨゼはやっと、自分が一度も日が暮れてからマルガの家を訪れたことがないことに気がついた。――いや、訪れたこと自体は数度あったのだが、ノックしても返答がなかったため引き返したのだ。

わずかな燭台に灯が灯るばかりの部屋の中、円卓の上にポインセチアの造花が花瓶に挿して飾られている。その赤と緑の色彩に、そう言えばそろそろ降誕節だったなとヨゼはぼんやり思う。色鮮やかな花たちの大半が暗がりの中に沈んでいる光景は少し、エリスと過ごす納骨堂にも似ていて――。

きゃっ、とか細い叫び声が上がった。気づけばルッツの巨軀《きょく》が寝台の上にマルガを組み伏せていた。細い手足が抵抗しようともがいている。ヨゼはぎょっとした。

酒に酔っているとしても常軌を逸している。大の男がか弱い少女を押さえつけるなんて、これは完全に暴力行為ではないか。

「やめてください！」

「アア？　水差すんじゃねぇよ。焦らなくたってあとでちゃんと仲間に入れてやっからよ」

「あなたは……さっきから、何を言ってるんですか……？」

「ハァ？　てめぇこそ――」

ルッツはそこで何かを悟ったように言葉を切り、真剣な面持ちになって自分が組み敷いている少女をまじまじと見下ろした。

「マルガ……お前、もしかして本当に、こいつとは何もなかったのか？」

「……だから最初からそう言ってるじゃない」

仰向けのマルガはなぜか困ったように小さくため息をつく。

男の腕の下で、彼女は極めて冷静だった。ちらりとヨゼを見てからマルガは淡々と言う。

「こんなねんねちゃんとじゃ遊べないわよ。分かったんなら早く追い出して」

「ハッ、よく言う。お前だってカラダ以外はガキと変わんねぇさ。大方、本気になっちまったから寝なかったんだろ？　正直に言えよ。俺といるのをコイツに見せたくねぇんだろ」

「あんたには関係ない」

「ああそうかい。なら、俺は俺で好きにさせてもらうぜ」

そう言ってルッツは両手で彼女の小さな頭を寝台に押さえつけた。そして、マルガの上に寝そべるように覆いかぶさった男は——。

ヨゼは頭の芯がカッと熱くなるのを感じた。

それは紛れもなく、つい先ほどヨゼ自身がマルガから受けた行為。

だが今、目の前で行われているそれは、マルガがヨゼに与えたものとは全く別物にしか見えなかった。あまりに下品で淫靡《いんび》な、長い長いその接吻《くちづけ》をヨゼはただ呆然と見つめていた。

「っ……やめてッ！」

引き剝がすように強引に身をよじり、唇を離したマルガと目が合う。

栗色の瞳が涙の膜に覆われ、揺らいだ。

「いや……ぁ……」

弾かれたように、気づけばヨゼはルッツの肩に摑みかかっていた。

しかし、蚊《か》でも払うように容易《たやす》く突き飛ばされ、傍らの円卓もろとも床に倒れ伏す。派手な音がして花瓶が割れ、鮮血のように赤いポインセチアが散らばった。

次いで腹部に衝撃が走り、激しくえずいた。

「クソガキがっ」

ヨゼの腹に靴底を喰《く》い込ませたルッツが憎々しげに見下ろしていた。間を置かずに顔面を蹴《け》られ、口の中に血の味が広がる。

ヨゼとて力がないわけではない。墓を掘り棺を運び下ろす仕事柄、体格もそこそこいいし筋力もある。けれど人の悪意が絡みついた力に晒《さら》されたことは一度としてなかった。人が人を傷つけることを主は望まれない。喧嘩の心得など、ヨゼにあろうはずもない。

酒の勢いがそうさせるのか、あるいは元からそういう男なのかは分からないが、ルッツは一切ためらうことなく息をするようにヨゼを暴行した。

ルッツやめて、というマルガの悲鳴が、耳鳴りの中に遠く聞こえた。

初めてヨゼがこの家へやって来た日、彼女がルッツを見て顔色を変えたのは、彼がこういう男だということを知っていたからだったのだろうか。あの日からそう経っていないのに、ずいぶんと昔のことに思われる。

身体は床に根を張ってしまったかのように動かず、身じろぎ一つで全身が痛んだ。

もし今日ヨゼが来なければ、殴られていたのは彼女だったのだろうか。それとも、ヨゼが来てしまったから、この男はマルガにひどいことをするのだろうか。

「マル、ガ……にげて……」

たった一言、それだけを絞りだす。

それを聞いたルッツはさらに一発ヨゼに蹴りを喰らわせ、哄笑《こうしょう》した。

「ハハハッ！　逃げて、だとよ。泣かせるじゃねぇか。どうだ、マルガ、俺から逃げるかい？　……無理だよな。結局お前にはココしかねぇんだよ。薄汚れて男くせぇ売春宿そのものの、この家しか。母親と同じようにな——ああ、それとも」

ルッツは浅黒い指でヨゼの顎を乱暴に掴み、醜く歪んだ顔を近づける。

「てめぇが連れ出してやるかい？」

「……あなたは、どうして……こんな、ひどいことが——」

苦痛に喘《あえ》ぎながら答えるヨゼの顔に、ルッツは不快なものを見たような表情で唾《つば》を吐いた。

「俺はな、お前みたいな奴が大嫌いなんだよ。卑《いや》しい捨て子の墓掘りのくせして聖人面しやがって、気色わりィ。自分だけは汚れてねぇってか？　そりゃマルガとも何もねぇわけだ。娼婦なんか抱いたら、そのお高くとまったキレイな身体が汚れちまうもんなぁ！」

また一発、頬を張られる。鼻から血が伝い落ちていく生温い感触。

「……なあ、なんでわざわざマルガだったんだよ？　こいつの境遇に憐れみでも湧いたか？　こいつを抱かない自分に酔いたかったかい？　みなしご坊ちゃんよ、お前が神父ンところで甘っちょろく養ってもらってる間にも、こいつはこの商売で稼いできたんだ。――いいか？　ガキが舐《な》めた真似してんじゃねぇぞ。マルガは俺の女だ。客でもねぇ男がチョロチョロまとわりついてんじゃねえ！」

その言葉を最後にルッツが満足したのか、ヨゼの身体に限界がきたのかは分からない。

――はたと目を開けると、天井があった。

鈍く痛む身体と頭。ヨゼはそこでやっと、自分が気を失っていたことに気がついた。記憶が途切れているらしい。どれくらいの間ここに転がっていたのか見当もつかない。耳鳴りがひどかった。ルッツはもう帰ったのだろうか。いや、それよりマルガは――。

思考力もまともに働かない中、何とか身を起こしたヨゼは、その瞬間、視界に飛び込んできた光景に愕然とした。

マルガはそこにいた。そして、ルッツも。

けれど目の前で蠢《うごめ》く「それ」は、ヨゼの知る二人とは全く別の何かだった。

マルガの顔は紅潮し、頬を伝った涙のあとが乾いて蠟燭の炎に照らされていた。か細い声を上げ、反り返る喉《のど》。何度も会っていたはずなのに、彼女の首がこんな、折れそうなほど華奢なものだということをヨゼは初めて知った。そして、その襟首から下に連なる素肌の色も。

乳脂《にゅうし》のように生白い身体に、服だった布が襤褸切れのように頼りなくまとわりついていた。無防備な彼女の身体を覆うものは今や、じっとりと汗ばんだ男の浅黒い肉体だけだった。

「あ……」

ヨゼが目覚めたことに気づき、ルッツが視線を送ってくる。言葉を失うヨゼに対し、彼はわずかに憐れみを含んだ表情を浮かべると、あとは興味を失ったかのようにまた身体を深くマルガの上へと沈めていった。

アイシテルゼ、と彼は囁いた。もはや抵抗する気力もなく為されるがままになっている彼女の耳元へ、何度も、何度も。

頭がくらくらした。汗と香水が混ざった匂いに脳みそが痺れて溶けだしそうだった。

その部屋はもう、ささやかな幸せをヨゼに与えてくれた、あの小さな花園ではなかった。

寝台の上でもつれ合い、混じり合って境目を見失った二匹の生き物をただぼんやりと眺めながら、ヨゼは地獄の姿を思った。

——ああ、悪魔だ。

いつか神父さまの持っていた本の挿絵で見た。それは楽園を失い、天上から身悶《みもだ》えながら堕《お》ちてゆく、神に背いた竜の形に似ていた。

これは報いだろうか。ヨゼが間違えてしまったから、約束を破ってしまったから、これはその戒めに見せられている悪夢なのか。……ならば一刻も早く戻らなければならない。

あの子の待つ、楽園へ。

ヨゼはよろよろと立ち上がり、もはや再び二人のほうを見ることなく、亡霊のような足どりで戸口へと向かった。

刹那、少女の掠れた声で弱々しく呼ばれた墓守の名は扉の内側へと消え、その耳に届くことはついになかった。

教会の門をくぐる頃には、すっかり夜の気配も濃く、月は中天に差しかかっていた。

ぼろぼろになった身体は自分のものでないように重く、もう通いなれた道を引き返すのにも普段の倍以上時間がかかった。その間にも冬の外気は傷ついた肺を痛めつけ続け、木枯らしは頬と耳を切り裂かんばかりだった。

聖堂を横切り、墓場を抜け、番小屋の前を素通りして、ヨゼは倒れこむようにして納骨堂の扉へ寄りかかった。鉄の扉は氷のようだった。ぺたりと膝《ひざ》をつくと、石段の冷たさが皮膚に浸透した。

鍵束を胸元から引き出そうと、かじかんだ手を上着の襟首から差し入れた時、白い月光に照らされて、ひとひらの赤い染みが目に入る。最初、自分の血かと思われたそれは、上着の毛羽だった生地に引っかかったポインセチアの造花だった。

くしゃりと潰された赤い葉が、切なげにヨゼの服にしがみついていた。

マルガの綺麗な赤毛がちらつくようで、ヨゼの顔が歪んだ。

今も全身にあの部屋の香気がまとわりついている気がする。脈拍に伴《ともな》って規則的に疼く痛みは、そのたびごとに忘れてしまいたい光景を思い出させた。

「……気持ち悪い」

口からこぼれ出した呻《うめ》き声は、つい先ほどマルガが自分に向けて放った言葉と混ざり合い、頭の中で反響する。ヨゼは泣きそうになりながら造花を握りしめ、身体を丸めた。

なにもかも忘れてしまいたかった。

マルガの白い肌が、翻弄《ほんろう》される身体が、虚ろな瞳が、瞼の裏にこびりついて離れない。ただの肉人形のようなマルガ。あの中に本当に彼女の魂は入っていたのだろうか。

火を籠《こ》めたように熱くなった自分の身体を抱きしめて、ヨゼは震えた。あんな恐ろしい、汚らわしい、悪魔的な行為――。

「アイシテル」と、あの男は言った。それはヨゼの知る「愛」とは何もかもが違っていた。

すべての者に平等な神の愛、亡き者を想い花を捧げる人々の愛、そして神父さまがヨゼに与えてくださり、自分もまた神父さまへお返しする愛――それらの在り方はすべて異なるけれど、それらがすべて愛と呼べるものであることに疑念などなかった。

今夜、あの男がマルガに向けた「アイ」を、ヨゼはどうしても「愛」と認める気にはなれない。けれど同時に、その真偽を問う矛先《ほこさき》はヨゼにも突きつけられているのだ。

ヨゼの愛――エリスへの愛を、マルガは偽物だと詰《なじ》った。造花とおんなじだと。

でもヨゼはマルガのくれた花束を偽物だなどと思ったことは一度もなかったのだ。全部、ヨゼにとっては大切な本物だった。本物の花よりも、ずっと本物だったのだ。

マルガの言う本当の愛とは何なのだ。

どうすれば本当の愛かどうか、確かめることができる？

知らず知らず、ヨゼの手は唇に触れていた。

あの一瞬の柔らかさに込められたものは何だったのか。

『私は、本当にあんたを……』

その言葉の先にあったものが、その意味なのか？

悄然《しょうぜん》と顔を上げ、握りしめた手を解けば、真っ赤なポインセチアは瞬く間に木枯らしに攫《さら》われ、夜闇の中へと吸い込まれて見えなくなった。ヨゼはその手で上着の下から納骨堂の鍵を乱暴に引きずり出した。

錠前を外し、両開きの鉄扉《てつぴ》を大きく開く。月の光が堂内に差し込んだ。

石の床を浸す青白い光の中に、ヨゼの影法師だけが切り取られている。

闇の中で、硝子の棺はその存在感を暗く示していた。光の裳裾《もすそ》は「彼女」の足元まではわずかに届いていなかったが、夜闇に慣れたヨゼの目には関係ない。

ヨゼはよろめくように月光の輪を抜け、納骨堂に湛《たた》えられた闇の中へと足を沈みこませた。

「エリス……」

涼やかな死の気配を纏うその名を呼べば、ここへ帰ってきたことに安堵《あんど》した。いやな匂いは夜に溶けて流れ去り、痛みに火照《ほて》った身体の温度を石の壁がゆっくりと奪ってゆく。

ヨゼは、あたかも夜中にこっそり起きだして寝顔をうかがうように、知らず息をひそめて少女の枕元へ膝をついた。そっと硝子の棺に触れる。薄氷を触ったように、それは痛いまでに冷えきっていた。もし今、棺を開けてエリスに触れたなら、そのほうが幾分か温かく感じられるのではないかと思うほど——。

透明な硝子越しにエリスの輪郭をなぞる。幾度も重ねたその行為は、ヨゼの心を溢れんばかりに限りなく甘い液体で満たしてくれた。けれど今は――どうしようもなく、渇いていた。

ここへ来た時から何一つ変わらずエリスはそこにいるのに、そういう彼女だから惹《ひ》かれたのに、もはやヨゼにはそれでは足りない。もうエリスを眺めているだけでは、花を贈り傍らに寄り添うだけでは、この心は満たされない。それどころか、果てを知らずに渇いてゆく。潤す方法さえ教えられないまま――。

他ならぬヨゼ自身にすら、それが愛と呼べるものなのか判別がつかなくなっていた。

彼女に初めて出逢った時の全身から湧き上がる歓《よろこ》びも、部屋を清め花を飾るささやかな充足感も、彼女の顔を見つめながら朝を迎える幸福も、すべては遠く過ぎ去った。

残されたのは、胸を掻き毟《むし》りたくなるほどの焦燥と、飢《き》餓《が》感に似た何か。

与えられたもので足りぬことなどなかった。空腹を感じれば食べ物を求めたし、寒さが厳しくなれば暖を取ったが、たとえわずかでもヨゼには十分だった。沢山のものが供されることなどはじめからないのだ。喪失から始まったヨゼの人生には加わっていくものしかなかった。

全能の主の愛が行き渡らぬ場所などない。すべては神の与えたもうたものであり、それがヨゼにとってのすべてだった。食べ物も温度も、仕事も、生活も。いつだって十分だった。

それなのに――。

棺に触れる手に思わず力が籠もる。エリスを特別なものにしているこの美しい切子細工の箱も、今のヨゼには堅牢《けんろう》な壁でしかない。

棺の表面に顔を寄せ、懇願するように額をつける。硝子の冷たさは熱をもった身体の痛みは癒《いや》してくれても、この胸の奥から突き上げてくる衝動を収めてくれることはない。

自分が何を求めているのか、ずっと分からなかった。どうすれば再び、あの夢のように満ち足りた日々を取り戻せるのか。

「エリス……エリス……」

吐く息が硝子を白く曇らせる。この世で最も愛しい名前は白銀の刃を秘めたように、呼ぶほどに心を切り裂き甘い血を流す。

濁った硝子をそっと手で拭えば、再び安らかな少女の死に顔が現れる。夜目が利くためか、それとも毎日見つめていたせいなのか、闇の中にあってもヨゼの目には不思議とエリスの顔が鮮明に映った。

浮かび上がって見えるほど蒼白《そうはく》な顔色。

閉じられた瞼。網膜にヨゼを捉《とら》えることも、ヨゼがその瞳の色を知ることすら永遠にない。それ自体が一つの小さな棺のようでさえある。

それでもいいと思っていた。ヨゼが好きになったのは、今目の前にいるエリス、呼吸を止めたエリスなのだから。

色のない唇が紡ぎだす声色《こわいろ》を知ることができずとも、自分の名を呼んでくれることが決して叶わないとしても、ヨゼは構わない。いや、むしろ彼女は物語の白雪姫のように息を吹き返してはならないのだ。たとえ最後の審判の日が訪れようとも。

絶対に生き返りはしないエリスの完全性をこそ、ヨゼは愛しているのだから。

それなのに、まだ何が足りないというのだ。

「エリス……教えてよ……」

すがるように問いかけても、美しい墓標が応えることなどないと墓守は知っている。そしてその答えをすでに、自分が持っているということも。

脳裏に蘇ったのはなぜか、あの影のような紳士だった。

いずれエリスを迎えに来ると言った、死者のような温度をした男。

ここへやって来た時と同じようにして、硝子の棺が黒い男たちに引き取られてゆく姿が鮮明に浮かんだ。

――あの人に、エリスを奪われてしまう。

日一日と別れの時は迫る。

輝かしかった朝の訪れを、今やヨゼは怯えとともに迎えるようになっていた。

奪われることが恐ろしかった。

失うことには耐えられる。与えられたものを大切に愛《いつく》しんでも、どうしてもなくなってしまう時は来る。火種は尽き、物はすり減り、人は死ぬ。

けれど、そこにあるのに、まだ共に在れるのに、他者に奪われることは耐えがたかった。

ズキリ、とまた胸が鋭く痛んだ。それが身体の傷なのか心の傷なのか、ヨゼにはもう分からない。どちらでもあるような気がした。

楽園はいつも簡単に失われてしまう。はじまりの二人が、花咲きこぼれる豊かな園から荒野へと追い立てられていったように。――けれど、楽園を失いはしても、二人が互いを失うことは永《なが》い命が尽きるまで決してなかったではないか。

ヨゼとエリスには終わりすら来ない。はじめから死んでいる二人なのだから、死んでから巡りあった二《アーダム》人《エーフア》なのだから、きっと永遠に二人は二人のまま在り続けられる。

楽園を離れても男と女は繋がっていた。

だから、きっと本当に必要だったのは楽園ではないのだ。

本当にヨゼが必要としているのは、本当に欲しいのは――。

ヨゼの瞳に、強い光が灯った。

「返さない……エリス……僕の、エリスだ」

本当の愛の証明がなければならない。

エリスがヨゼのものであるという証《あかし》が欲しかった。もう誰にも奪われないように、エリスがどこかへ行ってしまわぬように。天から与えられたエリスではない、ヨゼのものであるエリスが欲しかった。けれど、どうすれば――。

ハッとして、ヨゼは自分の首に下がった鍵束に目を落とした。そこには、この納骨堂の鍵ばかりでなく、墓地と教会の管理に必要な鍵がすべて鉄の輪に通されている。どれも、何世代にも渡って受け継がれ古びた色をしているが、その中に一つだけ、つい最近そこへ通されたばかりの新しい、光沢も美しい小さな金の鍵が通されていた。

『預けておくよ。使うかどうかは君次第だ』

あの夜、男に手渡された鍵。意味も分からぬまま受け取って鍵束に通し、そのうち見慣れて気にしなくなっていた。

鼓動が速まった。

興奮に震える手を棺の継ぎ目に沿わせ、金具の凹凸《おうとつ》に神経を集中させる。

しばらく手探りしているうちに、それは呆気ないほど簡単に見つかった。棺の側面、中央部にあった金細工の金具。ずっとただの飾りだと思っていたそれは、少し力を入れてずらすと回転した。現れたのは鍵穴だった。ちょうど、この金の鍵に合いそうな大きさの。

息を殺して、鍵穴に鍵の先端を当てる。カツ、と金属の触れ合う音が静寂の中に響いた。

その感触だけでもう、結果は分かるようだった。

想像していたよりもずっと細やかな手応えとともに、少女を護《まも》っていた棺は解けた。

両手をそっと蓋の下に差し入れると、微かに蝶番《ちょうつがい》の軋む音がして持ち上がり、ヨゼは抑えきれぬ昂《たか》ぶりのうちにもどこか冷静に、その状況の奇妙さを感じていた。

大抵の棺には蝶番など付いてはいない。すべての辺が完全に外れるものがほとんどだ。

一度閉めた棺の蓋は最後の審判まで開くことはないのだし、蝶番とは一度閉めたものを再び開ける前提で取り付けられるもののはずだからである。

この棺ははじめから開けられる前提で作られたものなのではないか？

その証拠に、こうして鍵まである。

なぜ、あの男はヨゼに鍵を預けたのか。いや、それ以前になぜこの鍵を持っていたのか。

しかしそんな疑問も、蝶番の回転が止まると同時に泡沫《うたかた》のように消えてしまった。

硝子を割ってしまわぬよう、重みのある蓋を慎重に下ろす。

腐臭はまるでしなかった。

ただ、それまで現実と幻想の間を隔てる薄膜のごとく機能していた硝子の壁が失われたことで、理想がそこに現実として横たわっていることを実感した。

ヨゼは跪く。

神聖なる母へ祈るように。そして、最愛の恋人に花束を贈る時、そうするように。

ただし視線の先にあるものは、光り輝く天上でも、頬を染め生気に溢れた乙女でもない。

土の下に広がる安息と、それに祝福された死せる花嫁だった。

ヴェールは今や、取り払われた。ヨゼは呼吸を整えるように一度瞳を閉じ、そして、開いた。棺の上にそっと身をかがめ、その手を少女の頬へと伸ばす。

指先に冷たい感触を得た瞬間、世界がぐらりと揺らいだ気がした。

それは稲妻《いなずま》のような衝撃であり、眩暈《めまい》のような恍惚《こうこつ》だった。甘い痺れが背骨を浸潤し、思考力はあまりに容易く奪われた。

指に伝わるものだけが、自分の感覚のすべてであるような気さえした。

冷たい。そして、柔らかいのか硬いのかすぐには判別のつかないような、不思議な質感。

おずおずと指の腹を滑らせ、手のひら全体にエリスのふっくらとした頬の形を感じる。

人差し指の先に触れる、可愛らしい耳たぶの形。手の甲を優しくくすぐる巻き毛の感触。

彼女を初めて見た時、箱に入れられた人形を連想したことが思い返された。

エリスは決して精巧な人形などではない。こうして触れれば、それがはっきりと分かる。

硝子の鋭利で硬質な冷たさとは違う。指先に柔らかく沁《し》みて、しんと冷える。雪の降る朝の、身体の内側まで凍《こご》える真の寒さと同じ、死体の冷たさ。きっと亡骸《なきがら》の中には冬が閉じ込められているのだと、ヨゼは信じた。

絹のような髪を引き抜いてしまわぬよう注意深く、その滑らかな感触を味わった。次いで、短剣を握った華奢な手の甲を上から包むようにして触れる。硝子越しに見ていた時よりも、こうしてみるとずっと小さい手だ。かじかんでいるはずの手のひらに緊張で滲み出る汗が、白雪の肌を汚すことが恐ろしかった。

温度、水分、弾力――そういう生を感じさせる尺度とは無縁の感触。

エリスが紛れもなき死体であること、その事実そのものが、エリスがヨゼに与えてくれる唯一絶対的な声なき誓いの言葉だった。

胸の上で組み合わされたエリスの手を、両の手で握る。

「エリス……」

吐息が睫毛を震わせそうなほど近くに彼女の顔がある。微かに薬品めいた匂いがした。

少し視線をずらせば、絶妙な隆起を描いた少女の口唇《こうしん》にヨゼの瞳は吸い寄せられる。

儀式の完成は近かった。

「エリス、君は……僕のものだよ」

棺の中へ――エリスの上へと身をかがめる。まるでヨゼ自身が棺の中へ身体を横たえんとするかのように。

二人の間で、銀の十字架は闇に沈んだ。

――しかし、次の瞬間。

「ヨゼ!!」

叩きつけるような声が納骨堂に響き渡り、唇が触れ合う寸前でヨゼの動きは止まった。

ゆるりと、ヨゼは声の主へと首をめぐらす。

「……神父さま?」

開いた鉄扉の間に、手燭を持ち肩で息をする神父さまの姿があった。

ヨゼはしばらく何が起こったのか分からないままに、その闖入者《ちんにゅうしゃ》を見つめていた。空気が裂けるほどの声で呼ばれた自分の名前と、神父さまとが、頭の中でうまく結びつかなかった。

大きく目を見開いた神父さまは、信じられないという顔でヨゼを見ていた。

「あ、あなたは……」

言いよどむ声が心なしか震えている。蠟燭の灯りに神父さまの吐く息が白く濁った。急に辺りの寒さが戻ってきたような気がした。

「なんということだ……」

神父さまは口の中で呻くように呟く。しかしすぐに表情を改め、咳《せき》払いをした。

努めて冷静にあろうとする神父さまの様子を、ヨゼはどこか滑稽《こっけい》に感じた。

「私は……憶測で、あなたのことを決めてしまいたくありません。ヨゼ、きちんと話してください。あなたは……」

懸命に言葉を探しながら話す姿は、すぐそこにいるのにとても遠く感じられる。

「あなたは一体、何を考えているのですか……？」

ヨゼは首を傾げ、次いで傍らのエリスに目を移す。

考えていることなど、今となってはただ一つだった。まだ儀式は終わっていない。

しかし、その時、ある素晴らしい考えが唐突に閃いた。

「僕たちの結婚に立ち会ってくださいませんか」

ヨゼは目を輝かせながら、神父さまに言った。

いくら卑しい墓守とはいえ、教会で育てられたヨゼなれば、何度か目にしたことはある。結婚もまた神聖な祈りの儀式だ。そこには必ず神父さまの姿があった。

死体のエリスと聖堂で式は挙げられない。けれど小さいながら、ここにもきちんと祭壇と十字架がある。むしろ死者へ祈るための十字架の前で行われる結婚のほうが、ずっと二人にとっては相応しい気がした。

二人が結ばれるために、神父さまのお言葉が必要だった。

「お願いです、神父さま。僕たちのために」

「ヨゼ……あなたは、何を言って……」

再び動揺を見せる神父さまには、まだヨゼの思いが伝わっていないのだろうか。……あ、しかしそれは仕方のないことだ。思えばヨゼは神父さまに一度として、この苦しくも甘やかな胸の内を打ち明けたことはないのだった。それはきっと、ヨゼ自身がその気持ちを量りかねていたからなのだが、今ならきちんと言葉にできる。そのことが、ヨゼには嬉しかった。

ヨゼはふわりと微笑み、そして言った。

「僕は彼女を――エリスを、愛しています」

これは本当の愛なのだと。そして、それは間もなく神の前で証明されるものなのだと。

その瞬間、神父さまの表情がひび割れた。

「――なんと、おそろしいことを」

「神父さま……？」

ヨゼは茫然《ぼうぜん》と神父さまを見上げた。

その目には、抑えきれぬ怯えと、そして嫌悪の色があった。それが、つい数時間前にマルガが見せた表情とひどく似ていることにヨゼは気がついてしまった。

——どうして皆、そんな目で自分を見る？

まるで、醜い怪物を見るような目で。

神父さまは深く息を吐き、ヨゼ、と低い声で再び呼びかけた。

「……目を覚ましなさい。その方は、すでに亡くなっているのですよ」

「何を——」

当たり前のことを言うのだろう。

そんなことは最初から分かっている。いや、だからこそヨゼはエリスに惹かれたのだ。

「死んでいては、いけないのですか？」

「な……」

「生きている者でなければならないのですか？　死者への愛は偽物なのですか……？」

そんなはずはない。仮にそうだとすれば、ヨゼの抱いているこの感情の名は何なのだ。

けれどヨゼに向けられた神父さまの目は、次第に厳しいものへと変化した。

「当たり前です」

突き放すようなその短い答えに、ヨゼの心は凍りついた。

「いいですか……死んだ者を愛するなという話ではありません。愛する者の魂が神の国へ行っても、愛する心は残ります。亡くなったあとも、その方の魂を愛し続けることは尊いことでしょう。ですがヨゼ、あなたは生前の彼女を知り、愛していたのではない。違いますか？」

ヨゼは沈黙する。

神父さまの言う通りだ。生前の彼女など、もはやヨゼにとってはどうでもよかった。

「あなたが愛しているのは、この方の魂ではない。肉体です。そしてそれは、罪です」

「罪……？」

エリスを愛することが、罪だというのだろうか。

「なぜなのですか」

それは肉欲と同じだからです、と神父さまは重々しく言った。

「にく、よく……？」

一拍遅れてその意味に気がつき、ヨゼは赤面した。忘れようとしていた光景が蘇る。

「魂の失われた肉体のみを愛することは、人格を否定し快楽のみを求める姦淫《かんいん》の欲望と変わりありません。――あなたが通っていると聞く、あの娼婦のしていることと同じです」

「っ、あ……」

神父さまの言葉は、ヨゼに新たな動揺を与えた。

娼婦——神父さまはヨゼが毎日町へ出てマルガと会っていることを知っていたのだ。

「僕、知らなくて……花を買いに行っていただけです。本当に、それだけで……」

自分はルッツのように神に背く行いには手を染めていない。けれど同時に、必死でそう主張することがマルガと過ごした時間を、マルガ自身を否定しているようで後ろめたかった。

神父さまは造花で溢れた納骨堂を見渡し、また静かにヨゼと目を合わせた。

「その言葉に嘘はありませんね」

「はい……神に誓って」

「では、あなたを信じましょう」

婚姻《こんいん》とは、と神父さまは厳《おごそ》かに続けた。

「男女が互いに愛しみあい、神の与えたもうた生の終わりを迎えるまで、いかなる時も助けあって、子をなし家庭を持つという誓いなのです。それは理性ある相手の人格を、魂を尊重することですよ。——この方の魂はすでに神の国のものなのです。ただの肉体とは、婚姻の誓いを立てることはできません。……諦めなさい、ヨゼ」

立ち尽くすヨゼの両肩に手を置き、神父さまはきっぱりとした口調で言う。

「あなたの想いは間違っている。それは悪魔の誘いです、乗ってはなりません」

間違った想い——そう言われるのが怖くて、これが本物の愛だと証明したくて、エリスとの結婚を望んだ。けれど、それ自体が成立しない婚姻、神に認められない偽《いつわ》りの愛だというのなら、ヨゼはどうすればいいのか。

悪魔の誘い？　では、この無垢な寝顔で横たわる美しい少女が、悪魔に差し向けられた誘惑者とでもいうのだろうか。

まさか——そんなこと、あるわけがない。ヨゼは清らかな幸福に満たされた日々を思い出す。あの毎日に、罪の影などつけ入る隙もなかったではないか。

「僕は、そんな邪《よこしま》な想いを抱いてはいません」

「ヨゼ」

「本当に純粋に、彼女を愛しているのです。結婚が認められないというのは分かりました。でも、この気持ちは僕の中に確かにあるのです。それはどうしようもない……なかったことにはできません。たとえ罪だとしても、僕は……エリスを愛してる」

「ヨゼ！」

神父さまの声が再び厳しい色を帯びた。

「忠実なる信徒よ。こんなことは言わずに済めばと思いました。ですが、あなたのその想いが真に恥じるところのない、欲のない純粋なものであると言えるのならば、あなたは先ほど、彼女に何をしようとしたのです」

「僕は……」

誓いの、口づけを――。

「復活の時まで開くことのない棺を開け、安息の眠りを暴き、その肉体に触れましたね。意思の確認できない者へ許しなく接吻《せっぷん》することが、真に愛する者の行為と言えますか？ それは暴力で奪うことと変わらないのですよ」

「あ……」

拒否するマルガをルッツが凌辱《りょうじょく》したように。

あの、腹の底から突き上げてくる衝動。すさまじい飢餓感。――あれは、欲望？

神父さまは深く息を吐きだし、言った。

「ヨゼ……まだ間に合います。正しい信仰を取り戻しなさい。あなたほど敬虔な教徒が、このようなまやかしのために道を踏み外すべきではありません」

そう言いながら神父さまは棺の傍まで歩み寄る。

ヨゼの見ている前で、棺の蓋が音を立てて閉まった。

花嫁はまた冷たい硝子の向こう側へと閉じ込められたのだ。

目の前が真っ暗になったようだった。――いや、本当に真っ暗になってしまった。瞼がずっしりと重く、忘れていた頭の痛みが次第に蘇ってくる。

足元から、肩口から、寒さが際限なく沁み込んでくる。悪寒だった。神父さまに促《うなが》されて立ち上がろうとして激しい眩暈に襲われ、よろめく。石の床へ強《したた》かに身体をぶつけた。

神父さまの声が聞こえる。ヨゼは少しだけ安堵した。

今日の神父さまは、いつもの神父さまのようでなく冷たくて、厳しくて――怖かった。いつもヨゼを優しく包み込んでくれる神父さまが、どこかへいなくなってしまったようで。

温かい手に身体を抱え起こされる。こうして触れられるのは久しぶりだな、とヨゼは思った。小さい頃のことを思い出す。まだ先代が生きていた頃、ヨゼが風邪をひくと神父さまと二人して心配して、付き添ってくれた。優しい思い出だ。あの頃がひどく懐かしかった。

ふ、とヨゼの意識はそこで途切れた。

冷気の沈殿した聖堂。その祭壇の前で、老神父は跪き祈りを捧げていた。

「主よ、天にまします我らが父よ――」

今は信徒たちを導く神父ではなく、彼自身が主の救いを乞う、一人の悩める信徒だった。

淡い不安は決定的な苦悩へと変わっていた。

あれから数日間、ヨゼは寝込んだ。

倒れたヨゼを助け起こすと、彼は高熱を出していた。自分より身体の大きな青年を何とか番小屋まで運んで寝台へ横たえ、灯りの下で見て初めて彼がひどい怪我を負っていることに気がついた。急ぎ町医者を呼んで手当てを受けさせ、直《ただ》ちに命に関わるほどではないと分かったものの、大怪我には変わりなかった。

熱に浮かされたヨゼは時折うわ言で苦しそうに「エリス」という名を口にした。そのたびに、汗を拭ってやる神父の心はざわめいた。

娼婦のもとへ通っているという噂が、本当にその言葉通りの意味でしかなかったことだけは救いだったのかもしれない。しかし、それは事態が別の意味で予想していたよりも遥かに深刻であったというだけの話だった。

あろうことか、ヨゼは屍《しかばね》の少女に恋心を抱いていたのだ。

あの夜、普段なら明かりが灯っている番小屋が暗いままであることに気づき、胸騒ぎを覚えた神父はヨゼの姿を墓地に探した。仕事中であれば一目でそれと分かるヨゼのカンテラの灯も見当たらなかった。

月の明るい晩だった。

　ふと、嫌な予感に動かされて足を向けた先で、神父は納骨堂の扉が開け放たれているのを見つけたのだった。無意識に足音を忍ばせて近づき、そこで神父が目にしたものは――。

「……どうか、あの子を招く誘いの手を断ち、我らを悪からお救いください」

　手燭の灯がぼんやりと浮かび上がらせた納骨堂には、おびただしい量の花が飾りつけられていた。恐らく造花だろう。あの異様な光景を思い返すと、今でも寒気がする。

　神父にできるのは祈ることだけだった。いや、祈る以外の方法を知らなかったのだ。

　喧嘩一つしたことのない子が、明らかに誰かから手ひどい仕打ちを受けて帰ってきた。ヨゼがどんどんと神父の知らない人間に変わってしまうようだった。

　彼が寝込んでいる間、一人の娘が教会を訪れた。粗末なケープを纏った娘は人目を気にしてかフードをかぶり、聖堂と墓地の間を所在なさげにうろついていた。声をかけると彼女はうつむき、ごく小さな声で「墓守の人はどうしていますか」と尋ねてきた。

　怪我をしていて今は療養中だと返すと、少女は籐籠《とうかご》を差し出してきたのだった。

　中には、ささやかな食べ物と、色紙に包まれた硬貨が数枚入っていた。

　その時分には起き上がれるようになっていたヨゼに事の次第を話して籠を見せると、それまで表情をなくしていた彼は、一瞬だけハッとしたようだった。その後はただ黙り込んで何も言わなかったが、その姿にようやく神父は、先ほどの娘が例の娼婦であったのだろうと思い当たった。足早に教会を出ていった後ろ姿が思い返された。

神父は複雑な心境に陥った。あの様子を見れば、彼女がヨゼの負傷に関わっていることは容易に想像がつく。けれども思いつめた表情は、善良で素直な少女そのものだった。むしろ彼女のほうが救いの手を求めているのではないかと思われるほどに。

幸い、しばらくして怪我は快方に向かっていったが、体力が低下したところへ押し寄せた寒波のためか、熱はなかなか下がらない。当分、墓守の仕事はできないだろう。

しかし、より深刻なのは身体より心だった。

無邪気で明るかった表情には憂鬱《ゆううつ》な影が落ち、笑うことは滅多になくなった。

もっとも、出歩けるようになってからは、このところ足の遠のいていた聖堂へも再びやって来るようになっていた。むしろ以前より頻度《ひんど》は増えたようだ。

ヨゼは大きな試練に直面している。今こそ彼には救いが必要なのだ。

ひとり葛藤《かっとう》するヨゼを、神父は支えてやりたいと思っていた。

――だが、不安の種は尽きない。

ヨゼにはしばらく仕事を休むよう言いつけた。

納骨堂の錠は閉ざしたまま、鍵束も神父が預かっていた。これ以上、ヨゼを遺体の少女に近づけるわけにはいかない。強引な手段だが、そうするのが一番だと思っていた。

ところが夜になるとヨゼは墓地をふらふらと徘徊《はいかい》した。毎晩のように納骨堂の扉の前で長いことじっとしているのだ。諦めるよう叱りつけても、身体に障《さわ》るからやめてほしいと説得しても、一旦は離れるが次の晩にはまた同じ場所にいた。

墓地に漂うカンテラの灯が、天地の狭間を彷徨《さまよ》う鬼火のように見えて神父はゾッとした。あの忌《い》まわしい亡骸がヨゼの魂を地獄へ奪っていってしまうのではないか。そんな不吉な想像が神父を恐怖させたのだ。

自分はどこで、何を間違えてしまったのか。

あの薄気味悪い男の依頼を受けたことが、すべての始まりだった。受けなければよかったと、神父は心の底から後悔していた。

何がヨゼをそうも狂わせるのかが、神父には分からなかった。どうすれば彼を元の明るく開けた道へ連れ戻せるのかも。

神父にできるのはただ、聖句を引き、説教を重ねることだけだった。昔から変わらない。神の道を示し、正しい信仰を与えてやることが、本当の親になってやれない自分があの子のために唯一できることだと思っていた。

――いや。

本当は一度だけ、迷ったこともあった。先代の墓守の老人が亡くなった時のことだ。

亡くなる少し前、神父と二人で話すことがあった時、いつもはぶっきら棒なテオバルト老人が妙に優しげな表情を浮かべて言ったのだ。

「俺ァ、こんな学のねぇ人間ですがね、神父さま。あなたのこたァ誰より尊敬しておるんですよ。あン小僧と違って聖書もまともに読めん、主の教えの何たるかも分かっとらん人間で……あなたがどれほど立派に神に仕えとられる神父さまか、俺には分からん。ですが、あなたさまのことは一人の人間として尊敬しとるつもりです……おこがましい話ですがね」

自分がその言葉に何と返したか、今となっては憶《おぼ》えていない。

「ヨゼは……あいつァほんとは、あなたさまみてぇな御仁に育ててもらったほうがよかったんだろうなぁ」

「何を仰るのです」

突然にそんなことを言われ、神父は戸惑った。あの頃の神父は当然ながら今よりも幾分若く未熟で、教会を管理する立場で言えばテオバルトの上にはいたが、自分よりも長くこの教会にあって墓地を守ってきた老人のことを尊敬していた。

「あなたは立派にヨゼを育てていらっしゃるではありませんか」

いんや、と老人は静かに首を振った。

「アレを拾ったのは、本当に気まぐれだった。今から思えば止《よ》しときゃよかったんだ」

「何を……」

「俺ァね、捨てられた仔犬を拾うような気持ちだったんですよ。そのままにしときゃあ死んじまう。かわいそうに思って拾っただけだ。人間一人育てることの難しさなんざ考えちゃあいなかった。ひとの親になるってことが分からねぇまま、その覚悟もないまんま……だから、あいつに俺を父さん《ファーター》と呼ばせる気には、とてもなれなかったんです」

確かに、ヨゼがテオバルトのことを父と呼ぶ場面はなかった。しかし神父の目には、老人がヨゼに接するその態度は父親のそれと何ら変わらないものに映った。

呼び方など関係ないと思えるほどに、二人は十分「親子」だった。

「苦労も顧《かえり》みずあの子を育てた、あなたの行いは道に適《かな》うことです。神のお傍近くで育てられたあの子を、私は不幸とは思えません」

そう諭す神父の目をテオバルトは見なかった。

あれはその年最後の、暖かな秋の昼下がりだった。

墓地の南側にひと際高く伸びた糸杉の根元で、幼いヨゼはニコニコしながら、前の年の降誕節に神父が贈った絵本を読んでいた。テオバルトはわずかに目を細めた。

「アレは賢い子です。字だってすぐに覚えちまう。知ってますか神父さま？　あいつは墓石に彫られた名前だって、もう教えられなくても自分で読めるんです。学さえつけば、きっとヨゼもあなた様のように立派な人間になれる。だから俺は、墓守の仕事なんか教えなけりゃよかったと、後悔しとります」

「……職の種類など、信仰の前には何の意味もありません」

「そうは言ってくださいますがね、神父さま――」

老墓守は少し照れくさそうに言葉を切ってから、やや眉をひそめた。

「あいつは賢いが、ちょいと素直すぎる。物事を、あんまりにも真面目に受け入れすぎるんです。あんな身の上のせいか、なんでも与えられたものがすべてだと思っちまってる気がしてね。それはね、信仰ってやつの前ではいいことなんでしょう。ですがね……俺は少し、あいつを墓守にしとくことが、怖い」

「怖い……？」

「なんだか、うまくは言えねぇけれども……墓守って仕事はね、死ってモンに親しみすぎるんですよ。あんまり真っ直ぐに向き合ってたらすぐに持ってかれちまう。……ああ、もちろんオバケとかそういうんでなくてね。死ってのはそれ自体が何となしに、妙に惹きつけるもんがあるんです」

「……」

「ですからね、ちょいとばかしニブいとか曲がったような奴のが、この仕事には向いてるんですよ。そういう意味で、あいつは墓守には向いてない。俺は、墓守って仕事がヨゼの毒にならないかと……心配してるんです」

神父さま、とそこで初めてテオバルトは神父の目を見返した。

「俺に何かあったら、ヨゼのことを頼めるのはあなたしかおらんです。信仰の道でなら、あいつはきっと素晴らしい人間になります。神父さまがあいつを導いてやってくだせぇ」

俺では、あいつの親にはなれねぇ。

ボソリと呟いた老人の言葉は神父の胸の中に残り続けた。

まるでそれが遺言であったかのように、それから程なくして老人は急逝《きゅうせい》した。この土地では、冬はある朝ふいに訪れる。十年に一度と言われたその寒さに、老人の心臓は耐えることができず動きを止めてしまったのだ。

幼い少年を一人で生活させるわけにはいかず、神父は彼を教会の居住棟へ引き取った。ヨゼを墓守の番小屋へ帰すつもりはなかった。

なにぶん小さな教会には似合わぬ広さの墓地であり、墓守は必要であったけれども、それがヨゼである必要は無論なかった。ヨゼの親代わりを引き受けたのがテオバルト老人であったため神父は何も言わなかったが、本当は子供がする仕事ではないとも思っていた。

仮にあの時、老人が神父にああ言わずとも、ヨゼを引き取った時点で代わりの者を雇い入れるようとすることには変わりなかっただろう。

神父は、ヨゼの望み次第では、彼を神学校へ入れてやりたいとさえ思っていた。賢いヨゼなれば神父が勉強を教えてやれば入学は難くないであろうし、そうすれば寄宿舎で同年代の友人も持てるだろう。

老人亡き今、ヨゼの父親となって彼を立派に育て上げることができればと、妻子も持たぬ身で考えていた。神父として信徒のためにあるのではなく、あの時は本気で、ヨゼという少年のための父親でありたいと願っていたのだ。

しかし、そんな神父の想いを打ち砕いたのは、他ならぬヨゼ自身だった。

彼は老人の生前から変わらず、神父を慕った。けれど午後に起きだしては夜に墓場に出かけ、朝の祈りを捧げてから眠るという生活もまた変わらなかった。何度直そうと試みても、ヨゼは昼を過ぎてからでなければ起きてこられなかったのだ。まるで、朝日を浴びれば消えてしまうとでもいうように。

ヨゼが老人と暮らした七年間の重みに、神父は打ちのめされた。そして数カ月が経った頃の夕食の時間——ヨゼにとっては朝食の時間に、彼は神父に向かって言ったのだった。

「ぼくがテオじいの代わりに、この教会の墓守になります」

朗らかな顔でそう言いきったヨゼに、神父は何一つ反対する言葉を持たなかった。

結局、自分は婚姻を許されぬ聖職者であるという事実に逃げ、ヨゼをテオバルトに任せきりにしていたのだ。テオバルトがヨゼを墓場で拾った日、自分もまた赤子の泣き声に眠りを破られ、墓地へ赴いていたというのに。

今更、父親になろうとするのは虫が良すぎたのだ。神父は自分の浅ましさを恥じた。

老人の誤算は、彼が考えていた以上にヨゼが墓守として育っていたことだろう。

──私では、この子の親にはなれない。

そう、だから再び神父は決意を新たにしたのだった。親になれない自分は神父として、信徒たるヨゼを導いていこうと。

テオバルト老人の死がヨゼに何をもたらしたのかは分からない。

葬儀の日、ヨゼは涙を流さなかった。

あの時は老人が死んだということをうまく理解できていないのだと、そう思い込んでいた。しかし今思えば、違ったのかもしれない。あの目は──。

神父はハッとした。あの棺が運ばれてきた夜、そして彼が棺を開け少女と結婚させてほしいと懇願した夜、納骨堂でヨゼが見せた表情。その、何かに夢見るような、現実と焦点の合っていない瞳。

『あんまり真っ直ぐに向き合ってたらすぐに持ってかれちまう』

老人の言葉が不気味に蘇った。

神父は戦慄《せんりつ》した。——もし彼が、死に惹かれているのだとしたら。

「慈しみ深き主よ、お憐れみください。どうか……どうか、あの子が罪を犯しませぬよう、正しき道に再びお導きください、どうか……」

神父は神の加護を乞い、ひとり決意した。

ヨゼを護らなければならぬ。

呪われた悪魔の誘惑から。あの、理《ことわり》から外れた死せる乙女から。

死の誘いから。


青い衣の聖母を虚ろな目でヨゼは見上げた。

聖堂には誰もいない。

ヨゼが寝込んでいた間に、日の落ちる時刻は格段に早くなっていた。冷え込みは厳しく、そろそろ本格的な冬の到来だろう。起きだしてきた頃には辺りはすでに暗くなっていて、聖堂の窓だけが明るく、ステンドグラスが色鮮やかにきらきらと輝いていた。微熱でぼんやりと潤んだ目に、その光はとても綺麗に映った。

先ほどまで神父さまが午後の祈りを捧げていたようで、ほのかに人のいた温もりが残っているような気がする。

後光の差す聖母の姿は神々しく、見下ろすすべての者への慈愛に満ちているというのに、なぜ彼女だけが悲しげな表情をしているのだろう。

あるいはヨゼの心がそう見せているだけなのだろうか。

冷たい聖母、という言葉が残響のように耳の奥に響いていた。

泣き叫ぶような悲痛さでヨゼにそう言った少女とは、もうずっと会っていない。たった一度、神父さまが届けてくださった籐籠の中に、彼女が花束を包むのに使っていたのと同じ色紙を見つけた。そこに染み込んでいたのは、失われた温度の残滓《ざんし》だった。

だがヨゼにはもう、それを惜しんでいる自分すら偽りのもののように思われた。何が本当で何が偽りなのか、判別がつかなかった。愛の形も、信仰の在り方も、感情さえも——。

神父さまは毎日のようにヨゼに教えを説いてくださる。まるで積んできたものがすべて崩れてしまったあと、それらを再び積みなおそうとするかのように。けれど、正しい信仰のもとに生きていると信じていた自分が誤っていたと知ってしまった今、そんな自分の中に正しいものをもう一度築きなおせたりするものだろうか。どうせ歪な形にしかならないのではないか。

自らが罪深き者であることを真に自覚し、神の前に過《あやま》ちを告白すれば許しは得られるのだと神父さまは仰った。——だとすれば、ヨゼは救いようのない背信者だ。いまだに自分の犯した罪というものが分からないのだから。

あの日から、ずっと考えていた。

神父さまは、主のお与えになった不滅の魂を軽んじ、それを失った肉体のみに執着することは罪であると言われた。……しかし、肉体もまた神のお与えになったものではないのか。それだけではない。仮に魂が不滅であることが肉体に勝る所以《ゆえん》であるとするならば、不滅なるエリスの肉体を魂と同様に愛することに、何の矛盾があろうか。

けれど、そんなことを言ったところで何の意味もないのだろう。

神父さまが間違っているはずなどないのだから。間違っているのはヨゼのほうなのだ。

地上に死者のための場所はない。この世界は生者のためにあり、神の国は魂のためにある。

死せる骸《むくろ》の安息は、冷たい土の下にのみある。

死者としてこの世に生まれたヨゼの存在は、根本からして破綻《はたん》しているのだ。

誰もヨゼを死者とは見なさない。

生者として信仰に生き、エリスへの想いを迷妄《めいもう》と切り捨てること。そんなまっとうな生き方は、ヨゼにとっては今やすべて空虚だった。

ヨゼと信仰とは分かちがたく結びついていたはずなのに、ひとたび離れてしまえば――いや、もうとっくに別のものだったのだと気づいてしまえば、途端によそよそしく感じられた。もう二度と共にあることができないような、赤子が母胎《ぼたい》に戻ることができないのと同じくらいの不可逆さ。……けれど、捨てることとて到底できない。

そんな状態で神の前に跪くこと、不確かで外見ばかりの信仰を持ち続けることこそ、大いなる背信ではないのか。

偽りの信仰――それは寒気のするような響きを帯びていた。

ヨゼは小さくくしゃみをした。心なしか、熱が上がっているような気がする。

重い息を吐き、長椅子から立ち上がる。

この秋から冬にかけて、ヨゼはあまりにも沢山のことを知りすぎたのだ。

何も知らないことですべてが調和していた頃が、麗《うるわ》しく思い出される。

祭壇に背を向け、ヨゼは聖堂をあとにした。

カッ、カッ、カッ……ガリッ……ガッ……

どこからか聞こえてくる、硬いような、脆いような音。――どこかで聞いた音。

誰かがヨゼの名を呼んでいる。神父さまの声にも似ているけれど、違う気もする。

粘ついた暗闇からヨゼは這い出す。灼熱《しゃくねつ》の太陽が肌を焼く。息が苦しいほどに暑い。

思い通りに動かない身体を引きずって歩けば、渇いた土の上にぽたりぽたりと汗が落ちた。

「ヨゼ」

ふと顔を上げると、そこには誰かの影があった。すぐ目と鼻の先にいるのに、顔だけがぼやけて見えない。けれど、ヨゼにはそれが誰であるか分かっている。

その人はシャベルで穴を掘っている。さっき聞こえてきたのは、この音だったのだ。

「テオバルト」

ヨゼはその名を呼んだ。しかし、彼はこちらを振り向かない。きっと呼び方が間違っているせいだ。でも、どうしても思い出すことができない。

老人はどんどんと穴を掘り進める。すでに彼の頭はヨゼよりもずっと低い位置にある。

仕方がないのでヨゼもシャベルで穴を掘りはじめるが、なかなか思い通りに進まない。

「おめぇは墓守にゃ向いてねぇよ」

ヨゼの隣で、もう肩のあたりまで穴に埋まってしまっている老人が言う。

――ヨゼは生まれながらの墓守だ。他の生き方なんて知らない。

「俺はお前の親にはなれねぇ」

老人は深い穴の底からヨゼを見上げた。間に合わなかった、となぜか思った。

老人は青ざめた死人の顔をしていた。

死んだ墓守は困ったような顔で、何ごとか呟いたように見えた。しかし、ついにその言葉はヨゼには届かなかった。ただ、元通り均《なら》された土の上には灰色の墓標だけが残されていた。

「テオバルト……」

ヨゼは墓標の名をなぞるように読み上げる。

そして、呼んでみた。

「父さん」

土の下からは何の返事もなかった。ため息のような生ぬるい風が頬を撫でて吹き過ぎた。

ヨゼは穴を掘り続ける。背中を太陽が焼く。

早く、少しでも深いところへ逃げなければならない。

再び、後ろでヨゼを呼ぶ声がする。振り返ることはできない。光が強すぎて、きっと見てはいられない。こんなに明るい世界、耐えられない。ヨゼはシャベルをふるい続ける。息は苦しく、視野は狭い。シャツは泥だらけで、手は傷だらけだ。

そのうちに、ふと我に返る。一体、自分はなぜ穴を掘っていたのだったか。

すでに地上は遥か高みにある。太陽の熱気もここまでは届かない。ヨゼを呼ぶ声すら。

ぱたり、と水滴がヨゼの鼻先をかすめた。雨だろうか。……また一滴、ぱたり。

ふわりと漂ったのは、ひどく切ない香りだった。優しさと痛みを同時に感じる、懐かしい香り。けれどそれが何だったか、うまく思い出せない。

いつの間にか、穴の底には月の光が差し込んでいた。

見上げると天頂には三日月がのぼっている。

愛しい人の横顔を思い出して、途端にヨゼは心細くなった。胸がしめつけられる。

彼女に会いたい。彼方の天空にかかった月を見上げ、ヨゼは途方に暮れた。

深く掘りすぎてしまった。これでは彼女を迎えに行けない。

その時、不意に影が差した。

翻るドレスの裾《すそ》。ゆるやかに流れる長い髪。月の光に洗われたその色は……亜麻色？

「……エリス？」

そんなはずはない。しかし、穴の縁に立ち無言でヨゼを見下ろす少女の背格好は、紛れもなくエリスのように見えた。表情は陰になっていて見えない。

「本当に君なの……？」

少女の影がグラリと傾いだ。

そしてその背後から現れたのは、闇よりもさらに濃い、闇色の人影だった。

二つの青い眼光が冷たくヨゼを見下ろした。

「約束の時だ。彼女は返してもらうよ」

「いやだ……！」

ヨゼは叫ぶ。男はせせら笑った。

「残念だ。せっかく鍵を渡してあげたのに、君は接吻一つできなかった」

「……エリスは渡さない」

「彼女は君のものじゃない」

白い木偶《でく》人形のようなエリスを、夜が後ろから抱きかかえていた。

「かわいそうなヨゼ。今まで、自分で何かを手に入れようとしたことがあったかい？」

「僕は……ぼくは……」

「手に入れたいと願うのなら、失う覚悟もしなければならないよ」

――君は、彼女のために何を差し出せる？

「大切なものでなければ、価値はない」

ヨゼの大切なもの。

「エリスと引き換えにできるもの。そう、たとえば——その信仰心、とかね」

ヨゼはゾッとした。暗闇のなか、男の表情がニタリと歪んだ。

死者などではない、この男は。

——悪魔だ。

男が纏っていたのは冷たい土の下の、さらにずっと下からきた、地獄の気配だったのだ。

「おや。怖気《おじけ》づいたかい？　……では、こういうのはどうだろう」

男は蕩《とろ》けそうなほど甘く微笑んだ。

「いっそ私を殺してしまうというのは」

心臓を鷲掴《わしづか》まれたように慄然《りつぜん》とした。

「私が彼女を迎えに行かなければ、君は永久に彼女の傍にいられる。簡単だろう？」

「そんなこと……」

「できないのかい？　では君は、私にエリスを奪われようが構わないと？」

「そんな……そんな、殺すだなんて——」

「君には簡単なことじゃないか。死体を埋めるのはお手のものだろう。ほら、そんなに深く穴を掘って……放り込んでしまえば見つかりっこないさ。もとより死体で溢れかえった場所なのだからね……ご覧」

視線を戻して、ヨゼは愕然とする。

つい先ほどまでヨゼが掘っていた場所には、無数の死体が折り重なっていた。

シャベルの先端にも、土で汚れていた手や服にも、赤黒い血がこびりついている。

「う、あああ……」

――それは悪魔の誘いです、乗ってはなりません。

神父さまはずっと教えてくれていたではないか。なのにヨゼは、その正しさに怯えてこんなところまで来てしまった。

もう、あの光は届かない。

「さあ、どうする……ヨゼ？」

身体が冷えている。まるで死体だ。ヨゼはようやく気がついた。

――これは、僕のための墓穴だったのだ。


はっと目を開けた。しかし目覚めたことに気づかぬほど、辺りは暗く沈んでいた。

悪寒がする。服も寝具もびっしょりと濡れていた。かなり汗をかいたらしい。

ゆっくりと前の晩のことを思い出す。

聖堂を出たヨゼはそのまま番小屋へ戻る気にもならず、墓場を散歩していた。手先から足の爪先まで凍りつきそうな、痛いほど冷え込む夜だったが、寂しげな聖母像を思い出すと自然と納骨堂へ足が向いた。

神父さまが鍵を持っているため扉の格子越しに見るしかないが、少しでも彼女の傍にいたかった。あの時――彼女の棺を開けたあの晩、あんなにも二人は近くにいたというのに、ほんの数日でずいぶんと遠くなってしまったから……。

ところが途中から頭がズキズキと痛みだし、気分が悪くなってきたので、やむなく番小屋へと引き返して寝具にくるまってしまった。そこからの記憶はおぼろげだ。日中に何度か目覚めた気もするが、夢から夢への幕間のように頼りない覚醒《かくせい》だった。

どうやら高熱を出して魘されていたらしい。そのせいか、いくつも悪夢を見た気がする。

幸い熱は下がったようだが、汗が冷えて寒気がした。急いで寝台から下りて身体を拭き、乾いた服に着替える。周囲が真っ暗ということは丸一日寝過ごしてしまったのだろうが、今がいつなのか分からなかった。ヨゼの小屋には時計がないのだ。それでも空の様子を見ればなんとなく分かるのだが――。

おもむろに窓の外へ目をやったヨゼは、顔を強張《こわば》らせた。

墓地に灯りが見えたのだ。

こんな時間に通常の訪問者があるとは思えない。ヨゼの身体に緊張が走った。

長らく墓守の仕事を休んでいる。もうずいぶんと「墓荒らし」などという行為は見ないし聞かないが、それでも墓守という仕事が続いている大きな要因の一つは、墓地という場所が少しでも管理を怠《おこた》れば容易に荒《すさ》むところだからだ。

ヨゼは手早く上着を引っ掛けると番小屋を出た。

暗い夜だった。月は姿を隠し、星影一つ見えない。雲が出てきているせいだろう。

広大な墓地を見渡して、ヨゼは絶句する。

「っ……まさか」

身体から血の気が引いていくのが分かった。

納骨堂に灯りが入っていた。

錠を下ろされ固く閉ざされていた納骨堂の扉が、開いたのだ。

ヨゼ以外の者の手によって。

「そんな……！」

ついにあの男がエリスを迎えに来てしまったのだろうか。

そのうち、カンテラらしき一つの灯りが納骨堂のあたりからゆっくりと墓地の中を移動しているのが見えた。――棺を運んでいるのだ。

たまらず、ヨゼは駆け出した。びゅう、と耳元で冷たい空気がうなった。

節々が痛み、足が何度かもつれて転びそうになった。もんどりうつようにヨゼは走った。

灯りが近づく。それに照らされて、きらりと一瞬何かが光ったのが見えて、やはりエリスの棺が運ばれているのだと分かった。

「待ってください……っ!!」

ヨゼが叫ぶのと、カンテラの灯りが動きを止めるのはほぼ同時だった。

息せききってヨゼは灯りの場所へ――エリスのもとへと駆けつけた。

「お、お願いです、まだ……まだ待って――」

しかし、ゼイゼイと息を切らして辿り着き目にした光景は、想像していたものとは異なっていた。ヨゼはてっきりあの喪服の男が先頭に立ち、例の黒ずくめの集団を率いて葬列のようにエリスの棺を運んでいるものと思っていたのだ。

確かに、そこにはヨゼが何日も扉越しにしか見られなかった、あの瀟洒《しょうしゃ》な硝子の棺――エリスの眠る棺があった。しかし、それを運んでいたのは中年の男三人組だったのだ。

あまり身ぎれいとは言えない男たちは、その場で棺を土の上に下ろした。そして、今気がついたというような顔でヨゼのほうを見る。

「んん？　なんだ、ヨゼじゃねえか。身体はもういいのかい？」

カンテラを持ち先頭を歩いていた小柄な男が、驚いたように言う。そこで初めてヨゼは、彼らが時々雇う墓掘人夫であったことに気がついたのだ。

「あなたたちが、どうしてここに……それになぜ、その棺を――」

思わずそう言うと、彼らはきょとんとした表情で顔を見合わせた。

「お前さん、聞いてねえのかい？」

「え……？」

「いやさ、俺たちは仕事頼まれたんだよ。お前さん、ひでえ怪我したらしいじゃねえか。それで神父さんが来て――」

「神父さま？」

思い込んでいた事態と全く状況が違うことに、ヨゼの頭は混乱した。そんなヨゼの顔を見て何を思ったのか、男は少し申し訳なさそうに言った。

「いや、すまねえな。起き上がれるようになってんの知ってたら一言声かけてからにしたんだが……俺たちは神父さんに頼まれたんだよ。『棺を一つ、埋葬してほしい』ってよ」

ヨゼの視線を促すように、男はおもむろにカンテラを脇へかざし、顎をしゃくる。

見るとそこには真新しい墓穴が一つ、ぽっかりと黒い口を開けていた。

「な……」

「この寒さでだいぶ土が硬くなっててな。なかなか進まなかったが、昼に始めて何とかさっき掘り終わったとこだよ。そんで今から降ろしにかかろうと思ってたんだが——」

ヨゼは夢うつつに聞いたシャベルの音を思い出した。

けれど、そこから先の思考が働かない。何か途方もなく馬鹿な話を聞かされている気がした。目の前の事実の羅列《られつ》は単純でありながら、にわかには理解しがたかった。

エリスを埋める？

「——おはよう、ヨゼ。起きていたのですね」

背後から声をかけられ、ヨゼはビクリとして振り返った。

耳慣れた穏やかな声は、この状況にはかえって不似合いだ。手燭を持ち佇む神父さまは、いつもの黒い平服《カソック》ではなく真っ白な祭服を身にまとい、夜闇から浮いて見えた。

「神父さま……」

「あなた方も、長時間ありがとうございます。急なお願いで申し訳なかったですね」

「いや仕事ですから、そいつァ構わねぇんですがね——」

明らかに動揺した様子のヨゼへ、墓掘人夫はちらりとうかがうような視線を送った。

「神父さま……？」

立ち尽くすヨゼの前を横切って、神父さまはエリスの棺のすぐ傍へ立った。

その光景をヨゼは今まで数えきれないほど見てきた。

立会人がわずかしかいないことと、横たわった棺が美しい硝子の箱であることを除けば、それはごく見慣れた埋葬の儀式だった。

「神父さま」

呼びかけるヨゼの声など耳に入っていないかのように、神父さまは厳かに祈りの言葉を唱える。死者を土の下へと送る最後の祈り。

そして、十字が切られた。

「では、お願いします」

それまでじっと立っていた三人の墓守たちが再び、棺を運ぶために動きだした。

我慢の限界だった。

「待ってください！」

ヨゼの叫び声に、四対の視線が一斉にこちらを振り向いた。

ヨゼは汗ばんだこぶしをきつく握りしめた。

「どうして……」

わなわなと身体が震えていた。全身の血という血が沸き立つような気がした。

心臓が喚《わめ》き散らしている。間違いない。これは――怒りだ。

「彼女を埋めるだなんて……どうして、そんな勝手なことを――」

神父さまの眉がぴくりと動いた。人夫たちは困惑したように二人を見比べている。

「ヨゼ、言ったはずですよ」

神父さまは幾分声を低めて言った。その瞳は鋭くヨゼを射抜いた。

「その想いは断ち切るべきものだと。しかし、どうやら、あなたにはできないようです。……確かに私も酷《こく》だったかもしれません。あなた一人ではこの試練を乗り越えることは難しい」

「どういう、ことですか……」

「私には神に仕える者として、そしてあなたを養育してきた者として、あなたを正しい道へ導く義務がある。だから私は、あなたを悪しき誘惑《あ》から解き放つ手伝いをするのですよ」

この方を埋葬することによって、と神父さまはエリスを冷たく見下ろした。

「あんまりです……！　大体、彼女を連れてきたあの人は、迎えに来るまで預かっていてほしいと言ったではありませんか！　神父さまともあろう方が、その約束を違《たが》えるのですか！」

「──口を慎みなさい、ヨゼ」

ヨゼはハッとして口をつぐむ。

神父さまは押し殺すように、これがあなたのためなのです、と言った。

「僕のため……？」

「この遺体がこの教会へ来てから、日に日におかしくなってゆくあなたを見てきました。やむを得ず納骨堂を閉鎖しましたが、どうやら大して意味はなかったようです。この方の遺体が地上にある限り、あなたは道を誤る……これは、よくないものです」

　神父さまは忌むような視線をエリスに送り、そして顔を上げた。

「さあ、もういいでしょう。あなたたち、待たせてすみませんでした。お願いします」

　その言葉に促され、男たちは戸惑いつつも再び棺に手をかけようとする。

　頭の内側がカッと爆《は》ぜたような気がした。気づけばヨゼは彼らを押しのけるように棺へ駆け寄り、その冷たい硝子を抱きしめていた。

「触るな――ッ!!」

　若い墓守の怒声は、静かな夜の墓地に異様に響き渡った。

　肩で息をし、目尻に涙を滲ませながら、ヨゼは四人を睨みつけた。怒りの炎で身体が焼け焦げてしまいそうだった。

「ここの墓守は僕だ！　僕の許可なく勝手に埋葬することは許さない……！」

　――たとえ神父さまであろうとも。

沈黙が落ちた。

やがて、それを見ていた先ほどの人夫がため息をつき、神父さまに向かって言った。

「神父さん、面倒ごとはいけませんぜ……隠しごとも。俺たちが従うのは神父《あんた》でなくて墓守《ヨゼ》です。悪いが、俺らは帰らしてもらいますよ」

背を向けて墓地を去っていく彼らに、なぜか神父さまは何も言わなかった。

二人――いや、二人と一つの遺体だけがその場に取り残された。それでもまだ、ヨゼは覆いかぶさるように棺を抱いたままだった。

ヨゼ、と神父さまは言った。その声は少しだけ、いつもの調子に戻っている気がした。

「すみませんでした。あなたに断りなく、彼らに仕事を頼んだことは謝ります」

「……」

「ですが、私の考えは変わりません。あなたは一刻も早く、この少女から離れるべきだ」

そう言うと神父さまは、墓掘人夫たちが置き去りにしていったシャベルを拾い上げ、静かにヨゼの眼前に突きつけた。

「あなたが自分の手で、この方を葬りなさい」

さあ、と渡されるシャベルの柄を、ヨゼは強引に押し返した。

「できません、そんなこと……！」

「ヨゼ、私はあなたのために――」

「僕のためなんかじゃない！」

神父さまは目を見開いた。一度溢れ出した言葉は止まらない。

「神父さまが僕のためにと望まれることは、僕の望むことではないのです」

「何を言って――」

「すみません、神父さま……僕はあなたの思うような、正しい人間にはなれない」

息を呑む神父さまの前で、ヨゼはそっとエリスを見つめた。

無垢な死に顔。彼女を見ているだけで、ヨゼの心はこんなにも救われる。

初めて出逢った時に感じた弾けるような歓びも、胸を焦がす苦しみも、腸《はらわた》を抉《えぐ》られるような激しい欲望も、今となってはすべてが愛おしい。エリスがそこにいるだけで、ただ彼女の存在だけで、ヨゼは満たされた。

ずっと彼女だけを求めていたのだ。そして、これからも――。

「彼女を埋めるなんて、僕にはできない……僕はずっと独りだった。彼女は、エリスは、主が僕に与えてくださった女性なのだと……」

「目を覚ましなさい、ヨゼ。そのような異常な執着が、主の望みに適うものであるはずがない。あなたはまだ本当に愛すべき女性に出逢っていないだけです。あなたを愛し、そしてあなたが愛することのできる、真に婚姻の秘跡を授かるに値《あたい》する方に、あなたはいずれきっと巡りあう。その時が来れば――」

「そんな日は来ない」

神父さまの言葉を遮《さえぎ》り、ヨゼは低く、強くそう言った。気づけば涙を流していた。

ヨゼに沢山のことを教えてくれた神父さまの声が、優しく正しい立派な大人の言葉が、今のヨゼには悲しかった。

「僕がおかしくなったと仰いましたね。でも、僕はおかしくなったんじゃない。最初から、ずっとこうだったのです。これが僕だと、なぜ認めてくださらないのですか？　神父さまは僕のためと仰いますが、それは、僕に清く正しき信徒であってほしいという神父さまの望みではないのですか……？」

「ヨゼ、私は……」

「最初から僕の前に、正しい道なんてものはなかったんです。僕は――死体の胎から生まれたのですから」

信仰は生者のためにある。

主の創《つく》りたもうた世界において、信仰を持たぬことは死も同然。

ならば、ヨゼが正しい信仰のもとに生きられないのも、ひとえに死者であるからだ。最初から主の御業に為ったものではなかったのだ。

「僕は一人だ……ずっと一人だった。彼女に逢うまで……エリスだけが、僕と同じだったんだ。主が土から男をお創りになり、その骨から成る女をお与えになったように。墓から生まれた僕に、彼女は与えられた」

「……それ以上、主の名を穢《けが》すことはおやめなさい。それは悪魔の信仰です」

「悪魔？」

「そうです」

　神父さまは微かに震える手で、エリスを指さした。

「その女こそヨゼ、あなたを惑わす悪魔だ」

「違う……彼女は悪魔なんかじゃない。彼女は僕のエーファ……いや、神父さま、分かりました。今、分かりました。彼女は──」

「やめなさい!!」

　ヨゼはぴたりと口を閉じた。

　蠟燭に照らされた神父さまの顔は汗ばみ、深い皺の刻まれた顔は憔悴《しょうすい》しきっていた。

「もう、やめなさい……聞きたくない、あなたの口からそんな言葉は……」

「神父さま」

「あなたを救いたい……どうすればあなたの魂は、その深い絶望から救われるのですか……？　このままでは、あなたに約束されているのは果てなき奈落の谷、地獄の底です……ああ、主よ……」

苦痛に喘ぐような神父さまの声に、ヨゼは弱々しく首を振る。きっとこの先、もう、神父さまと分かりあえることは永遠にないのだ。そう思うと、胸が痛んだ。

「もう……いいのです、神父さま。僕とエリスは神に祝福されることはない、そうでしょう……？　彼女を愛することが罪だというのなら――僕は地獄に落ちたってかまわない」

「ヨゼ……!!」

泣きだすように微笑んで、ヨゼは言った。

「神父さま、あなたに僕は救えない」

信じる者は救われる。

ならば、ヨゼを救う者はもはや神ではない。

「彼女こそが僕の女神だ」

悲愴《ひそう》と恐怖に凍りついた顔。それが、ヨゼが最後に見た神父さまの表情だった。

その瞬間、ふっつりと灯りが絶えたのだ。

神父さまが手燭を取り落としたのだと、遅れて理解した。

「神父さま……？」

突然に灯りを奪われたことで、夜目の利くヨゼもほんの数秒だけ視界を失った。

けれどそれは、致命的な数秒だった。

何かが叩き割れる大きな音。状況を考えれば、それが何の音であるかは明白だった。

「エリス！」

彼女の棺が割れた？　でも、なぜ――！

咄嗟《とっさ》に棺のほうを見る。くらんだ視界が急速に闇に慣れ、世界の輪郭が浮かび上がる。

棺の脇に神父さまが立っていた。そして、その手にはシャベルが――。

「やめてください!!」

ヨゼは叫び、背後から神父さまに取りついた。

「放しなさいヨゼ！　こんなものがあるからいけないのです……！」

神父さまが鉄のシャベルの先端で、硝子の棺を叩き割ったのだった。

「やめてッ!!　お願いです!!」

鋭いシャベルの先端が、割れた硝子の破片が、エリスを傷つけている様を想った。

傷だらけになったエリスが――赤黒い傷口を晒し、そこから徐々に腐り果ててゆくエリスの姿が、瞬く間に脳裏を駆け巡った。

ヨゼの制止もむなしく、再び暗闇の中に硝子の砕ける音が響き渡る。

それは、ヨゼの心が壊れた音だった。

衝動が身体を突き破り、爆発する。嵐の中に身を躍《おど》らせるようだった。

——誰かを憎む心も、傷つけたいと思う気持ちも知らなかった。それなのに。

強引にシャベルを奪い取ろうとするヨゼに、神父さまは抵抗した。しかしどうしたって、若いヨゼのほうが強いのだ。渾身《こんしん》の力で取りすがる神父さまの身体を、ヨゼは振り払った。

エリスを傷つけたくなかった。ただ、それだけだった。

そして、すべては一瞬で終わってしまった。

何か重く鈍い音。そして、踏みつけられた小動物のような短い呻き声がして、その後……何も聞こえなくなった。

ただ自分の心臓の音と呼吸音だけが、全身から聞こえるような気がした。

力が抜けて、ヨゼは膝から崩れ落ちる。

手が震えている。頭が真っ白だった。乱れる呼吸で喘ぐように呼んだ。

「神父、さま……?」

しかし、何の返答もない。

気づけば神父さまはエリスの棺の上に、糸の切れた操り人形のように倒れかかっていた。

「神父さま!」

急いで助け起こそうとしたヨゼの手に、生温かいものがべったりと触れる。

「え……」

ぬるぬるとした感触。よく目を凝《こ》らせば、闇に浮かぶ神父さまの白い祭服がじっとりと黒いものに染まっていた。

「あ……」

棺から引き剥《は》がすように、重い身体を土の上へと横たえる。

指先に鋭い痛みが走った。仰向けにした神父さまを見たヨゼは、言葉を失った。

無数に割れた大小の硝子の破片が神父さまの身体に突き刺さり、黒い染みを作っていた。

そして一番大きな硝子の破片は、深々と――老人の細い喉首に突き立っていた。

血に染まった胸は、ぴくりとも動かない。

『手に入れたいと願うのなら、失う覚悟もしなければならないよ』

『大切なものでなければ、価値はない』

夢の中の男がヨゼを嘲笑う。

「あぁ……いやだ……嘘だ、そんな――」

ひとすじの光も差さない闇夜の静寂に、墓守の絶叫が響き渡った。

一体どれほど、そうしていたか分からない。

これは悪夢の続きだろうか。ヨゼはまだ番小屋の寝台の上で熱に浮かされているのだろうか。そうであってほしい。熱が下がって、目が覚めて、聖堂に行くとそこにはいつも通り神父さまがいてヨゼを迎えてくれる――。

ヨゼの頬には涙の跡が乾いていた。それなのにまだ、溢れてこようとする。

分かっていた。そちらのほうが夢なのだ。

この夢は醒めない――現実だ。

転がったシャベル。割れた棺。

もう血も流れず、冷えていくばかりの神父さまの肉体。ただの死体。

座り込んだヨゼの身体も、次第に冷え切っていく。けれど、その温度は生命活動を維持できる程度までしか下がりはしないのだ。

不思議な心地だった。

死体のヨゼがまだ生きていて、生きていた神父さまがどんどん死体になっていく。

ヨゼが守る墓地のなかに、神父さまの名が刻まれた新しい墓石が立つ。テオバルトと同じように、ヨゼの「家族」たちと同じように、ヨゼは声をかけるのだ。クラウス、と。

ぼろぼろと新たな涙が流れ落ち、土に染み込んでいった。

そんなこと、望んでいなかった。

青白い「家族」はヨゼを慰めてくれる。ただそこに在って、失われてしまったヨゼの系譜を繋げ、ヨゼの孤独を埋めてくれる――でも、ヨゼの言葉には何一つ応えてくれない。

ヨゼは神父さまに「家族」になってほしいわけではなかった。だってヨゼが好きだったのは、灰色の石に刻まれた「クラウス・マイヤー神父」などではない。あの優しい声で、微笑みで、ただ一言「おはよう、ヨゼ」と言ってくれる神父さまだから、ヨゼは好きだったのだ。

そんな人を、ヨゼは自らの手で殺してしまった。――エリスのために。

ヨゼは棺のほうを見た。硝子の棺は粉々に割れ、金の枠は歪に曲がっている。やっとのことで身を起こし、ヨゼはよろよろとエリスを覗き込んだ。

一つの命を犠牲にヨゼが守った死体の少女は、その可憐なドレスの裾に神父さまの血を吸わせて、夢のように美しく眠っていた。

恐ろしいことも、汚いことも醜いことも、何一つ知らないという聖少女の表情で――。

途端に、ヨゼを残酷《ざんこく》な感情が襲った。

「……ふっ、ふふ……あははっ」

ひとりでに笑いが漏れた。まるで自分の身体でないみたいに、抑え込もうとしても止まらない。嘔吐《おうと》するようにヨゼは嗤《わら》った。

「はははっ……あ、アハ、ふふ、ひ、ははは……あははは……」

——なんだ、馬鹿みたいじゃないか。

壊れた機械のように、身体が変なふうに曲がって痙攣《けいれん》する。ヨゼは乱暴にエリスの顎をつかんだ。割れた硝子がヨゼの腕を裂き、白雪のような頰に鮮血が滴《したた》った。

そして、ヨゼは花嫁に口づけた。硬く、冷たい唇。死体の唇。

ヨゼはついに彼女を手に入れたのだ。取り返しのつかない大切なものを引き換えにして。

神父さまをこの手にかけて——それでもまだエリスへの愛しさが消えることのない自分の心が、ヨゼには可笑しかった。

「愛してる……僕のエリス」

そっと唇を離す。その時、視界の端に銀の光がちらついた。

そしてヨゼの目は「それ」に釘付けになる。

エリスの握る銀色の、十字架を象《かたど》った短剣。そこに刻まれた言葉に——。

『エリス　罪深き者よ、安らかに眠れ』

その言葉がすべてを導くように、ヨゼの思考が一つに収斂《しゅうれん》されていく。

——罪深き者よ。

「君には、はじめから分かっていたの……？」

呟くように問いかける。けれど彼女は答えない。

出逢ったあの日から、彼女が何か語ったことなどない。

死者は何も答えてはくれないのだ。ヨゼはそっと、エリスの手を握った。

──我が愛、我が破滅。

画家の言葉が蘇る。今なら彼の最期の言葉を理解できる気がした。

そしてヨゼは、彼女の手から短剣を抜き取ると、鞘を払った。

◇◇◇

暖炉の火が爆ぜた。

革張りのソファに腰掛け、物憂《う》げに頬杖をつく男の顔に炎が陰影をつけている。

男の顔立ちは端整でありながら、不思議と年若い青年のようにも疲れきった老人のようにも見える。そして、青い両の瞳は異様な輝きを湛えていた。

「——結局、今回も同じか」

男の独り言が虚空に吸い込まれてゆく。視線の先には、硝子の棺に納められた、人形と見紛《みまが》うほどの美しい少女の遺体があった。

「ずいぶん派手だったな。おかげで棺を新調しないといけなくなった。彼女相手にここまでできるとは、聖職者の信仰心も侮《あなど》れない。……いや、どちらかといえば親心か」

頬杖をついていないほうの手で、男は小さな金の鍵を弄《もてあそ》ぶ。

「しかし墓守の彼はなかなかいいものを見せてくれた。君もそう思うだろう、エリス？」

男はソファから立ち上がり、金の鍵で棺の蓋を開ける。

「彼らの分も入れておかなくてはね」

そう言うと、男は傍らのテーブルに置かれた花瓶——なぜか枯れた花ばかりが挿された花瓶の中から大振りの二輪を抜き取り、棺のなかに収める。

「ほら、ご覧。また君のために人が死んだ」

少女の周りを溢れんばかりに埋める花々を見つめながら、男はうっとりとした口調で言う。しかし、その目は笑っていない。強い眼光の裡《うち》に秘められているのは底なしの闇だった。

「エリス……罪深き者……君はこれからも、一体どれだけの人間の人生を狂わせて、命を捧げられてゆくのだろうね」

腐敗しない遺体——通称・エリス。それが、いつ頃から存在するものなのか、なぜこのようなモノが生まれたのか、それは男も知らない。

すべての運命を破滅へ誘いながら、自らは安らかに眠り続ける罪深き乙女。彼女が横たわるのは、彼女のために死ぬ者たちの棺だった。散っていった者たちの想いが積もって、エリスは一層美しくなる……エリスは「そういうもの」だった。

「誰もが君を規定する。自分の願う形に、どこまでも恣意《しい》的に。でも、それでいいんだよ。……どうせ伝わらない想いなんだから」

ただ、想いをかけるものと、想いの器《うつわ》があるだけ。それは恋の形によく似ていた。

エリス自身は何者でもない。彼女を規定し、想いを吹き込んだ数多《あまた》の人間が命を捧げたという事実だけが彼女に意味を、存在の力を与えているのだ。それを魔力、あるいは命と呼ぶのなら、それはすでに備わっているのだろう。

彼女に恋をしたものは尽《ことごと》く死にゆき、時には周りの者を巻き添えにしながら、この美しく禍々《まがまが》しい花の養分になってゆく。

男はただ、その先にある物語が見たいがために、闇夜に紛れて彼女を運び続ける。

――男は時折思う。この呪われた我が身もいつか、エリスのために死に、硝子の棺に籠められた無数の花の一輪になるのだろうか、と。

永遠に朽ちることのないエリスの身体は、時を超えて幾多の人間と恋をする。

処女のような純粋さと、娼婦のような毒をもって。

◇　◇　◇

暖かな風が少女の頬を撫ぜ、広い墓地を流れてゆく。

長い冬は去り、春がやってきていた。

見事な赤毛を黒のトークハットの下に隠した喪服の少女は一人、墓石の前に立っていた。

名前だけの簡素な墓石。捨て子だと言った彼の短い名前に続く苗字《みょうじ》さえ、生きている間に知ることはついになかった。

ヨゼの死を知ったのは、マルガが彼を見舞いに教会を訪れてからほどなくしてのことだ。

それは、その冬初めて雪の降った朝のこと。

町はずれの小さな教会。そこの神父と墓守が変わり果てた姿で見つかった。

二人が何者かに殺されたという噂は、一日で町中に広がった。

神父は特にひどい状態だったという。一体どういう状況で殺されたのか、全身に砕けた硝子の破片が刺さっていたらしい。

一方、不可解なのは墓守のほうだった。

彼は鋭利な刃物で喉を一突きにされており、真新しい墓穴の中で見つかった。あたかも、はじめからそこへ埋められることが決まっていたとでもいうように。しんしんと降り積もる雪に真っ赤な血が染みて、それは凄《すさ》まじい光景であったと聞く。

凶器は見つからなかった。

積もった雪が地面を覆い隠してしまったせいで逃走した犯人の足取りは掴めず、捜査は難航した。どこに潜んでいるとも知れない殺人犯を町の人々は恐れた。

だが、血なまぐさい出来事のあった教会にも新たな神父が派遣され、恙《つつが》なく降誕節のミサが執り行われたことで、やがて人々の心は新年の喜びで塗り替えられた。——故《ゆえ》に、事件当夜に殺された二人の姿を見たという墓掘人夫たちの話も、大して噂になることはなかった。

彼らはその日、硝子製の奇妙な棺を運んだのだという。

そこには若くして亡くなった娘の遺体が納められており、彼らは納骨堂に安置されていた棺を埋葬するために穴を掘っていたのだと、三人の墓掘人夫は証言した。

ところが、棺はついに発見されなかった。あまりにも現実味に欠けた話は虚言と扱われ、事件当夜に墓地にいたことからも、かわいそうに一時は彼らが犯人ではないかと目されていたようだ。幸い、動機も証拠も不十分であったことから、しばらくして彼らの容疑は晴れた。

しかし、話を聞いたマルガには分かった。

あの硝子の棺は、呪わしい白雪姫は、本当にその夜、そこにいたのだ。そしてヨゼと神父を殺したのは、あの死体の少女だったのだ――マルガには、そうとしか思えなかった。

冬が終わっても、犯人はまだ見つからない。

マルガは灰色の墓石の上に、そっと花束を横たえる。純白のクロッカスは生花だった。

あの日以来、マルガは造花を作るのをやめてしまった。男に金をもらって寝ることも。

明日にはこの町を出る。もう、戻ってくることはないだろう。

「春が来たよ、ヨゼ……」

涙が頰を伝い、ぱたりと墓石の上に落ちた。

少女の声は春風に溶け、墓地の上を吹き抜けてゆく。

返事をする者は誰もいなかった。

黒衣は躍る

夜霧の中を、影のような男が滑るように歩いていた。人気《ひとけ》のない街路には、ぼやけたガス灯だけがぽつりぽつりと揺らめいている。

何か予感めいたものが兆《きざ》す夜だった。

男が自邸に帰り着くと、寡黙《かもく》な老使用人が主人の帰りを待ち受けていた。

「お手紙が、書斎に」

帽子と外套《がいとう》を受け取りながら、「例の方から」と老人は短く言い添えた。薄く疲れを滲《にじ》ませていた男の瞳の奥に、小さな炎が宿る。

「そうか。では悪いが、しばらく空けるよ」

「かしこまりました」

「すまないね」

「仕事でございますから」

無愛想な言葉に、男はわずかに苦笑する。必要以上に干渉してこないのは彼の美点だ。

書斎に入り、上着を脱ぎながら書き物机に目をやると、一通の封筒が置かれていた。

小舟と花が組み合わされた特徴的な意匠の封蝋《ふうろう》は、燭台《しょくだい》の灯《あか》りを受けて血痕《けっこん》のように赤黒く光っている。――差出人の名前はない。いつものことだ。

開いて内容を確認すると、そのまま暖炉の火に焚《く》べた。紙が生き物のようにうねり、白い封筒は瞬《またた》く間に炎に蝕《むしば》まれて、黒く崩れてゆく。封蠟がじゅわりと溶け、滴《したた》り落ちた。

それを見届けると男は続きの寝室へと入り、ワードローブを開く。

男には通常の礼装と別に、ある特別の用にしか身に着けない揃《そろ》いがあった。

着ていたものを脱ぎ、新しいシャツに袖《そで》を通す。スラックスも、ウエストコートもタイも、すべてが鴉《からす》の濡羽《ぬればね》を思わせる黒で統一されていた。

暗幕のような黒のコートに、黒革の手袋……それはどこか弔問《ちょうもん》の装いを思わせる。

この瞬間から男は、名前も地位も何一つ持たない「影」となるのだ。

男の奇妙な仕事が始まったのは数年前のこと。その時も、男は黒を纏《まと》っていた。

あの悪魔的な儀式の行われた夜、惨劇《さんげき》は起こり、そして男の運命は転じた。

彼の人生に大きな変局をもたらしたのは、やはり一人の男だった。

――いや、これは正確ではないだろう。それを司《つかさど》るのは、いつも女神だというから。

背徳の密儀。黒衣の男たち。揺らぐ蠟燭《ろうそく》の火に、血塗られた祭壇が浮かび上がる。

掲げられているのは眩《まばゆ》く輝く硝子《ガラス》の棺《ひつぎ》。その中で、「彼女」は夢見るように死んでいた。

◇◇◇

セドリックは煌《きら》めくシャンデリアの光に目を細め、ため息をついた。

「——いかがです、サー？」

「ああ……」

礼儀正しくにこやかなボーイが差し出す発泡ワインのグラスを、できるだけ自然に見えるよう微笑《ほほえ》みながら「どうも」と受け取る。こんな辺境の壁際へもサーヴィスに来てくれるのは有り難くもあり、煩《わずら》わしくもあった。

辺りは弦楽の明るい音色と、さざめくような歓談とで満たされている。この空間そのものが、まるでグラスの中に揺蕩《たゆた》う黄金色の液体のように微細な泡を発して見えた。

正装の紳士たちと色鮮やかなイヴニングドレス姿の淑女たちの姿が入り交じり、それは一幅の絵のように調和のとれた光景だ。そこにいるのは紛《まぎ》れもなく選ばれた人々であり、同じ場にいるセドリックもまた、その一人なのだ。——少なくとも、名目上は。

突如《とつじょ》、完璧な絵画の一角から、どっと大きな笑い声が上がる。

輪の中心にいる人物はどうも周囲から浮いていた。確かに他の参加者同様タキシードに身を包んではいるが、中身は別の生き物ではないかと疑われた。セドリックからは一番遠い位置にいるが、遠目にも……いや、見なくとも分かる。太った腹から発される場違いな胴間声《どうまごえ》。発音も、ここに集まるような上流階級の人々のそれとは似ても似つかない。

「まあ……あちらは、どなたなの？」

セドリックの近くで、光沢のあるペールグリーンのドレスを纏った中年の婦人がわずかに眉をひそめ、傍《かたわ》らのラベンダー色のドレスの婦人に囁《ささや》く。

「バーナード・ソーンヒル氏ですわ。ほら、金融業で成功なさった」

「ああ、それで……」

「しっ。聞こえますわよ」

両婦人がちらりと視線をこちらへ寄越し、すぐに逸《そ》らしてクスクスと忍び笑いを漏《も》らす。

彼女たちの言いたいことはよく分かる。

つまりは「選ばれた人々」にもいくつか種類があるということだ。

社交界の場を許された紳士《ジェントルマン》の呼び名は、今や貴族だけのものではない。真っ黒な鉄塊が煤煙《ばいえん》を吹きあげ轟音《ごうおん》とともに走りだしてからというもの、そこには些《いささ》か金臭《かなくさ》い連中が加わることとなった。いわゆる成金貴族だ。実際、爵位も金で買える時代だった。

そしてセドリック・ソーンヒルもご多分に漏れず、そんな人間の一人なのだった。

もっとも、事業に成功し紳士の仲間入りを果たしたのは、あそこにいる父親であって、セドリックに至ってはただおこぼれで紛れ込んだだけの人間にすぎない。この場において自分はあの父親よりも取るに足らない存在だ。今さっきグラスを勧めてきたボーイのほうが余程なじんでいるではないか。

セドリックは嘆息する。この絢爛《けんらん》たる世界の中で、自分だけが異物だった。

その時だ。

「浮かない顔だね、ミスター・ソーンヒル」

突然隣から声をかけられ、見ると、精悍《せいかん》な顔つきをした初老の紳士が微笑んでいた。

色の薄い金髪にわずかに白いものの交じった髪を小粋に固め、その年代の男性としては珍しく口髭《ひげ》のない顔がかえって若々しく映る。引き締まった身体《からだ》は透かし模様の美しい白のウエストコートと艶《つや》やかなタキシードに包まれ、スマートな色気を帯びていた。

青灰色の瞳がにこやかに細められ、こちらを覗《のぞ》き込んでくる。

「……あ」

しまった、と思った。

向こうは自分を知っているらしいが、セドリックのほうでは全くの初対面だ。しかも明らかに相手のほうが上の立場であると分かるのに、こちらから名前を尋《たず》ねるのも無礼な話だろう。

返事に詰まっていると、今度は反対側から甲高い声が割り込んできた。

「まあ、アッシュフォード伯爵！　壁の花だなんて、らしくもございませんこと」

見ると、先ほどの婦人たちがドレスの裾《すそ》を揺らしながら勢い込んで近づいてくる。

「やれやれ、ここでも見つかってしまったか」

アッシュフォード伯爵と呼ばれた男は、さして困った様子もなく肩をすくめた。

「呆《あき》れた、お隠れになれると思われて？」

「ここに伯爵を放っておける方なんていらっしゃいませんわ。どちらにいらしても人目を惹《ひ》いてしまわれるのですもの。ねえ、ミスター・ソーンヒル？」

ラベンダー婦人の流し目が、暗に「知らないなんてありえない」と言っている。

しかし、どんな意図であれ助け船には変わりない。セドリックは内心ホッとしつつ、

「お目にかかれて光栄です、伯爵」と曖昧《あいまい》な笑みを浮かべた。

「はは。私もだよ」

「え？」

「金融界の傑物《けつぶつ》、ソーンヒル氏のご子息と聞いて、さぞ豪気で野心家な若者が来るのだろうと思っていたが……意外だったな。これほど線の細い、優しげな青年だったとは。血というのは分からないものだね、レディ・スペンサー？」

「ええ、本当に……素敵な方ですわ」

水を向けられたペールグリーンのスペンサー夫人は、伯爵の微笑みを熱のこもった目で見つめ返している。「素敵な方」がセドリックでないのは丸わかりだ。

先ほどまで自分を冷笑していた者たちがいとも簡単に態度を変えたことにセドリックは鼻白んだが、アッシュフォード伯爵という人物がこの場においていかに力をもった存在であるのかはよく分かった。

三人が談笑している——正確には二人の淑女が一人の紳士に秋波《しゅうは》を送っているのを横目に、セドリックはグラスを無意味に回したり口をつけたり適当なタイミングで微笑んだりしながら、行儀のよい犬のように大人しくしていた。

実際、伯爵は魅力的だった。

上品さの中に垣間見える野性味、年長者の思慮深さと若者のような遊び心とを併《あわ》せもつ伯爵は、その外見と理知的な話しぶりで、すっかり婦人たちの心を摑《つか》んでいるようだった。

——こういう人が本物の「上流」なのだ。

羨望と卑屈《ひくつ》な思いとがない交ぜになり、眩《まぶ》しいような気持ちで伯爵を見る。するとと伯爵は一瞬ちらりと涼しい視線を送って寄越し、「さて、ご婦人方」と言いながら親しげにセドリックの肩を抱いてきた。

「そろそろ彼と二人きりにしていただいてもよろしいかな？　……なに、レディに聞かせるのは少々憚《はばか》られる話をしようと思ってね」

「まあ、はしたない」

「伯爵ときたら本当に見境がないんですからね。お気をつけて、ミスター・ソーンヒル」

貴婦人たちは、その目に名残《なごり》惜しさとセドリックへの嫉妬《しっと》めいた色を滲ませながらも、伯爵への礼儀を重んじ素直に会釈する。

「では失礼いたします」

「いつかは私《わたくし》たちも〈秘密の集《つど》い〉に呼んでくださいましね、伯爵」

そんな言葉を残して、先ほどと同様、瞬く間に別の輪の中へと加わっていった。

我知らずセドリックが息をつくと、伯爵は肩から手を離して「疲れたかね？」と悪戯《いたずら》っぽい笑みを浮かべる。

「いえ、そんな……」

「遠慮する必要はない。私も君を言い訳に使わせてもらったのだ。悪いね。もっとも、君と話してみたかったのは本当だが」

「勿体《もったい》ないお言葉です。私のような……成金の息子に」

「何を言うのかね。もはや貴族ばかりが偉い顔をして取り澄ましている時代ではないさ。

ほら、あれを見たまえ」

そう囁き、伯爵がさり気なく目配せした先には、ちょうどセドリックの両親と同じような年格好の男女が揃って、一人の紳士と何事か語らっている。厳格そうな面持《おもも》ちが何となく似通った二人は夫妻らしく、傍目《はため》にも由緒正しい家柄の品格があった。

「リントン子爵チャールズ・エヴァンス卿《きょう》と夫人だよ。話しているのは、ロズリー男爵レイモンド・ロズリー卿。今世紀に入って叙爵された新興貴族の二代目だ。羽振りは良いし、年頃の令嬢もいる。大方、子爵夫妻が縁談の探りを入れているといったところだろう」

「子爵夫妻が？」

「……風の噂《うわさ》だがね。なかなか厳しいそうだよ。所領を切り売りして、それでも間に合わないのだ。今の時代、珍しい話ではないがね」

——没落貴族。

そんな言葉が頭に浮かぶ。

「誇り高いリントン子爵家のことだ、ロズリー男爵家でも妥協したほうだろう。……そういえば、変わり者の末弟が新聞記者《ジャーナリスト》になりたいと言いだして勘当されたなんていう話も聞いたな。家督を継げない次三男《スペア》にとって、大学卒業後の身の振り方はシビアな問題だ。独立心があって私などは素晴らしいと思うが……子爵夫妻にとっては耐え難い醜聞《しゅうぶん》なのだろう。旧《ふる》い在《あ》り方を変えねば衰亡する一方だということすら受け入れられない人たちだからね」

辛辣《しんらつ》な言葉に身をすくませているセドリックに気づいたのか、伯爵は困ったように笑い、「まあ、つまらないことだ」と言った。

「そういうわけだから、君ももう少し胸を張るがいい。今後この国の繁栄を支えてゆくのは君のお父上のような方であり、君もその役目を継ぐのだろうからね。……おっと、こんな話をしていると、先ほどのご婦人方に渋い顔をされてしまうかな？」

素知らぬ表情でウインクを飛ばしてくる伯爵に思わず小さく笑みをこぼすと、「そんな顔もできるのかね。君もそのうち壁の花ではいられなくなるな」と伯爵は微笑んだ。

驚くほどすんなりと、伯爵はセドリックの心を解きほぐしてしまった。

「伯爵はそのように仰《おっしゃ》ってくださいますが、私自身は本当に、つまらない人間なのです」

「おや。それはなぜ？」

心地のよい言葉をかけてくれる伯爵の優しさと、ほんのりとした酔いとに委《まか》せて、セドリックはやや饒舌《じょうぜつ》になっていた。

「……正直な話、私は市場の動向や有益な取引といったものにまるで興味が持てないし、仰る通り野心家でもありません。これから父の後継として付き合っていくであろうそうした世界のことを、恐ろしいとさえ感じます。……情けないとお思いでしょうね。きっと私は父のようにうまくやれない。父もそんな私のことを軽蔑《けいべつ》しているのです」

華やかな場には相応《ふさわ》しくない陰気な愚痴《ぐち》を、しかし伯爵は穏やかに聞いてくれる。

「人の美点は様々だよ、ミスター・ソーンヒル。成功するために必要なものが、お父上のような強さだけとは限らない。私はもっと、君自身のことが知りたいね――」

甘い声音《こわね》に導かれるようにして、言葉が口をついて流れ出してくる。

「金融や経済よりも、私は文学や音楽に惹かれます。富や名誉よりも、美や智を愛したい。そんな私のことを父は軟弱者と笑います」

伯爵が認めたのはセドリックの父だ。そして、その息子であるがゆえにセドリックに関心を抱いたのだ。きっと伯爵も父親同様、自分に呆れ、離れていくに違いない。

この高貴で才気溢《あふ》れる人物が緩やかに落胆《らくたん》していく表情は見たくなかった。

けれど、一度溢れだした本音を止めることもできない。

手元に目を落とせば、グラスの底に残った酒がとろんと光り、頼りない青年の顔を映していた。思えば今まで、誰にもこんな話はしたことがない。

セドリックは、ソーンヒル家の嫡男《ちゃくなん》にして唯一の男子だ。いずれ父親の跡目を継ぐことは決定事項であり、家族も父の部下たちも自分をそのように扱う。そして同時に父ほどの商才がないということも、暗黙の共通認識なのだ。去年大学を卒業してからは父の下で経験を積んでいるが、セドリックは事あるごとに父の不興を買い、それを遠巻きに見ている周りの人間が自分をどのように評価するかなど想像するまでもない。

家族の中でも父は絶対君主として君臨し、母や妹たちは粛々《しゆくしゆく》と父に仕えている。いっそ女に生まれていれば、自分の人生もいくらか違ったものになったのだろうか。

——そう、あれは少年時代のことだ。

セドリックは三人の幼い妹たちと、よく人形遊びをしていた。女児が多い家であるため人形やぬいぐるみは沢山《たくさん》あったが、一番の人気者は外国製のビスクドールだった。

まろやかな光沢のある白い肌。林檎《りんご》のように紅《あか》くふっくらした二つの頰《ほお》と、その間でツンと澄ましている唇。広い額の下には細く整った眉が描かれ、長い睫毛《まつげ》に縁取られて大きな青いガラス玉の瞳が輝いていた。

セドリックと妹たちは代わる代わる人形を膝《ひざ》に抱き、金に近い亜麻《あま》色をした見事な巻き毛を撫《な》でた。人形は、淡いピンクの花飾りと大きなリボンのついたボンネットをかぶり、レースとフリルがたっぷり施された木綿《もめん》のドレスを着ていた。

時には愛らしい赤ん坊となり、時には麗《うるわ》しの淑女となり、また時には囚《とら》われの姫君となって、人形は子供たちの遊びを彩った。

しかし幼いセドリックは内心、少し不満だったのだ。ビスクドールは一体だけ。いつも妹たちと交代で遊ぶことしかできず、自分だけのものには決してならない。

セドリックは、本当は、妹たちの誰よりもその人形のことが好きだった。

だから時々、妹たちがいない時や寝てしまったあと、一人でこっそり人形と遊んでいた。その時だけは可愛《かわい》い「彼女」が自分だけの友だちになったような気がして、普段にも増して楽しく、同時にいけないことをしているような後ろめたさが癖になった。

ある日、いつものように一人で人形遊びをしているところを、父に見つかった。

具体的に何が悪いという認識はなかった。ただ、一番歳上《とし》の自分が妹たちの玩具《おもちゃ》を独り占めにしていることを、何となく決まり悪く思っていた程度にすぎない。

『人形が好きなのか』

一言目で怒られなかったことに安堵《あんど》して、セドリックは素直に『はい』と答えた。もしかしたら父親が自分のために新しい人形を買ってくれるかもしれないと、そんなささやかな打算もあったように思う。

しかし、返ってきたのは冷たい言葉だった。

『呆れた子だ、恥ずかしいとも思わんのか。男のくせに人形遊びとは。まったく、女ばかりの中で育つと碌《ろく》な人間にならんようだ』

ぶつくさ言いながら、父は去っていった。

その出来事は少年の未熟な心に深い傷となって残った。「人形遊びは女のすること」であり「男が女の遊びをするのは恥ずかしいこと」だと、その時初めて知った。

以来、セドリックは妹たちの遊びに加わらなくなり、人形のことも視界に入れないようにしてきた。けれど今でも時折、「彼女」のことを思い出す。

もし自分が女なら当たり前のように人形遊びもできるし、身綺麗《みぎれい》にして大人しく振る舞っていれば、いずれは父の部下の誰かと結婚し、その男が父の事業を継ぐだろう。内向的なセドリックの性格からいえば、そちらのほうが幾分かマシに思えた。

どうせ父の支配からは逃れられないのだ。

結局のところ、セドリックの人生は父のもので、人形は自分のほうだ。操り糸つきの木偶《でく》人形と、飾り物のビスクドールとでは、一体どちらが幸せだろう――。

「君の在り方は君だけが決められる……いや、君こそが決めねばならないのだ」

耳元で囁かれた言葉が、セドリックを過去の沼から引き上げた。

伯爵の顔には、哀れみや侮蔑《ぶべつ》の表情は微塵《みじん》もなく、霧の晴れ間から覗く太陽のような温かい笑顔が湛《たた》えられていた。父親からは一度として向けられたことのない、ただ自分を受け入れるという意志のみが反映された笑顔が。

「君が何を好み、何を欲するのか。大切にすべきことは、それだけではないのかね？　君はどう在りたいのだ。何者になりたいのだ」

「私は……」

金融実業家バーナード・ソーンヒルの息子、セドリック・ソーンヒル。そうではない何かがあるとでも言うのだろうか。

生まれは変えられず、変えられない生まれが人生を決める。

貴族の子は貴族に、労働者の子は労働者に——残酷と思う余地のないほど絶対的な運命。

唯一の父なる神を信仰するこの国に、微笑んでくれる女神は存在しないのだ。

不意に、セドリックの頬を伯爵の大きな手のひらが包んだ。

「は、伯爵……？」

「教えてほしい。君は、どうなりたいのだ」

青灰色《せいかいしょく》の瞳がセドリックを捕えて離さない。

「私、は……」

どこかで父の笑い声が聞こえる。

——ああ、なんて五月蠅《うるさ》いのだろうか。脂《あぶら》ぎって、下品で、金のことしか頭にない。あなたは、この場所に相応しくない。ここは選ばれた人々のみが許された、燦然《さんぜん》と輝く美酒の中だ。一片の澱《おり》も沈んでいるべきではないというのに。

そうだ。セドリックはこの場所を許されたい。真に選ばれた者でありたいのだ。

「伯爵……あなたのように」

伯爵がわずかに瞠目《どうもく》する。

その瞬間、セドリックは自分の身分をわきまえない滑稽《こっけい》な台詞《せりふ》に青ざめた。

「あっ……し、失礼を！　今のは――」

「……素晴らしい」

頬にかけていた手を外して、伯爵は口の端に謎めいた笑みを浮かべた。

「やはり私の目は間違っていなかったようだ。君を選んでよかった」

「え……？」

――選んだ？　伯爵が、この自分を？

「是非《ぜひ》、君を我々の〈集い〉に招きたい。君に、我々と秘密を共有する意志があるのなら」

「集い？」

つい先程、婦人たちがそんな単語を口にしていただろうか。

状況が飲み込めずぼうっとしている間に、伯爵の指がセドリックの胸ポケットのところへ伸びてきて、何か紅い紙切れのようなものを差し入れた。

「招待状だ。待っているよ、セドリック」

そう言い残して、伯爵はホールの中央へと戻ってゆく。

差し込まれたものをポケットから引き抜いてみると、それは深いワインレッドに染められた一枚のカードだった。一見すると単なる色紙のようにしか見えないのだが、目を凝《こ》らせば黒のインクでメッセージが書かれている。

『今宵《こよい》、選ばれし紳士へ』

『貴殿を〈黒衣の集い〉へ招待する』

思わず顔を上げたが、すでに伯爵は新たな貴婦人たちに取り囲まれ、何事もなかったかのように彼女たちを喜ばせている。

ただセドリックだけが、誰の注目も浴びることのない片隅《すみ》で一人、微《かす》かな音を立てて回りはじめた自分の運命を見つめていた。


その小さな修道院は首都の外れ、河畔《かはん》の森の中にひっそりと建っていた。

数十年、ともすると百年以上は使われていない廃院だが、石造りの建造物は蔓《つる》に壁面を覆《おお》われながらも朽ちることなく、その威容はかえって増しているようにさえ思われた。

川霧の中から浮かび上がる教会堂。そこに今夜は、あるべくもない幻の明かりが灯る。

それは古《いにしえ》の修道士たちの亡霊か、はたまた神の権威を嘲弄《ちょうろう》する魔女たちの黒ミサか――。

馬車はセドリックを降ろして、さっさと霧の向こうへ消えていく。心細く思うが、ここまで来て引き返すわけにもいかなかった。

そっと目元へ手を添える。独特の視界にはまだ慣れない。

迎えの馬車の座席には目の周りを覆う仮面が置かれていた。ドレスコードが黒のローブとされているのを見た時は面食らったが、どうやらこういった趣向の会らしい。

仮面は艶のある白地に金と黒の顔料で彩色された装飾的な品で、一昔前に流行《はや》ったという仮面舞踏会から抜け出してきたような華があった。神妙な気分でそれを身につけると、まるで別の自分に変身したかのような心地になる。

揺れる馬車の中、次第に高まる緊張と興奮でセドリックの胸は高鳴った。

しかし、いざ着いてみると急速に不安が押し寄せる。

ここはなんと寂しい場所だろうか。灯りの入った廃墟を眺めながら、セドリックはなかなか一歩を踏み出せずにいた。この装いにしろ、少なくとも一般的な貴族の集まりでないことは確かだ。流行りの交霊会とも趣《おもむき》が違う。これでは本当に黒ミサでも始まりそうな雰囲気だ。いや、それよりも――。

嫌な想像が脳裏を掠《かす》める。これは罠ではなかろうか。セドリックにだけ妙な扮装《ふんそう》をさせて呼び出し、赤恥をかかせるつもりなのではないか？

その時、教会堂の扉が開く音がして、手燭《てしょく》の灯りが揺らめきながら近づいてきた。

「やあ。来たね」

出迎えに現れた人物は、セドリックと同じように黒いローブを纏い仮面をつけていた。

その声が聞き覚えのあるもので、セドリックはようやく安堵する。

「伯爵。お招きにあずかり光栄です」

蠟燭の灯りに浮かび上がる仮面の奥の瞳が、初めて会った夜と同じように微笑む。

「さあ行こうか。皆が君の到着を待っている」

伯爵の後ろについて、セドリックは教会堂の中へと足を踏み入れた。

そこかしこに立てられた燭台の火が堂内を赤々と照らしている。

それは礼拝者を暖かく包み込み、神聖な空間をより厳《おごそ》かに見せる光などではなく、また夜会を照らすシャンデリアの清潔な煌めきからもかけ離れていた。豪奢《ごうしゃ》な意匠を施された黄金色の燭台に立てられているのはすべて、毒々しく紅い蠟燭だ。無数の灯火は静かな夜の気配からその場を隔絶しながらも、より濃厚で人工的な闇《やみ》を新たに生みだしている。

辺りには薫香《くんこう》が漂っていた。どこかに香炉《こうろ》が置かれているらしい。刺激の強いエキゾチックな香りは頭の芯をちりちりと痺《しび》れさせ、なんとなしに阿片窟《あへんくつ》を思わせる。

正面に掲げられているべき十字架は存在しない。聖母子像があると思《おぼ》しき場所は深紅の幕に覆われ、異様に背の高い幽霊《ゴースト》が佇《たたず》んでいるように見える。

世界が反転したかのような強烈な衝撃を受け、セドリックは立ちすくんだ。

すべてが裏返しだった。そこは修道院でありながら、その尊厳を尽《ことごと》く剝奪されていた。

「驚いたかね？」

「いえ……その、少しだけ」

「はは、嘘《うそ》はもっと上手につくことだ。だが安心したまえ。何もご婦人を集めて羽目を外したり、嬰児《えいじ》の血を啜《すす》ったりするような集まりではないのだからね」

おぞましい台詞にギクリとしつつも、同時に嫌悪感を抱かない自分に戸惑いを覚えた。

不安と安息とが、そこには同時に存在した。恐ろしくも優しい夜の魔王の前に膝を折り、すべてを差し出そうとする時のように。

――セドリックは、魅了されているのだ。

優美な仕草で伯爵はローブを広げるとセドリックの肩を抱き、身廊《しんろう》を歩みだす。

幾人もの血を吸ったような重い赤色の絨毯《じゅうたん》が、真っ直ぐに祭壇まで伸びていた。祭壇にも同様に赤い幕が掛かっている。そしてその周りを、ローブを着た者たちが取り囲んでいた。フードを目深《まぶか》にかぶった彼らは、さながら中世の修道士だ。

「諸君、待ち人の到着だ」

　よく通る伯爵の声に、彼らが一斉にこちらを見る。その顔は皆、仮面に隠されていた。

　待ち受けていたのは六人の男たちだった。伯爵のことさえ知らなかったセドリックには、仮面がなくても誰が誰だか分からないだろう。全員、伯爵と同年代くらいに見える。若者はセドリックただ一人のようだった。

　一瞬、値踏みするような視線に尻込みしたが、思いのほか彼らの態度は柔らかかった。

「ようこそ。歓迎しますよ」

「君が伯爵のお気に入りというわけだね。会えて嬉《うれ》しいよ」

　こうした雰囲気の集会であるためか、皆が幾分か抑えた低い声だが、そこに刺々《とげとげ》しさは感じられない。ほっとしながらセドリックが名乗ろうとすると、伯爵が白い手袋をした人差し指を目の前にずいと立てた。

「ここではあえて名前を出す必要はない。互いの素性を知っていたとしてもね。仮面舞踏会と同じ、知らぬふりをするのが嗜《たしな》みというものだ。もっとも、私だけは主催なのでそうもいかないが」

「では皆さんも、伯爵にお声をかけられて、ここに？」

「ええ。ここは伯爵特製のドールハウスのようなものですから。元より伯爵の趣味に合うものしか入ることができないのです」

　黒衣の一人が親切げな口調で教えてくれる。思いがけない言葉に、セドリックは口元が緩みそうになるのを何とか堪《こら》えた。

　上流階級の中でも、さらに一部の者しか参加できない秘密の集会。セドリックを陰《かげ》で笑っていた者たちですら招かれない場所。そこに伯爵は他の誰でもなく――父親《バーナード》ですらなくセドリックを招いてくれたのだ。

　なぜ伯爵が自分を気に入ってくれたのかは分からない。

　しかし、今この時、この場にいる自分は紛れもなく「選ばれた者」だった。

「ははは。ドールハウスとはずいぶん可愛らしいことを。――ならば、そろそろ彼に、ここで最も綺麗なお人形とご対面いただこう」

　伯爵がニヤリと笑った。

　次は何が起こるのか。様子を見守っているうちに、黒衣たちは囲みを解き、祭壇へと視線を促《うなが》すように左右へ分かれて立つ。そこで初めてセドリックは、赤い幕の内側にあるのが祭壇だけでなく、その上に何か大きな箱のようなものが置かれているのだと気がついた。

「さて、運命を変える準備はよろしいかな？」

　サーカスの奇術師のような芝居がかった調子で、伯爵は祭壇の隣に立った。

運命を変える。その一言がセドリックを魔法にかけた。水のごとく一定に流れる時間が束の間、蜂蜜《はちみつ》のようにゆっくりと伝い落ちる。

伯爵の手が幕の端を掴み、華麗《かれい》に取り払った。深紅の布がウェーブを描いて宙を舞う。石造りの祭壇が露《あらわ》になり、次いで何かがきらりと光った。

それは金細工に縁取られた、博物館の展示ケースに似た透明の箱だった。中に夥《おびただ》しい量の枯れた花が緩衝材のように詰められている。

「さあ、こちらへ」

伯爵がセドリックの手を引いて、硝子ケースの前へと導いた。

そして、そこに納められたものを目にした刹那《せつな》、とろりと零《こぼ》れた時はその動きを止めた。辺りが真っ暗になったのかと思うほどに、硝子は眩い輝きを放ち、セドリックを世界から切り離す。全身の血液が、逆流する。

ああ、「彼女」を知っている、と思った。

——ビスクドールだ。

金に近い亜麻色の髪。なめらかな肌、ふっくらとした頬に影を落とす長い睫毛。

生成りの布で仕立てられた柔らかな質感のドレスにはフリルとレースがロマンティックに施されている。そして周囲を埋め尽くす色褪《あ》せた花々……この中のどれかが、あのボンネットを飾っていたのだろうか。

　奇妙な感覚が肌を包む。まるで、あの時の「彼女」がセドリックと同じように成長して、自分を待っていたかのような。

　――こんなところにいたのか。

「恋人と再会でもしたような顔だな」

　面白がるような誰かの声が静寂を切り裂き、ハッとしてセドリックは顔を上げた。

　七対の視線が自分に注がれている。それは学者が実験動物を見る目にも似ていた。

「妬《や》けますな。もう恋に落ちてしまったようだ。これだから若いというのは羨《うらや》ましい……そうは思われませんかな、伯爵？」

「まったくです。年寄りばかりでエリスも退屈してきた頃合いでしょう。若い恋人に誘われれば案外、目を覚ます気になるかもしれない。彼はこれでなかなかハンサムだし……ああ失礼、仮面があっては分かりませんな」

　男たちが忍び笑いを漏らす。なんとなく胸のざわつく笑い方だった。

「あの……」

　不安げな様子のセドリックに気がついたのか、伯爵が咳《せき》払いを一つすると男たちはぴたりと笑うのをやめた。

「失敬。皆、仲間を迎えられたことに浮かれていてね。気を悪くしないでくれたまえ」

「はい、もちろん……ですが――」

「ああ、早く知りたいという顔だね」

彼女のことを、と言って伯爵は棺の少女に目をやる。

「最初に話しておこう。他でもない彼女こそが、この〈黒衣の集い〉の中心なのだから」

噎《む》せ返るほどの芳香を放つ赤い闇の中、黒衣の影に囲まれた白き乙女は、唯一の穢《けが》れなき存在に見えた。

三年ほど前のことだ、と伯爵は語りはじめる。

「私は、とある競売《オークション》の会場にいた。詳細は伏せるが、まあ、ある種の物好きを集めて開かれたものだよ。以前も何度か参加したことがあったのだが、その頃にはいくらか飽きがきていてね。あの日も大したものは競《せ》り落とさずに帰ろうとしていたところだった。そんな私の前に、一人の男が現れたのだ。……不思議な男だった」

夜霧の向こうから現れるようにして、セドリックの頭に男のイメージが浮かぶ。

黒で統一された揃いを身につけ、山高帽の下から異様に輝く青色の瞳を覗かせる、年齢の分からない男。そして、地の底から聞こえてくるような低く得体の知れない、しかしどことなく甘い響きを伴《ともな》った声色《こわいろ》で、彼は伯爵に語りかける。

「貴殿の気に入りそうな『品物』があるので是非譲りたい、と男は言ってきた。不審には思ったが、どうも妙に惹かれるところのある男でね。その時は私も気まぐれに身を任せてみたいような気分だったので、彼についていった。そして、そこで彼女と出逢《あ》ったのだ。……最初、私は正直ついてきたことを後悔した。君が先ほど彼女をどう見たのかは興味深いが、少なくとも私には、眠らされた少女がケースに閉じ込められているようにしか見えなかったからね。時々、あるのだよ。いかに悪趣味なオークションといえど出品できないような隠し玉を、買えると踏んだ客に目をつけて直接交渉するような手合がね。『眠れる美女《スリーピング・ビューティー》』とはずいぶん凝った演出だが、どうせその手の人身売買だろうと思って断ろうとすると、彼は首を横に振った。彼女は生きた人間ではないと言うのだ。では人形かと尋ねたが――」

男は口の端で薄く笑って、こう答えたという。

――伯爵。お分かりのはずです。

セドリックは息を呑《の》み、無垢《むく》な少女の顔を見つめた。

「まさか……」

無意識のうちに避けてきた答えは、ただ静かに眼前に横たわっている。

「――つまり、彼女は死体なのだ」

会ったこともないはずの、想像の中の男の青い瞳が、どこからかセドリックを嘲笑《あざわら》うように眺めている気がした。

「そんな……あ、ありえない。仰ったではありませんか。それは三年も前の出来事なのでしょう？　なのに、彼女はまるで……」

まるで、今も生きているようではないか。

十字の短剣を握る白い手に青く浮かぶ筋、指の節の細かな皺《しわ》までも、血の通わないものだとは信じられない。

しかし実際、彼女の胸はピクリとも動かず、呼気が硝子を曇《くも》らす様子もない。

「ああ、その通り。三年前から彼女は全く同じ姿のまま、この中で眠り続けている。とても生きた人間には不可能だろう。かといって君にはこれが人形に見えるかね？　悪いが、こんなモノを作った人形師がいたとしたら私が雇いたいくらいだよ。この質感、細かな肌目、色艶、爪の一枚一枚まで、あまりにも完璧だ。――彼女はね、腐敗しないのだよ」

セドリックは震えた。稲光の中、ガーゴイルの瞳と目が合った時のように。

「私も最初は疑ったよ。彼女が死体であることは分かったが、本当に腐敗しないかどうかは時間が経《た》ってみなければ分からないのだからね。だが、私は男の言葉を信じる気になった。……あの頃、私はあらゆる遊びや快楽というものに尽く飽いていたのだ。何でもよいので新たな面白いものを手に入れたかった。投げやりな気分だったのかもしれないし、賭《か》けてみたかったのかもしれない……今となってはどうでもいいことだがね。とにかく、私は彼女を手に入れた。そして、この廃墟へと連れてきたのだ」

「……なぜです？」

「なぜ？　そんなことは決まっている」

どこか凶暴さを感じさせる笑みを浮かべて、伯爵は声高《こわだか》に言った。

「彼女に――エリスに命を与えるためだ」

背骨の中を戦慄《せんりつ》が駆け抜けた。

「な……」

――死体に、命を与える？

「馬鹿《ばか》なことだと、そう思うのだろう。だが考えてもみたまえ。こんな不可思議なモノを生みだせるのは、神か悪魔、奇跡か魔術だとは思わないかね？　……我々はね、元はささやかな好事家《こうずか》の集いだった。皆、古今東西の珍しいもの、奇怪なもの、妖《あや》しく美しいものに目がない性分なのだ。もちろん、魔術や神秘といった類《たぐい》にもね。だが、いつまでも皆で語り合っているだけでは些か物足りない。知っているだけでは満足できない。理論があれば実践《じっせん》してみたくなる……」

「伯爵は実によいものをもたらしてくださった」

誰かが陶然《とうぜん》と呟《つぶや》いた。沈黙している者たちも、皆同じ感慨を抱いているのだろう。

目に見えぬ妖気が渦を巻いていた。蛇《へび》のように蠢《うごめ》く黒い影が硝子の棺に纏《まつ》わる。けれど、その中心で彼らを支配する存在は、あまりにも清らかで罪のない表情をしている。

そして今またセドリックも、「彼女」の引力に飲み込まれようとしていた。

目を逸らすことが、できない。

「エリス……それが彼女の名前ですか」

うつくしい音だ。異国の響きをもつ名前。

舌の上でとろけて、絡みつき、砂糖菓子のように淡く消えてゆく。

「ああ、恐らくね。胸元の短剣に刻まれている名前だ。本当のことは確かめようもないが、彼女に相応しい気がするだろう?」

「ええ……そう思います」

「気に入ったかね」

「え?」

「君が彼女を気に入るかどうか、それが重要なのだよ。我々にとってはね――」

あの男の受け売りだが、と伯爵はおどけた口調で付け加えた。謎めいた言葉だ。

伯爵の言う通り、彼女はまさに奇跡か魔術の産物としか思えない。彼女に相見《あいまみ》える栄誉を、この一生のうちに得られたことは何という幸運だろう。

肌が粟立《あわだ》つような快感に、打ち震える。

それまでの薄暗く冴《さ》えない人生など、まるで遠い過去のもの……いや、すべてが今、この瞬間に帰着してしまった。

これ一つを手に入れた悦《よろこ》びで、何もかもが肯定された気がした。

「――気に入りました。とても」

セドリックの答えに、伯爵は満足げに頷《うなず》く。

「素晴らしい。君ならそう言ってくれると思っていたよ。……さて、皆も異存はないだろうね？　では改めて、我らが新たな同志を歓迎しようではないか！」

――変わるというのが容易なことではないということを、これまでの人生の中でセドリックは諦《あきら》め半分に悟っていた。たかだか二十年と少し生きただけの若造が、と思われるのかもしれないが、四半世紀もあれば人間の形など大概でき上がるものだ。

自分が取り立てて無能と感じたことはない。学生時代の成績はよかったし、人並みに付き合いもある。スポーツはそれほど得意ではないが、身体が弱いわけでもない。容姿もそう悪くないらしく、恋人がいたこともある。

ただ何となく、自分が周囲をうっすらと失望させている自覚はあった。

確かに無能ではないが有能でもない。そんな人間に必要なのは社交性とか愛嬌《あいきょう》とか、人に好かれる部類の才能なのだろうが、セドリックにそれがあるとは言い難かった。

こんな自分を変えたいと奮闘していた頃もあった気がするし、たぶんそれほど昔の話でもない。けれど青年期の一年一年はそれぞれが一生に値《あたい》するほどの起伏があって、いかに短くとも何かを諦めるには十分な時間だった。

叶うことのない憧《あこが》れを胸の中に燻《くすぶ》らせながら、嫌になるほど凡庸《ぼんよう》な自分を抱えて生きてゆくしかない……そう思っていた。

しかし、変化というのは訪れてしまえば瞬く間の出来事だ。

伯爵に声をかけられ、〈黒衣の集い〉に招かれて、そこでエリスに出逢ったこと。

それはまるで白い布が一瞬にして赤く染まる手品のように、セドリックの冴えない日常を鮮烈なものへと劇的に変えた。

週ごとの集会では毎回、誰かが「司祭」となり様々な刺激的な儀式が催された。彼らの研究はなかなか本格的で、占星術に錬金術、降霊術、黒魔術など多岐に渡り、交わされる会話についていけないことも当然あったが、むしろ彼らは喜々として知識を披露してくれた。何も知らない新参者は彼らにとって案外よい話し相手になったのかもしれない。セドリックもまた、新しいことを知るたびに彼らと同質のものへ変化してゆく快感に浸った。

妖しく幻想に満ちた新たな世界を得たことは、現実の生活にまでその効用を表した。

驚いたことに、セドリック宛《あて》の招待状がちらほらと届きはじめたのだ。この社会では特に、噂は瞬く間に広がる。セドリックが伯爵に気に入られているという話に興味をもった人々から、誘いが来るようになったとみえる。

実際、伯爵は本当に良くしてくれた。「いつでも屋敷《タウンハウス》においで」と言われ、訪ねるたびに手厚くもてなされた。機知に富んだ伯爵との会話は時間を忘れるほど楽しかった。時には私的な書斎にまで案内され、秘蔵だという魔導書《グリモワール》を貸してもらうことすらあった。

そうした経験がセドリックに自信を与えるのに、大した時間はかからなかった。

それまでは、父に意見することなど考えたこともなかった。たとえ違う考えを持っていたところで、父のいる場所に自分の味方をする者はいない。反抗するだけ無駄だった。

それが今では、父よりずっと高貴で強い力をもつ人物が自分の肩を支えてくれているのだ。ならば、誰に何と思われようと関係ない。

一枚一枚、薄皮を剝《は》ぐようにして変わってゆく自分が爽快《そうかい》で仕方なかった。

そして、そんなセドリックの心を支えている根源ともいえる存在が、エリスなのだ。

彼女はまさに幸運の女神だった。

彼女との再会がセドリックを変えた。

幼いあの日に手放してしまった、大好きだったお人形。あれ以来、欲しいものに見てみぬふりをし、自分に嘘をついて生きてきた。

しかし、もう過去の自分ではない。彼女が戻ってきたのだから。……そう、だから正確に言えば、セドリックは別のものに変質したわけではないのだ。彼女の中に閉じ込めていた、本来の自分を取り戻しただけだ。

セドリックは近頃、〈黒衣の集い〉がない日にも、時間を見つけては修道院にいるエリスのもとへと密かに足を運んでいる。最初こそ彼女と会えるのを楽しみに〈集い〉へ赴いていたセドリックだが、もう週に一度程度ではとても満足できなくなっていた。

このことだけは伯爵にも話していない。遠い時代、妹たちに隠れて「彼女」と遊んでいた頃を思い出させる行為に、あの後ろめたくも甘美な気持ちが再び湧き上がった。

森の中にある修道院跡は普段は近寄る者もなく、鍵も掛かっていなかったため、昼日中でも誰に見咎《みとが》められることなく自由に出入りすることができた。

柔らかな木漏《こも》れ日が教会堂の窓から差し込む。微睡《まどろ》むような淡い陰影の中で交わす逢瀬《おうせ》は、セドリックに穏やかで充実した幸福感を与えてくれた。夜の闇と赤い蠟燭に照り映える彼女も魅惑的だが、こうして自然の光の中で見る少女の寝顔は本当にあどけなく、胸の辺りがむず痒《がゆ》くなるほどに可愛らしい。

「これは二人だけの秘密だね、エリス」

そっと棺に寄り添って囁くと、その金色の睫毛が震えて今にも彼女が目を開けるのではないかと夢想する。お伽噺《とぎばなし》の眠り姫《オーロラ》のように、口づけで彼女を百年の眠りから醒《さ》ますことができれば……自分が物語に選ばれた王子であればよいのに……。

硝子越しに眺めていることしかできないのがもどかしい。

棺の蓋《ふた》を開いて、彼女に直接触れたかった。

ここへ通ってくるようになって何度目かの時に、セドリックは見つけていたのだ。金具の合わせ目に施された金細工の一つをずらすと、その下に現れる小さな鍵穴を。

自分の呼びかけに応え、彼女が目覚める夢を幾度となく見た。セドリックはいつの間にか、棺の鍵を手にしている。それで棺の蓋を開いてエリスの薔薇《ばら》色の唇にキスすると、彼女は静かに目を開けて起き上がる。そして、セドリックの名を呼んでくれるのだ。

しかし何度同じ夢を見ても、彼女の瞳が何色だったか、どんな声をしていたのかは思い出すことができない。それが一層、セドリックの心を乱れさせた。

早く、彼女を目覚めさせたい。〈集い〉の目的は「エリスに命を与える」ことだ。彼らは本当に多くの知識を得ている。しかしそれらをもってしても、少なくとも三年の間、彼女は眠り続けたままなのだ。

……いや、セドリックは〈集い〉の者たちに疑念を抱きはじめていた。彼らはエリスを信奉し崇拝《すうはい》しながら、その実、彼女を無機的なモノとしてしか扱っていない。しかも、その視線は蘇《よみがえ》らせたいというより「腐敗しない遺体」に執着しているようだ。エリスを信奉し崇拝しながら、その実、彼女を無機的なモノとしてしか扱っていない。しかも、その視線は時々、若い女の肉体を舐《な》めるように見る色狂いのそれに似て、厭《いや》らしいところがあった。

そう感じはじめると、彼らを以前のようには信じられなくなってきたのだった。

自分は彼らとは違う。朽ちない遺体の神秘ではなく、エリスという少女に惹かれている。だからこそ、彼女に生命を与えたいと願う。

しかし、腐敗しない死体という奇跡は目の前に存在するのに、死体が蘇るという奇跡だけはなぜ起こらないのだ。セドリックも彼らに倣《なら》って色々と書物を読むようになったので知っている。いつの時代、どの国にも、「死んだはずの人間が生き返る」という話はありふれているのだ。必ずどこかに鍵はあるはずだ。何か方法が――。

唐突に、鐘の音が聞こえた。ここから程近い場所にある教会らしい。決まった時間に鳴らされる礼拝の鐘とは違っていた。――あれは、葬送の鐘。

もうじき夕日の中へ沈んでいこうとしている寂れた石造りの教会堂の中に、誰かの死を告げる音の余韻《よいん》が漂っている。そして、恐ろしいまでの静けさが訪れた。

セドリックは、硝子越しにエリスを見た。

あまりにも単純で、残酷な考えが脳裏をよぎった。けれどそれは、一度発見してしまえば見過ごすことが不可能なほどに強烈な存在感を放っていた。

……だから、なのか？

彼女がいつまでも目覚めないのは。儀式が成功しないのは。彼らも本当は気がついている？　気がついていながら、その事実のみを避けて見えないふりをしているのか？

セドリックの視線はエリスが握る銀の短剣に引き寄せられた。

そこには海の向こうの異国の言葉が彫り込まれている。

「エリス」「眠れ、安らかに」「つみびと」

——罪。

皆が手を染めるのを恐れること。それを為した時、自分は彼女に選ばれるのだろうか？

「どこへ行く」

自邸を出ようとするセドリックを頭上から誰かが呼び止めた。扉の前で振り返るとホールの階段の上に父、バーナードの姿があった。

「……アッシュフォード卿のお屋敷です」

「またか。熱心なことだな」

鼻で笑う父親を、冷ややかに見返す。

「何か御用ですか」

「父親が息子と話すのに用事が必要なのか」

セドリックは思わず噴き出しそうになった。無駄なことを毛嫌いするのはどちらなのだ。

「いいえ。ただ、息子の私には用のない時に声をかけるなと仰るものですから。……失礼。何もないのなら、急ぎますので」

「待て」

さっさと出ていこうとするセドリックを、バーナードが苛立《いらだ》たしげに制止する。

「父親に向かって、えらく大きな態度を取るようになったものだな。連中にチヤホヤされていい気になっているんだろう」

「ずいぶんな仰りようですね。人脈を作っておくのは重要だという、お父さまのお言葉を私は実践しているまでですよ」

「ハッ、白々しい。自分まで貴族になったつもりか？　話し方まで変えて、まるで猿真似だ。恥ずかしいとは思わんのか」

セドリックの頬が引き攣《つ》る。この父親にだけはそんなことを言われたくない。共に呼ばれて行った夜会で、自分がこれまでどれだけ恥をかいたか。

「……私は、あなたのようにはならない」

こぶしを握りしめ、セドリックは唸《うな》るように低く呟いた。

「何だと？」

「下品な成金と言われ、見世物のように笑われて、お父さまこそ恥ずかしくはないのですか？　今まで散々私を軟弱だ無能だと言われましたが、あなたが罵《ののし》ったあなたの息子を伯爵は買ってくださった。いい加減、お認めになられたらいかがですか」

父は、セドリックだけに招待状が届くのが気に入らないのだ。貴族社会に染まっていく息子に嫉妬しているのだ。だから事あるごとにセドリックを貶《おとし》めようとしてくる。そうやって息子を自分の支配下に置いておこうとしているのだ。

今まで胸にしまっていた言葉を残らず浴びせかける。ここまで言えば、冷たい父親もさぞや怒りに震えるだろうと思われた。しかし——。

「お前は何も分かっとらんな」

セドリックを見下ろす父の表情は変わらず、それどころか憐《あわ》れむようでさえある。

呆気《あっけ》にとられるセドリックに、バーナードは淡々と言い放った。

「儂《わし》はお前と違い貴族に憧れてなどおらん。生まれた時から特権階級に居座っている連中と同じになるなどご免だ。儂は自らの力で手に入れたものに何の意味がある？　奴らと関わるのは利益になるからだ。儂は自らの力で手に入れたものしか信じない。これからは、そういう時代になるのだ。——お前がああした人間たちに憧れるなら勝手にしろ。だが、いずれ気づくだろう。それが何物も生み出さない、美しいだけの徒花《あだばな》だということにな」

——美しいだけの、徒花。

思い出したのはなぜか、寒々しい修道院で眠り続ける恋人の姿だった。

「それの何がいけないんだ……」

確かにこの男は多くを生み出したのだろう。だが、か弱く薄汚い労働者たちの汗にまみれた金、金、金……そんなものを信奉して肥《こ》え太った醜《みにく》いこの男に比べれば、美しさのほうがよほど大きな価値がある。

「一つ、忠告しておいてやる」

そう言って、父はやや眉を顰《ひそ》めた。

「儂を軽蔑《けいべつ》するも貴族の真似事をするも好きにしろ。だが責任の負えないことはするな。自分が何をしているのか自覚を持て。——お前は近頃、妙な目つきをするようになった」

儂に迷惑だけはかけるなよ、と言い捨てて書斎のほうへと消えてゆく父親を最後まで見送ることなく、セドリックは飛び出すように屋敷を出た。

「そんなことが、ね……」

決まり悪く思いながらも来る前に父と口論になったことを話すと、伯爵は真剣に耳を傾け、申し訳なさそうにセドリックを労《いたわ》った。

「悪いことをした。すまなかったね。君の迷惑も考えるべきだった」

「いいえ、そんな！　伯爵には本当に感謝しています。……父は、従順だった私が歯向かうようになったのが気に食わないのでしょう」

「君はよくやっているさ。親子といえど違う人間なのだから、分かり合えないこともある。君がそれに気づき、向き合うようになった証拠だよ。辛いこともあるだろうが、私には近頃の君のほうが、出会った時よりずっと生き生きして見える」

セドリックはうつむき、溢れそうになる涙を堪えた。

伯爵は自分がどんなに弱い部分を見せても、それを優しく受け入れて、勇気づけてくれる。伯爵が実の父親であれば自分はどんなにか幸せだったろう。

どれほど足掻《あが》いても生まれながらの貴族ではありえない自分の境遇が恨めしかった。

しかし次の瞬間、伯爵の発した言葉にセドリックは凍りつく。

「やはりエリスとの逢い引きが効いているのかな」

思わず顔を上げるが、伯爵の表情は変わらない。冷や汗が流れる。

「伯爵……ご存じで……」

「あそこは伯爵家の土地だからね。寂れたところなのでそれほど行き届いてもいないが、一応管理人も置いている。君らしき若者が出入りしているという話が来ていたから、好きにさせておくよう言っておいたよ」

顔から火が出そうだった。「二人だけの秘密」などとよく言えたものだ。

すべてを知られたうえで、セドリックは許されていたのだ。

「おや、そんな顔をすることはない。別に責めようというわけではないのだ。勝手に入るなとも、抜け駆けをするなとも言っていない。密会しているのが君だけとも限らないしね」

何気なく放たれたその一言を理解した途端、セドリックは更に青ざめる。

「もしかして……」

「安心したまえ。他の者たちに君のことは何も言っていない。だが彼らもまた、何も言わずに彼女と会っているかもしれないね。君なら分かるだろう？　どんな形であれ、人は彼女に惹かれずにはいられない」

いつから、自分だけだと錯覚していたのか。

確かに今まで、彼女と会う時に彼らと行きあったことはない。だが、それは彼女と会っているのがセドリックだけであるという証拠にはならない。自分が彼女の傍《そば》にいない時のことは分からないのだから。

セドリックが知らない間に、彼らがエリスをどんな目で見て、どんな風に呼びかけ、どう扱っているのか。想像するだけで叫びだしそうだ。だが、エリスはセドリックだけのものではない。兄妹《きょうだい》で分かち合って遊ぶしかなかった、あのビスクドールのように。

はじめから、彼女は伯爵のものなのだから。

「……伯爵は、彼女のことを、どう思っていらっしゃるのですか？」

その問いに、伯爵の瞳がわずかに揺らいだ。

儀式の間、彼がエリスを見る視線は、他の者たちとは明らかに違っていた。湖面のように澄んだ眼差《まなざ》しで、いつも少し距離を置いたところから静かに彼女を眺めている。

やや間を置いて、伯爵は口を開く。

「――それは、私が彼女に恋をしているか、という質問かな？　君のように」

直球を投げ返され、口ごもった。そんなセドリックを見て伯爵は少しだけ笑い、一瞬、どこか違う場所を見るような目をした。

「以前、話したね。彼女と出逢った頃、私はとにかくすべてのことに飽いていた。初めて会った日、君は自分のことをつまらない人間だと言ったが、本当につまらないのは私のほうだ。よく言うだろう？　人生がつまらないのは、その者がつまらない人間だからなのだ。私は欲望のままに何かを求め、手に入れては飽きて捨てることを繰り返してきたが、ついには何かを求めることさえ億劫《おっくう》になった。死にたくなるほど退屈だった……そんな私に彼女は、再び夢中になることの悦《よろこ》びを与えてくれたのだ。――エリスはね、私の願いそのものだよ」

「願い……」

「彼女をどう思っているのか、と訊《き》いたね。それは最初から変わらない。彼女に命を与えたい。それだけが今、私の生き甲斐《がい》だ」

強い意志の内包された言葉に、セドリックは何も言えなかった。

エリスに対する伯爵の気持ちは恋ではないのだろう。しかしある意味で、それは恋よりずっと激しい欲望なのかもしれなかった。

伯爵は憂《うれ》いを帯びた表情で、窓辺に寄りかかり、外を見つめていた。

「しかし、彼らには荷が重かったらしい」

「え？」

彼ら、というのは〈集い〉の面々のことだろうか。伯爵の目がすっと細められる。

「君も何となく気がついているのではないかね？　彼らのやり方は、生ぬるいと」

ドクン、と心臓が脈打つ。

視線をセドリックに戻して、ゆるりと窓辺に背をもたせかけながら、伯爵は見透かすように微笑んだ。

「君には期待しているよ。彼らにはできないことができるはずだ。——私はね、君にならば、エリスを譲ってもいいと思っている」

耳を疑った。

——エリスが、自分のものになる？

今度こそ本当に、他の誰のものでもなく、自分だけのものに？

「だが、そのためには君が彼女に相応しいということを証明してもらわねば。彼女は私にとっても大切な女性なのだから。君は彼女のために、どこまでできる？」

どこかで、鐘が鳴っている。幾度も、幾度も打ち鳴らされている——いや、これはセドリックの鼓動だろうか。

「エリスが君を選ぶ時、彼女は君のものとなるだろう」

彼女がセドリックの呼び声に応え、目を醒ます時——。

記憶の中で、何かがきらりと輝いた。硝子の棺、金の細工……銀の、短剣。

伯爵はセドリックの手を取ると、手のひらの上に何かを置いた。与えられたそれを、セドリックは信じられないような思いで見つめる。

「次の集会は任せよう。今の君にならば、できるはずだ」

「……伯爵は、なぜ私を選んだのですか？」

「君が私の願いを叶えてくれるかもしれない。そう思ったからだよ」

青灰色の瞳がセドリックを見据える。どこか気怠《けだる》げに、伯爵は首を傾けた。

「違うかね？」

——それは、小さな金色の鍵だった。

心の奥深くで禁断の扉が開く音がした。


蠟燭が赤々と燃え、かつては無垢な光明に満たされていた空間を妖艶《ようえん》に染め変える。所々に置かれた香炉からは噎せ返るような薫香が漂い、脳髄《のうずい》を痺れさせた。

祭壇の周囲の石床は、黒のチョークで描かれた魔法円によって囲まれている。円と八芒《はちぼう》星《せい》を重ね合わせ、その間に複雑な記号と文字列とを書き入れた魔法円の内側で、漆黒《しっこく》のローブを纏ったセドリックは祭壇に向かって立っていた。

硝子の棺は無数の蠟燭の灯りを浴び、夢のように輝いている。中に横たわる少女は神秘的な聖遺物のようだが、その姿は可憐な妖精に近い。

エリス、と胸の中でセドリックは彼女の名を呼ぶ。

――今夜、君を必ず目覚めさせよう。

そして彼女は、自分のものとなるのだ。

儀式の舞台は整っていた。

魔法円の外には伯爵を除く六人の黒衣が音もなく控えている。間もなく定刻だ。

その時、教会堂の扉が開き、蠟燭の火がぼっと音を立てて一斉に揺れた。

現れた人影は――二人。

「諸君、待たせたね」

セドリックは顔を強張《こわば》らせた。黒のローブを翻《ひるがえ》しながら身廊を歩いてくる伯爵の後ろから、同じ装いをしたもう一人がおっかなびっくりといった雰囲気でついてくる。

まるで、自分が初めてここへ来た時の場面を再現しているような錯覚に陥《おちい》った。

「ようこそ、〈黒衣の集い〉へ」

「こんばんは。歓迎しますよ」

予想外の参加者に動揺しているのはセドリックだけのようだった。セドリックの様子に気がついたのか、伯爵は新参者の肩に軽く手を添えて紹介する。

「すまないね、新会員が入るのを伝えそびれてしまった。しかし、まずは見てもらったほうが彼にとってもいいかもしれない」

連れてこられた男は当然仮面をつけていたが、見たところセドリックと同年代のようだった。緊張しているのか、彼は何も喋《しゃべ》らない。

「大丈夫だよ。彼は我々と秘密を共有する者となるのだから」

伯爵は魔法円の外側から真っ直ぐにセドリックを見つめていた。

「君は、予定通りに執り行ってくれたまえ」

セドリックは視線を足元へと移す。そこには、エリスの納められた棺よりも一回りほど小さいが、ほぼ同じような形をした黒塗りの箱が置かれていた。

――もはや、引き返す道はない。

多少の変更点など、今のセドリックにとってみれば些末なことだった。

胸ポケットから金の鍵を取り出す。それを見た、伯爵を除く黒衣の男たちの間から、小さく動揺するようなどよめきが起こる。その反応はセドリックを悦に浸らせた。

長く伯爵と行動を共にしているにもかかわらず、彼らはこの鍵を手にすることができなかったのだろう。

セドリックこそが、彼女の棺を開ける者として選ばれたのだ。

興奮に震える手で棺の金具をずらし、現れた鍵穴に鍵を差し込んで回す。カチ、という軽い音が、死んでしまいそうなほど嬉しかった。セドリックは重たい蓋を慎重に開いた。

ふわりと、微かに薬品か香水のような匂いが鼻先をかすめる。それだけで鼓動が速まる。硝子の壁を隔てないだけで、驚くほど近くに彼女を感じた。彼らさえ周りにいなければ、今すぐにでも彼女の唇を奪いたいくらいだ。

しかし、ここはお伽噺の世界ではないのだ。たった一つのキスで、死体は蘇らない。必要なのは対等な代償。そのために今日、この場を用意した。

セドリックはローブを翻し、祭壇に背を向けた。そして、足元の黒い箱の蓋に手をかけると、やや乱暴に開いた。木でできた蓋が床に落ちて軽い音を立てる。

箱の中にはみすぼらしい格好をした年端も行かぬ少女が、目を閉じ横たわっていた。

――それこそが、セドリックの用意した代償だった。

その日、日没とともにセドリックが赴いたのは、首都の東端に位置する治安の悪い区画だった。元々そんな場所へは近づいたこともなく、労働者の服を着て変装し、屋敷から護身用のピストルまで持ち出した。

すべてはエリスに与える魂《たましい》を探すために。

立ち籠《こ》める悪臭に胸を悪くしながら通りをうろついているうちに、一人のストリート・

チルドレンの少女を見つけた。

目をとめた理由は簡単だ。少々汚れてはいるが、見事な亜麻色の髪だった。

彼女を物陰まで誘い出し、睡眠剤入りの菓子を与えて、昏倒《こんとう》したところを攫《さら》ってきた。

──恐ろしい体験だった。始終、身体が震えていた。しかし、エリスのことを想うと恐怖は興奮に変わり、強い酒に酔い痴《し》れるように大胆《だいたん》なこともできた。やはりエリスはセドリックに力を与えてくれる、女神なのだ。

祈りを込めて、セドリックは入念に確認し覚えてきた呪文を唱える。伯爵が貸してくれた魔導書の中に載っていたもの──生け贄《いにえ》を用いる死者蘇生の禁呪だった。

セドリックは半ば忘我の状態で、硝子の棺から、エリスの握る銀の短剣を引き抜く。

そして──眠っている少女の胸へ白刃を振り下ろした。

「やめろッ──!!」

誰かの声が響くのと、血飛沫《しぶき》が噴き上がり魔法円の上に飛び散るのはほぼ同時だった。

ゆっくりと心臓から引きずりだされた短剣は銀の輝きを赤黒く穢し、ぽたり、ぽたりと雫《しずく》を滴らせる。

返り血に染まったセドリックは、儀式に水を差した人間のほうへと目を向けた。

「嘘だろ……どうかしてる……」

伯爵に連れてこられた青年だった。仮面に隠れた顔は色を失っている。

それを見た伯爵は、何を思ったのか青年の仮面に手をかけて取り去った。そして、おや、と意外そうな顔で顎《あご》に手をあてる。

「君は確かリントン子爵のご子息ではなかったかな。君を呼んだつもりはなかったのだが」

青年は顔を真っ青にしながらも、なお毅然《きぜん》とした表情で伯爵を睨《にら》みつけている。

「ええ……残念ながら、僕も呼ばれた覚えはありませんね。卿の招待を受けたのは僕の友人ですが、あいにくと貴殿が思うより臆病な人間です。土壇場で、代わりに参加してほしいと。情けない奴ですが、彼は正しかった。伯爵……説明してください」

微かに震える声で詰問《きつもん》する青年のことを、伯爵は面白いものを見るように眺めている。

そして、言った。

「そうしたいところだが、実は正直に言うと、私も戸惑っていてね。動揺しているのだよ。まさか彼がこんなことをしでかすとは……」

いかにも困ったという表情で、伯爵はセドリックを横目に見た。

「は……？」

――今、何と言った？

「ミスター・エヴァンス、巻き込んですまないね。だが悪く思わないでくれたまえ。嘘をついてここへ来た君もよくない。ひとまず、君には証人になってもらう必要があるね……この殺人事件の」

殺人事件、だって？

違う、これは儀式だ……文献通り、生け贄を用意して……魂の復活を……エリスに、命を与えるために――。

『君には期待しているよ』

『彼らにはできないことができるはずだ』

『君は彼女のために、どこまでできる？』

――伯爵が、そう言ったのだ。

「あなたが――ッ！」

腸《はらわた》ごと内側から吐き出すような、自分でも自分のものとは思えないような叫びが教会堂の中に響いた。全身が震え、歯の根が鳴る。

「あなたが、い、言ったから」

セドリックは眦《まなじり》が裂けそうなほど目を見開き、血まみれの指先を震わせながら伯爵を指差す。しかし当の伯爵は、悲しそうに首を振った。

「何を言うのだ、セドリック。こんなことをしろなどと、私は一度も言わなかったよ」

「っあ、あ……あなたには、分かっていた……分かっていて……それなのに……」

「何も知らなかったさ。いや、仮に、私がそんな愚《ぐ》にもつかぬことを言ったとして、君は私に言われたからと人を殺すのかい？」

膝の力が抜け、セドリックは呆然《ぼうぜん》とその場に崩れ落ちた。すぐ目の前で、仰向《あおむ》けになった少女が胸からどくどくと真っ赤な血を流し続けている。一つの悲鳴も上がらなかった。

彼女が生きている間最後にしたことは、セドリックが与えた睡眠剤入りの菓子を無心で食べることだった。生きるために必死な幼子《おさなご》の心を、自分は利用したのだから。

黒衣たちは取り乱した素振りもなく、セドリックを取り囲んでいる。唯一エヴァンスと呼ばれた青年だけが、状況を理解できない様子で彼らの後ろに立ち尽くしていた。

「……伯爵、あなたは、エリスに命を与えたいと……そう、言われましたよね……？」

「ああ、言ったとも」

「あの言葉も、嘘ですか……？」

あの日、伯爵は自分に心の内を見せてくれたのだと思っていた。

「私は嘘をついたことなどないよ」

「なら、なぜッ！　彼女を蘇らせるためには犠牲が必要だと、伯爵も思われたのでしょう!?　僕に生け贄を用意させて――」

「君は何も分かっていない」

冷たい声色にハッとして顔を上げると、伯爵は出来の悪い子供を見るような目でセドリックを見下ろしていた。――父親《バーナード》と同じ目で。

「私がいつ、彼女を蘇らせたいと言った？」

「でも、命を与えると――」

「残念だよ。短い間でも君とは色々と言葉を交わせたと思っていたのだが、この〈集い〉の主旨については理解してもらえなかったようだ」

「は……？」

仮面をつけた七つの顔が、笑っている。どれもこれも、同じ顔に見える。

「魔術はね、効かなければ魔術とは呼べないのだよ。エリスを蘇らせる魔術など存在しない。なぜなら死者は絶対に蘇らないのだから」

「な……なんで」

なぜ今、そんな当然のことを言われねばならないのだ。

そんなことはセドリックだって分かっていた。

――分かっていた、はずだ、それなのに……自分はなぜ、こうなった？

血に染まった自分の両手を見つめる。粘ついた液体はすでに乾きつつあり、短剣を握る右の手のひらは柄《つか》に貼りつきかけていた。

蠟燭が揺れる。眩暈《めまい》がする。黒衣の影が自分を囲んで、悪夢のようにゆらゆらと踊る。

これではまるで、自分のほうが彼らの生け贄だ。

「だから、我々は、彼女の『肉体を保存し続ける』という魔術を選んだのだ」

「それが、我々にとっての『命を与える』という行為」

「彼女は腐敗しない。犠牲を捧げようと、そうでなかろうと。彼女はそういうものだから」

「けれど、捧げたものはすべて彼女のためのもの」

「事実は反転し、我々の儀式は効力をもつ。それが魔術だ」

「彼女が中心に存在する限り、我々の魔術は常に本物であり続ける」

――こいつらは、何を言っているんだ……？

「ふざけるなッ!!　そんな……それじゃあ、遊びみたいなものじゃないか！」

「その通り。これは遊びなのだよ」

皆が、死にそうな醜い生き物を見るような、哀れみと嘲笑の目で自分を見下ろしている。

「言っただろう？　知っていても知らぬふりをするのが嗜みだと。これは、真剣なふりをして取り組める者だけが参加できる、紳士の遊びなのだ。遊びという前提を忘れて本気になるのは、実に野暮なことだ」

伯爵は軽く肩をすくめてみせた。つまらない喜劇《コメディ》でも見せられたような表情だった。

「は……」

——そうなのか。

「ははっ……」

なるほど、確かに遊びだ。馬鹿に手の込んだ遊びではないか。

伯爵に目をかけられてのぼせ上がり、戯《たわむ》れの儀式に本気になっている、みっともない成金の息子を笑うための、反吐《へど》が出るほど悪趣味な貴族のお遊びだったのだ。

這《は》いつくばるセドリックの前に、伯爵が跪《ひざまず》く。憎しみの籠もった目で睨みつけようが、伯爵の表情は普段と全く変わらず、優しく穏やかで、慈《いつく》しみすら滲んでいた。

彼は、そっとセドリックの耳元に唇を寄せ、そして言った。

「一応言っておくと、君と同じ試みは私たちも何度かやってみたのだよ」

セドリックは血走った眼《まなこ》を見開き、ゆっくりと伯爵を見た。それまで自分を心酔させてきた甘い声色が、絶望の最下層へと容赦《ようしゃ》なくセドリックを叩き落とす。

「最初こそ刺激的ではあったが、大きな刺激も慣れてしまえば呆気ない。だから趣向を変えてみようという話になったのだよ。ずいぶんと心もとない計画だったが——いや、君は実にいいものを見せてくれた」

つまり最初から彼らは、セドリックが罪を犯すことを期待して、〈黒衣の集い〉に招いたのだ。仕組まれた出会いも、仄《ほの》めかされた殺人も、すべて伯爵の罠だった。わざわざ今日のために「証人」まで用意して……。

彼らにとってはどちらに転んでもよかったということだ。セドリックが生け贄を殺しても、部外者の存在に怖気《おじけ》づいて止めたとしても、はなから彼らが失うものは何もない。

すべてが遊びだったのだ。

他人の人生も、生死さえも。

「おかげで全く飽きなかったよ。やはり私の目は間違っていなかった。本当に君を選んでよかったよ。ありがとう、セドリッ――」

どん、と鈍い音がして、伯爵が崩れ落ちる。

少女の血に染まった短剣は、伯爵の心臓から新たな色を吸っていた。

伯爵の身体が静かに倒れこんでくる。

「ねが、い……かな……」

ごぽ、という水音とともに、生温い液体がセドリックの肩口を濡らした。

「エ、リス……私、の……いの、ち、を――」

血液を含みながら伯爵が口にした最期の一言に、脳天を貫かれたような気がした。

思わず押しのけた伯爵の身体は支えを失い、冷たい石の床に転がった。ローブの下の白いシャツとタイを真っ赤に染め、口からも血泡《ちあわ》を吹いて事切れている。見開かれたままの目は祭壇の上に向けられ、そして彼は、微かに笑っていた。

──ああ。やっと分かった。

「そうだったのですね……伯爵」

まるで操り手を得て動き出した木偶人形のように、セドリックは立ち上がる。

黒衣の仮面たちは皆、何が起こったのか分からないという顔で棒立ちになっている。そのうち、一番近くにいる者の胸を刺した。抜くとすぐに血が噴き出して、ぱたりと倒れる。

誰かがヒッと息を呑んだ。やっと想定していた事態とは違うことが起こっていると気がついたのだろう。途端に叫び声が上がり、他の者たちは逃げ出した。

だが、動転して足元の覚束《おぼつか》ない年寄り共など、柵の中の鶏《にわとり》のようなものだった。手近な者からローブを摑んでは右手のナイフで突く。セドリックは誰よりも素早く、殺し屋のように淡々と、醜い雄鶏《おんどり》たちを刺殺してゆく。運良く逃げ延びようとしていた者にもピストルの弾をぶち込んだ。持ち出しておいて正解だったな、とセドリックは他人事《ひとごと》のように思った。

ただ、あの青年だけはいつの間にかいなくなっていた。逃げたらしい。別に構わないと思った。元から何の関係もない人間だ。

やがて、耳に痛いほどの静寂が戻ってきた。

硝煙《しょうえん》と血のにおいが、焚《た》かれた薫香をすっかり塗りつぶしていた。

そこら中に黒い死体が転がっている。それはセドリックが見様見真似で描いたものよりも、ずっと説得力のある魔法円に見えた。供物《くもつ》は十分過ぎるほどにある。こんなにあるなら、無理をして少女を攫ってくることもなかった。彼女にはお菓子だけあげて、そのまま家に帰してあげればよかった。

最初から、こうすべきだったのだ。

なぜ彼らは犠牲となるのが自分ではないと当然のように信じ込んでいたのだろう。

振り返ると、恋人がそこで待っていた。

祭壇の傍に立ち、これまで幾度もそうしてきたようにエリスに寄り添った。試しに口にした呪文は、しんとした教会堂の中に溶けてゆくだけだった。

「駄目かぁ……」

びっちょり濡れた手で首筋を掻《か》く。思わず笑みがこぼれた。

悲鳴も、銃声も、血飛沫も、断末魔も――何ものも、彼女の眠りを覚ますことはない。

だが今は、それが心地よいような気もするのだ。伯爵の言う通り、セドリックは何も分かってはいなかったのだろう。

エリス。愛《いと》しの眠り姫。君は、永遠に眠りから醒めないからこそ美しい。

そっと棺の上に身をかがめ、その色の薄い唇に口づけを落とす。ひんやりとした感触に、すべてが報われたような気がした。王子に選ばれなかった自分だが、彼女に出逢えた幸福だけは間違いなく特別なものだった。

セドリックは、もう動かない伯爵に目を落とした。

彼女に命を与えたい、という伯爵の言葉は嘘ではなかった。

伯爵にとって「命を与える」ことは、彼女に生け贄を捧げて蘇生させることでも、ましてや彼女の腐敗を止めているような気になるためにお遊びの儀式を執り行うことでもない。すべてに飽きることを恐れる伯爵が、彼女に飽きてしまう前に自らの命を彼女に捧げて、退屈に蝕《むしば》まれ尽くす前に人生の幕を引くことだったのだ。

そして、伯爵はその役目をセドリックに与えてくれた。伯爵だけが、犠牲になるつもりで今夜ここへやって来たのだ。

すっかり赤黒くなった銀の短剣を、ローブの湿っていない部分を選んで丹念に拭《ぬぐ》うと、再び穢れない銀の輝きが戻ってくる。

「エリス」「眠れ、安らかに」「つみびと」

――罪人とは、否応《いやおう》なく我々を惑わす彼女自身のことか。それとも惑わされて罪を犯す我々すべてのことだろうか？

綺麗になった短剣を再び彼女の手に戻し、硝子の棺の蓋を下ろす。

そしてセドリックは血を吸って重たくなった漆黒のローブの裾を躍《おど》らせ、ひとり陽気に笑いながら部屋を走り出ていった。

◇◇◇

ウィリアム・エヴァンスは物陰で膝を抱え、息を殺していた。湿った下草がズボンを冷たく濡らしているが、この震えは寒さによるものではない。

常軌を逸した出来事の連続は、まさに悪夢としか形容しようがなかった。

頭のおかしな青年が幼い少女の心臓を短剣で突き刺し、冗談のように鮮血が吹き出した。あれではもう、生きてはいまい。

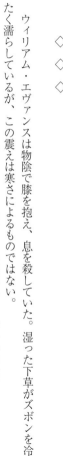

膝の間に頭を埋《うず》め、奥歯を嚙《か》みしめる。

青年が伯爵を刺したのを見た瞬間、ウィリアムは耐えきれずに逃げ出した。こんな場所にはいられないと思った。しかし修道院を出た途端に腰が抜けてしまい、這いずりながらどうにか建物の陰に身を潜めたのだ。

叫び声、呻《うめ》き声、何発かの銃声。冷たい石壁の内側、神に祈るための静粛かつ荘厳なその場所に、血と叫喚《きようかん》が支配する地上の地獄《じごく》が出現していることを思うと、ウィリアムはこの世に救いなどないという気がした。

そして不意に気味の悪い静寂が訪れると、やがて世にも恐ろしい笑い声とともに何者かが夜闇の中へ走り去っていくのが見えた。

「ああ、警察《ヤード》を呼ばないと……くそ、クソッ、あのバカ生涯呪ってやる……ッ！」

しかし、この状況をどうやって説明しろというのだろう。元々が後ろ暗い集まりなのだ。妙な嫌疑をかけられるのがオチだ。しかし逃げるのはもっと悪手だろう。まずは怪我人の手当てか？　ああ、あんなおぞましいところへもう一度戻るなんてご免だ。大体、あの男たちは少女が刺されても眉一つ動かさず、面白がってさえいたではないか！　人でなしだ、死んだほうがいい。だが見殺しにすれば自分も人でなしだ。いや、とっとと逃げてきた時点で同じようなものだが。すべてはあの臆病者の友人《コシヌケ》のせいではないか。もっとも腰が抜けているのは自分のほうなのだが……ああ、僕が何をした！　神よ、そこにいるなら答えてくれ！

混乱する頭を抱え、ウィリアムはうずくまる。どれくらいの間、そうしていただろう。

ふと、蹄《ひづめ》と車輪の音が耳に入った。馬車だ。

夜中にこんな場所へ来たということは、あの中の誰かの家の使いだろうか。

そろりと石壁の陰から頭だけ出して覗いてみると、何やら様子がおかしかった。

二頭立ての箱馬車はさして珍しくもない。しかしそのあとをついてきたもう一台の特徴的なシルエットに、ウィリアムは目を瞠《みは》った。間違ってもこのような場所で目にするはずのない、ある特別の用にしか使われない馬車。

つまりは、葬儀で使う霊柩《れいきゅう》馬車だったのだ。

ゾッと怖気《おぞけ》がした。そう、確かに場違いではあるのだが、あの惨劇を思えばこれほど相応しいモノもない。出番を待ちわびていた死神が、満を持して登場したようなものだ。

二台の馬車は修道院の前に停まった。見ていると、箱馬車の中から数人の男たちがゾロゾロと出てくる。馬車の灯りに浮かび上がった彼らは皆、山高帽を目深にかぶり、漆黒の揃いに身を包んで、影のような姿で音もなく修道院の中へと入っていった。

彼らは何者なのか。一体、何をしようとしているのか。思わず身を乗り出した時だ。

分厚い雲が不意に切れ、月が覗いた。ウィリアムが身をすくめるのと、最後に馬車から出てきた男がこちらを見るのとは、ほぼ同時だった。

——見つかった。

男がこちらへ歩いてくる。逃げ出そうとするが、腰が抜けているウィリアムは動けない。下草を踏む足音が死刑宣告のように響く。

膝を掻き抱き息を呑むウィリアムの目の前で、黒革の靴が立ち止まった。

「──何か見たかい？」

闇から立ちのぼる声は低く淡々としながら、どこか可笑《おか》しそうに響いた。

ナイフの腹で首元を撫でられるような思いで顔を上げれば、半身を月の光に浸した男が、異様に輝く瞳で見下ろしていた。

素直に答えれば殺されそうな気がして、ウィリアムは黙り込んだ。それを見て、男は「ふむ」と考えるように顎に手をやる。その手には真っ黒な手袋がはめられていた。

喪服、だろうか。

しかしもう片方の手には、これからプロポーズにでも行くかのように、大きな薔薇の花束を逆さまにして無造作に携《たずさ》えている。

へたり込むウィリアムと視線を合わせるようにして、男は膝をついた。これで自分が貧血をおこした令嬢か何かであれば、少しは華やいだ気分になったのかもしれない。

男はまるで年齢の分からない不思議な顔立ちをしていたが、間違いなく端整な部類に入る容貌《ようぼう》ではあった。だがそれ以上に、水底《みなそこ》のように深い青色をした温度のない瞳が、男の印象を決定づけていた。

「……僕を、殺すのか」

震える声で、ウィリアムは尋ねる。

「なぜ？」

「僕が、何かを、見たから」

「君は何を見たんだい？」

「……答え方によっては殺されそうな質問に、簡単に答えるほど馬鹿じゃない」

「そのようだね」

「……あなたが誰でも構わない。僕は誰にも、何も喋らない。一生だ。信用してほしい。僕は、自分の命が惜しい」

「いい答えだ。君を信用しよう」

ウィリアム・エヴァンスくん、と男は平然とした様子で言った。

「君を見込んで一つ提案があるんだが、どうだろう？」

それは提案ではなく命令ではなかろうかとウィリアムは思う。見ず知らずの男の口から名乗ってもいない自分の名が出てきた時点で、心臓を握られたも同じことだった。

どういうわけか知らないが、この男はウィリアムの素性も調べ上げているに違いない。

「時々でいいのだが、私の仕事を手伝ってほしい。まあ、ライフワークのようなものだが」

慈善事業の類とは全く思えなかった。いかがわしいことに決まっている。

「犯罪の片棒を担げとでも？」

「まさか。私たちは殺しも盗みもしない。ただ運ぶだけだ」

「運ぶ？　阿片でも密輸しろっていうのか」

そう言うと、男は何か面白い冗談でも聞いたようにクックッと低く笑った。

「ああ、人心を惑わせるとびきりのクスリだよ。君はもうそれを見ているはずだ」

そこへ先ほど修道院の中へ入っていった男たちが再び音もなく出てきた。何か大きなものを運び出している様子だった。ウィリアムにはもう、何となく想像はついていた。

月の光の下へ出た男たちが運んでいたのは、祭壇の上にあった、あの硝子の棺だった。

その様子を見守りながら、やや荒っぽい仕草で男は花束を肩に担ぐようにして持ち上げる。

その時初めてウィリアムは、それが尽《ことごと》く枯れた花であることに気がついた。

乾いた花びらがハラハラと宙を舞う。

些《いささ》か大味だったな、と男は独りごちた。

「若い花は美しいがすぐに散ってしまう。試みに伯爵に預けてみたが、結局はあの青年を招いたか……彼女好みの物語ではなかったのかもしれないな。あの伯爵も見どころのある人物だったが、どうも陰険でいけないね。三年の間にこんな花束ができてしまうとは」

「は……?」

男はやれやれといった調子で首を振るが、ウィリアムにはさっぱり意味が分からない。

だがなぜか、男のもつ花束がひどく忌《い》まわしく、悲惨《ひさん》なもののように思われた。

ウィリアムの様子に何を思ったのか、男は口の端に妙な笑みを浮かべた。

「そう不安がることはない。少なくとも、入社したての新聞社を早々に辞めねばならないようなことにはならないだろう……君が阿片の毒に侵されない限りは」

そんなことまで調べているのか。もう恐怖よりは呆れのほうが勝っている。

男は黒手袋をはめた手をウィリアムに差し出してきた。腰の抜けた哀れな青年を親切にも助け起こそうとしてくれている……というだけの意味とは思えなかった。

「一人、当てられてしまった者がいてね。欠員が出たので、代わりを探していたんだよ。秘密を守れることが一番。あとは彼女に惑わされないこと……まあ、無理な時は諦めてもらうしかないが。残念ながら、こうしている間にも彼女は我々の運命を絡めとり、弄《もてあそ》び続けているのだからね」

「あなたは、何者なんだ……」

「棺を担《にな》う者」

男は短く、カロン、と名乗った。

ああ、それは古の神話に語られる地獄の渡し守の名だと、ウィリアムはぼんやり思う。

そしてウィリアムは男《カロン》の手を取った。

◇　◇　◇

以来、ウィリアムは新聞社に勤めながら、男の手伝いを続けている。

幸い、新聞社での仕事は肌に合っていた。没落貴族にお似合いの道楽だと陰口を叩く者もいるが、未だ爵位にしがみついている実家にも頼ることなく、生活にも不満はない。

しかしそれ以上に、ウィリアムはジャーナリズムを愛していた。

自分の文体は些かロマンチシズムが過ぎるようで、同僚からもよく「小説は書かないのか?」と尋ねられる。事実、小説家を兼業する記者も多いと聞く。

しかしウィリアム自身は、自分で何か物語を生み出すということには興味がなかった。「事実は小説よりも奇なり」とのたまった詩人がいたが、ウィリアムにとっては、今を生きる無数の人々が織りなす現実こそ何よりも面白く尊いものであり、それを描写することに自分のペンを使いたいと思うのだ。

そういう意味で、もう一つの「仕事」はウィリアムにとって奇妙な魅力に満ちていた。

――カロンは約束を守った。ウィリアムも、どれほど記事のネタに困っていても、あの夜の秘密だけは絶対に紙上に持ち出さない。ウィリアムは一生誰にも喋らないと誓い、カロンはそれを信用すると言った。もはや彼に、自分をどうこうする気はないだろう。

しかしウィリアムのほうでも、今となっては辞める気などなくなっていたのだった。もしかすると、あのセドリック・ソーンヒルもこんな気分だったのかもしれない。何者かに選ばれ、他の者には覗けないような世界を自分だけが覗いているという愉悦――。

かわいそうなセドリックは、あの事件の翌朝、川面に浮かんでいるところを発見された。衣服にはベッタリと血痕《けっこん》が染みついていたが外傷はなく、死因は溺死《できし》とされた。

前後して、修道院跡の凄惨《せいさん》な殺人現場も見つかった。発見者は土地の所有者であるアッシュフォード伯爵家の管理人だった。一人の幼い少女と、伯爵を含む七人の紳士たちは皆、刺殺あるいは銃殺されていた。

使用されたと思しきピストルは現場に残されており、セドリックが自邸から持ち出したものであることが確認された。一方、刺殺に用いられた刃物は発見されなかった。状況から警察は一連の事件を、セドリックによる殺人と、その末の自殺として結論づけた。

一夜にして後継者と社会的信用の両方を失ったバーナード・ソーンヒル氏は、警察によるこの発表に強く抗議した。セドリックが犯人である根拠は「曖昧なものばかり」であり、「あの弱気な臆病者にそんな事件が起こせるものか」と氏は繰り返し主張した。しかし、いくつもの証拠や証言がセドリックの犯行を裏づけており、覆《くつがえ》すことはまず不可能だった。

ソーンヒル氏は失脚し、自ら立ち上げた会社を追われることになった。

氏が真に息子の無実を信じていたのか、それとも単にソーンヒルの家名を守りたかったのか、それは分からない。しかしいずれにせよ、彼がこの国で唯一セドリックの無罪を主張し続けた人物であったという事実に変わりはないのだった。

一方、新聞各社はこぞってこの事件をケレン味たっぷりに書き立てた。名門貴族の裏の顔、背徳的な遊び、黒魔術の儀式、生け贄の少女、殺人犯の狂死——虚実が入り混じり、様々な憶測が飛び交った。比較的上流向けの新聞を刊行しているウィリアムの会社でさえ、この事件に関しては似たようなものだった。

だが、いかに想像力を働かせて語ろうと、指し示す事実はどれも大差ない。出揃った要素、握っている情報が同じであるならば、描ける物語は自然と似通ったものとなり、筋書きはこれ以上ないほど完成されている。

だから誰も気がつかない。そこに、もう一つの「何か」があったということに。

微かな歪《ひず》みを残すのは未発見の凶器だ。誰もが大して気にとめず、川底にでも沈んでいるのだろうと信じ込んでいるものこそが、それに繋がる細い糸口。あらゆる新聞に目を通してもなお、描かれていない唯一の要素。

硝子の棺と、腐敗しない少女の遺体。

舞台のすべてはそれによって始まり、それを中心に回っていたというのに、終幕と共に煙のように消え失せ、あとに残るのは役を演じ終えた死者たち——傷つき血を流し、刻々と変質してゆく、ただの平凡な死体ばかり。そして幕の内側を知らない観客たちは勝手気ままに死体を人形のように操り、自分たちに理解できる脚本《シナリオ》を遡《さかのぼ》って作りはじめる。

それを思うとウィリアムは、何か薄暗い悦びに溺《おぼ》れそうになる。

——自分だけが、真実を知っている。

「特別な運命」とは何という阿片じみた作用をもたらすのだろうか。けれど、その毒に支配されたが最後、冷たき女神はウィリアムを容赦なく死の園へと招くだろう。

自分とセドリックは鏡合わせのようによく似ている。黒い誘惑に手を引かれ、エリスの魔力に踊らされて——この先に待ち受けているものも、あるいは同じなのかもしれない。

足元には常に甘い芳香を放つ奈落が口を開けているのだ。この喪服にはその匂いが染みついている。油断すれば次に参列するのは自分自身の葬式だ。

だから踏み外さぬよう注意深く、忍び足で地獄の縁を歩く。

——さて、そろそろ時間だ。

山高帽を目深にかぶり、男は薄く微笑む。

そして名もなき漆黒の影は、夜闇の中へと躍り出た。

麗しく残酷な女神の棺を、新たな運命のもとへと運ぶために。

五月の薔薇たち

五月。春と豊穣をつかさどる女神の月。

それは麗《うら》らかな乙女たちの季節。一年のうちで最も美しく、そして芳《かぐわ》しいひと月。

早朝、陽光に土が温もりはじめると、見渡す限りの花畑は香りたつ。ほころびだした花がこぼす匂いやかな吐息で、空気の色まで違って見える。

薄紅色の薔薇《ばら》たち。シフォンのチュールを思わせる八重咲きの花弁には朝露がのり、妖精のスカートのように愛らしい。

ドロテは束の間、その儚《はかな》げな可憐《かれん》さを味わってから――おもむろに毟《むし》り取った。

大きなポケットのついた収穫用のエプロンに放り込み、また花を見つけては毟って放り込む。畝《うね》と畝との間で腰をかがめ、背の低い木からピンクの花を収穫していく。

のっぽのドロテには骨の折れる作業だ。

腰を伸ばそうと身を起こせば、右にも左にもドロテと同じように麦わら帽子をかぶり、花を摘み取っている女性たちの姿がある。右隣を受け持つのは母だった。十四のドロテとは年季の入りようが違い、流れるような手さばきでずんずんと木の間を前へ進んでいく。

「あんまりのんびりおしでないよ、ドロテ」

少しでも手が遅いと、すぐに間延びした小言が飛んでくる。「分かってる」と短く応《こた》え、ドロテはまた花畑の中に潜った。

夜明けとともに開いた薔薇は日が高くなるにつれて芳しさを増し、放っておくとすぐに香りを失ってしまう。一つとして見落とすわけにはいかない。

――永《なが》く香りを残すために、花は摘み取られねばならないのだ。

この村で作られる香水は、都会の裕福な人々にそれは高く売れるという。

広い農地には何種類かいい匂いのする植物が育てられているが、中でもこの五月の薔薇《ローズ・ド・メ》から採れる精油はひと瓶《びん》にとんでもない値がつく。何しろ、何百という花を掻《か》き集めて、たったの一滴しか採れないという貴重な香料なのだ。

女たちが摘んだ薔薇は麻袋に詰められ、荷馬車で丘の工場へ運ばれる。ドロテの父親もそこで働いていた。男たちは山盛りの花を大きな銅釜に詰め込んで蒸留し、精油にする。

香水とは、この精油を酒精で薄めたものだ。もちろん使われるのは薔薇だけでなく、沢《たく》山《さん》の精油を調香師と呼ばれる職人たちが混ぜ合わせ、複雑な香りを生みだすのだという。

ドロテは香水など使ってみたこともない。けれどきっと、とても素晴らしいものなのだろうと思う。優雅な貴婦人たちがこぞって夢中になるのだから……。

摘み取り作業はなんとか日が昇りきる前に終わった。親子二人でつつましい昼食を済ませると、母は午前にできなかった家事に取りかかる。

普段ならドロテも手伝うところだが、今日は約束があった。

「丘へ行ってくるわ」

家の裏で洗濯をしている母に告げると、母は盥《たらい》でシャボンを泡立てながら「アカシアの花を摘んでおいで」と言った。

「もう咲いてるだろう。揚げ菓子《べニエ》ができるよ」

「わかった。行ってきます」

丘をのぼる道は、工場へと続く蛇行《だこう》した砂利道《じやりみち》が一本あるきりだ。今さっきまで、麻袋を積んだ荷馬車がガタゴトいいながら沢山通っていた。

しかしドロテはその道を素通りし、丘に張りつくように広がる林の中へと入っていく。下草の茂るゆるい傾斜をドロテはブーツで危なげもなくのぼった。木の間が広く明るい林は、この村の子供なら一度といわず来たことのある定番の遊び場だ。

左手に見える工場から、花の匂いがここまで漂ってくる。

やがて頂上近くまで来ると、象牙《ぞうげ》色の壁が美しい二階建ての邸宅が見えてきた。瑞々《みずみず》しい緑に囲まれ前庭を季節の花が彩る邸《やしき》を、村人たちは「丘のお邸」と呼んでいる。

その裏手に回りこみ、ドロテは自分の身長ほどもある石垣の下に立った。

傍《かたわ》らにアカシアの樹がある。枝は石垣の上まで張り出し、その先に続くお邸の裏庭を隠すように青々とした葉を茂らせていた。間から大きな花房がいくつも垂れていて、蝶々《ちょうちょう》の形をした白い花弁が開きはじめている。誰が植えたか知らないが、この村に似合いの香りよい花だ。これに衣をつけて揚げ、砂糖をまぶすと、味も香りも甘いお菓子になる。

ドロテは背伸びをして白い花をいくつか摘みとり、スカートのポケットへ入れた。それから適当な葉を一枚ちぎると、薄い唇に押し当てて何度か音を鳴らす。

ややあって、石垣の上から草を踏む足音が近づいてきた。

「ドロテ！」

葉陰から顔を出した黒髪の少女を見上げ、ドロテは淡い微笑《ほほえ》みを浮かべた。

「ごきげんよう、フランシーヌお嬢さま」

わざと恭《うやうや》しい仕草で両手を差し伸べると、小柄なフランシーヌはくすくす笑いながらドロテにつかまり、若草色のワンピースドレスの裾《すそ》をなびかせてふわりと降りてきた。服の重みがなければ宙に浮いてしまうのではないかと思うほど、彼女は軽い。

「気をつけて。棘《とげ》に触ると危ないわ」

そっとフランシーヌを抱き寄せてやる。太い幹の根本から新しい枝が生えてきていた。よく見なければ分からないが、アカシアの幹や枝には鋭い棘があるのだ。

「いい香りがするのに棘があるなんて、薔薇の花みたい」

形のよい鼻をドロテの胸のあたりに寄せ、「今年も薔薇の季節が来たのね」とフランシーヌは囁《ささや》く。

「それに石鹸《せっけん》、変えたでしょう」

「相変わらず鼻が利くのね、フランシーヌ」

くすぐったそうに微笑む親友は砂糖菓子のように可愛《かわい》らしくて、ほのかに甘い匂いがする。

彼女こそ、「丘のお邸」に暮らすお姫さま——この村を支える香水会社の令嬢だった。

フランシーヌの父は、代々この村で香水業を営むメルシエ家の当主であり、ドロテの父たちが働く香水工場の経営者でもある。

言わば身分違いの二人をささやかな偶然が引き合わせたのは、互いに十一の時だった。

その時分、ドロテの周りには同年代の女の子がいなかった。遊び仲間は男の子ばかりで、スカートはいつも泥だらけ。日が暮れるまで外を駆け回った。花畑の中や小川のほとり、村はずれにある昔の城跡、そして林の中——。

お邸の裏で、みんなして他愛もない遊びに興じていた時だ。ふと視線を感じて石垣の上を見ると、一人の女の子が茂みの向こうからこちらを見つめていた。

こわごわと石垣の下を見下ろす彼女に、ドロテは手を伸ばした。女の子は一瞬驚いた顔をしたが、意を決した様子で手を取り、雛《ひな》鳥が巣立つ時のように外の世界へまろび出た。

みんなと遊んでいても、彼女はドロテの手をきつく握って離さなかった。白くて柔らかい指に、淡桃色《たんとう》の花弁みたいな爪のついた手……そんな綺麗《きれい》な手を見たのは初めてだった。ドロテはなんだか、自分の日焼けした肌や土の詰まった爪が急に恥ずかしくなった。そんなふうに思うのも、初めてのことだった。

……結論を言うと、ドロテたちはこっぴどく叱られた。

フランシーヌが熱を出してしまったのだ。グッタリする彼女を慌《あわ》ててみんなでお邸に運びこむと、家女中は悲鳴を上げ、怖い顔をした使用人にドロテたちはこってり絞られた。曰《いわ》く、フランシーヌは身体《からだ》が弱い。少し気温が下がっただけで風邪をひき、走りだそうものなら熱を出す、生まれつきの虚弱体質。外で転げ回って遊ぶなどもってのほか、と。

男の子たちはそれきり彼女を遊びに誘わなくなった。自分たちばかりが一方的に叱られたのだから、へそを曲げるのも当たり前だ。

しかしドロテもまた、次第に彼らとは遊ばなくなってしまった。

ある日ドロテは一人で丘をのぼり、あの石垣のところへ行ってみた。すると、フランシーヌも同じように石垣の下を見つめていたのだった。

それから、そこが二人の約束の場所になった。使用人の目を盗んでやって来るフランシーヌを、ドロテは石垣の下へ降ろしてやる。もちろん走ったりなんかしない。地べたへ座り、二人並んで本を読んだりお菓子を食べたり、時々林の中を散歩したりするだけだ。遅くならないうちにフランシーヌを抱き上げて石垣の上に帰す。

お邸の人たちも気づいたうえで見逃してくれていたのだろう。日の光を浴びるようになってから、彼女は少しだけ丈夫になったようだったから。

今では、こうして天気のいい日には丘を下って散歩するまでになった。

「……うふふ。村一面、ドロテの匂いがする」

「やめてよ。なんだか臭そうよ、それ……。私《ドロテ》から花の匂いがする、なら分かるけど」

収穫が終わり皆が引き上げていったあとの花畑を、二人は手を繋《つな》ぎ、てくてく歩いた。

辺りには甘い余韻《よいん》が残されている。まるで香りの幽霊みたいだとドロテは思う。種も残さず摘み取られる薔薇たちの、お墓のような花畑。

「ドロテは臭くなんかないわ。おかしなこと言うのね」

フランシーヌは目を丸くして、小さな唇を尖らせる。

「それに、私にとっては同じことだもの」

「同じこと?」

「お外の匂いも、ドロテの匂いも同じ。お日さまと、まだ精油されてない花や草木の香り」

いい匂い、とフランシーヌは無邪気に微笑んだ。

蜂蜜《はちみつ》色をした午後の光が、二人を柔らかく包んでいた。

——こんな日々が、あとどれくらい続くのだろうか。

隣を歩くフランシーヌの美しい横顔や、つややかな黒髪の一筋ひとすじを眺めていると、不意にドロテは物憂《う》い思いに囚《とら》われた。

『ドロテ、あのね……私、婚約が決まったの』

神妙な顔で彼女が告げたのは今年の春先、まだ少し肌寒く、曇《くも》りがかった日のことだ。

相手は香水の卸《おろし》先である豪商の次男坊で、聞けばなかなかの美男だという。丘のお邸に招かれ、出会ったばかりのフランシーヌの美しさに一目惚《ぼ》れしてしまったらしい。

ロマンチックね、と彼女の話を聞いたドロテは言った。

お伽噺《とぎばなし》みたいでしょう、とフランシーヌも笑った。

けれど二人の間に交わされた感情は、言葉よりずっとぎこちなかった。

数年のうちに彼女は結婚し、この村を出て華やかな都会での生活を始める。貴婦人になったフランシーヌは生家で作られた最高級の香水を纏《まと》うだろう。その中には、幼い日を共にした友人の摘んだ花もほんの少しだけ混じっている。鼻のいいフランシーヌならば、嗅《か》ぎ分けることができるだろうか……。

明るい未来を差し出されたはずの彼女は、しかし浮かない顔をしていた。

『父も母も口には出さないけれど、私がちゃんとお嫁に行けるのか心配していたの。だからすごく喜んでいるのよ。私の見た目が、彼に愛されるものだったことを……まるで私の持ちものが、たったそれだけみたいに』

『愛されるのは幸福なことよ。美しいことも、きっとね。でも、見た目から分かることってどれくらいあるのかしら。美しい瓶に、当たり前のように素晴らしい香水が入っているわけじゃないのに……本当に大切なのは、中身なのじゃないかしら』

『私、ただ綺麗な格好でニコニコしてるだけの、飾り物みたいには、なりたくないな……』

置き去りにされた人形のように淋《さび》しげな表情を浮かべながらも、彼女の碧《みどり》色の瞳には静かな強さが宿っていた。――ドロテは知っている。身体が弱くとも、頼りなげに見えても、フランシーヌは芯の強い女の子だ。ドレスを翻《ひるがえ》し、彼女は何度でも石垣を飛び降りる。

けれど、そんなフランシーヌの気高さに触れるたび、心の薄暗い部分がこすれてひりつき、知りたくもなかった感情の在《あ》り処《か》を教えられた。

――そんなふうに悩めるのは、あなたが裕福で教養があって、そして美しいからよ。

呑《の》み込んだ言葉が、胸の底のほうに灰のように降り積もってゆく。

ドロテは自分の容貌《ようぼう》を醜《みにく》いとは思わなかった。のっぽだし、肌も髪も日焼けしているし、何より平凡なつくりの顔だけれど、近頃は鏡台に向かうと自分でもハッとする瞬間がある。

自分が娘として人生の最も美しい時期に差しかかっているのだと、本能が告げていた。

それでもドロテはフランシーヌのようにはなれない。

上等のドレスを着て流行《はや》りの化粧を施され、薔薇の香水を振りかければ、フランシーヌは光り輝くだろう。本物のお姫さまのようになって——そして、そう在《あ》ることを望まれる。

ドロテに必要なのは、子どもを産める丈夫な身体と、家事をこなし花を摘む手だけ。そうして忙しく日々を過ごすうち、穏やかに老いてゆくのだ。ドロテの母と同じように……。

黒ずんだ感情が覗《のぞ》き見えるたび、ドロテは自分が汚れていく気がしてならない。

——どうして私たちは、無垢《むく》な少女のままでいられないのだろうか。

「ずっと、こうしていられたらいいのに」

一瞬、自分の心の声が漏《も》れたのかと思った。

するりと手が解かれる。フランシーヌは立ち止まり、痛むように微笑んでドロテを見た。

日差しの中にたたずむ彼女は、今まさにほころびかけた薔薇の花のように美しかった。

しかしその時、彼女の表情が翳《かげ》る。

「フランシーヌ？」

ドロテの後ろを不安げに見つめるフランシーヌの視線を追って、振り返る。

道の向こうからやって来るのは、不穏の塊のような真っ黒い人影だった。長閑《のどか》な春の景色の中で、その男の周りだけが真冬のように寒々しい。

ドロテは反射的にフランシーヌを背に庇《かば》い、男のために道を開けた。

しかし二人の前まで来た男は、そこで歩みを止める。

背の高い男だった。ドロテが見上げるくらい。漆黒《しっこく》の揃《そろ》いに身を固め、山高帽の下から
ぞっとするほど冷えた青色の瞳が覗く。温度を感じさせない整った顔立ちからは、不自然
なくらいに年齢が分からなかった。

「——少々お尋《たず》ねしたいのだが」

男の声は、深い水底《みなそこ》から響いてくるように、ドロテの鼓膜を震わせた。

「あの城跡には、どういう謂《いわ》れが？」

城跡……というと、村はずれの林の中にある遺跡のことだろうか。

「昔、この辺りを治めていた貴族のお城だと聞いたわ。あとは知らない」

怯《おび》えを悟られないよう、ドロテは努めて澄ました声で答える。

「君も行ったことが？」

「ええ、小さい頃に……あの、あなたは誰？　こんなところへ観光にでも？」

カロン、と男は短く名乗った。無国籍な響きの中に彼の素性を示すものは何一つない。

「綺麗な村だ。それにいい香りがするね」

「……花と、香りの村だもの」

「なるほど。ここにあるのは美しくて、儚いものばかりだ」

ドロテの顔を覗き込み、カロンは首を傾《かし》げる。どきりとした。青い虹彩《こうさい》がすべてを見透かすように暗く輝いていた。

「君もね」

頬《ほお》がカッと熱くなる。と同時に、フランシーヌがドロテの手を強く握った。帰りましょう、と促《うなが》す小さな声は微かに震えている。

友に手を引かれて男に背を向けた時、ドロテの肩を音もなく伸びてきた手が掴《つか》む。黒い手袋をはめた手。耳元で、カロンが低く囁いた。

「気が向いたら城跡に来るといい」

死神に魂《たましい》の輪郭《りんかく》をなぞられる心地がした。首の後ろがちりりと粟立《あわだ》つ。

振り返る間もなく、ドロテはフランシーヌに引っ張られ、花咲く道を引き返していった。

——ひらひらと蝶のように遠ざかってゆく乙女たちの後ろ姿を瞳に映し、真っ黒な男は山高帽の下で薄く微笑んだ。

春の陽気に当てられたのかもしれない。

薔薇の香りに酔ったのかもしれない。

それが好奇心なのか冒険心なのか、あるいは別の欲求なのか――ドロテは、あえて考えようとはしなかった。

午後、昨日と同じ道を一人歩きながら、気がつけば足は村のはずれへと向かっていた。

気が向いただけだ、と心の中で言い訳する。

青空の下、どこかで雲雀《ひばり》の囀《さえず》りが聞こえ、心地よい風が頬を撫《な》ぜて吹き過ぎてゆく。農地が途切れ、管理されていない草地には名も知らぬ野の花が咲き乱れている。

小川に架かる古びた橋を渡り、少し歩いた先にその城跡はあった。

背の高い樹々に囲まれた、苔《こけ》むした石造りの建造物だ。半ば崩れた外壁の中央、アーチ状に切り取られた門をくぐると、吹きさらしの内部には下草が生い茂り、基礎や壁の残骸《ざんがい》が島のように点々と散らばる。

それらの中心に、唯一わずかに原形を留めた棟が残っていた。城のどの部分に当たるのかは見当もつかないが、蔦《つた》に覆《おお》われた四方の壁は健在で、高い屋根もほぼ残っている。

石段をのぼり、大きく開いた入り口から中へ入る。屋根に所々空いた隙間《すきま》と、かつては窓のあった穴から日が差し込み、灰色の床には光の水たまりがいくつもできていた。

みんなで遊んだ幼い日の記憶と変わらない光景だった。――たった一つを除いて。

ドロテは広い床面の中央を凝視する。

そこには、横に長いハコのようなモノが、淡い光を浴びてきらきらと輝いていた。

我知らず息をつめ、ゆっくりと歩を進める。わけもなく鼓動が速まり、身体が震えた。

そして自分が何を目にしているのかはっきりと分かった時、ドロテは突然、自分が取り返しのつかない場所まで来てしまったことを悟った。

金細工に縁取られ、切子《きりこ》の模様が入った大きな硝子《ガラス》の箱は、高価な菓子器《ボンボニエール》のようだ。

しかし中に詰め込まれているのは砂糖菓子《ボンボン》などではない。枯れて色褪《あ》せた無数の花々。

そして、それらの中心には。

「気に入ったかい？」

驚いて振り返ると、いつの間にか背後にはあの男――カロンが立っていた。何も言えないでいるドロテの肩に手を添え、カロンは再びドロテを「それ」に向き合わせる。

一人の少女が、そこに横たわっていた。

綺麗な子だ、と思った。

ゆるく波打つ亜麻《あま》色の髪。染み一つない肌は、美しい友人のそれより数段白い。

わずかに幼さの残る清廉《せいれん》な面差《おもざ》し。素朴《そぼく》な生成りのドレスを着て、胸に十字架の形をした銀色の短剣を抱く姿は、どこか殉教《じゅんきょう》の聖女を彷彿《ほうふつ》とさせる。

ほころびかけた蕾《つぼみ》が一瞬で凍りついたかのように、彼女は微動だにしなかった。

「この子……死んでるの?」

ああ、と吐息をつくようにカロンは答えた。男が手袋越しに触れている部分から、しんしんと身体が冷えていくような気がした。

異常な状況だと、頭では分かっている。けれど理性は薄靄《もや》に包まれたように機能せず、ただ陶酔だけが胸を満たした。

気がつけば床に膝《ひざ》をつき、その夢見るような死に顔を見つめていた。

短剣の柄《つか》に何か文字が刻まれているが、異国の言葉らしく、ドロテには読めない。

「エリス」

男が言った。

「多くの者が彼女をそう呼んだ」

「エリス……」

透明で、繊細で、どこか残酷《ざんこく》な音。男の名と同じ、無国籍な響き。きっと二人は同じ世界から混ざり込んできたのだろう。だって彼女からもカロンと同じ冬の気配がする。

「何十年も、何百年も、彼女はこうして死に続けている。決して朽ちることなく」

「……素敵ね」

ふ、と男が微笑む気配がした。視線を上げると、男が小さな金の鍵を差し出してきた。

「開けてみるかい？」

カロンの黒い手が、棺《ひつぎ》の継ぎ目にある金細工の飾りをずらす。現れたのは鍵穴だった。

ドロテは鍵を受け取る。「いいの？」と目で問えば、カロンは無言で促した。

そっと鍵を差し入れて回すと、中で鍵が開く軽い感触が手に伝わる。男は慣れた手つきで硝子の蓋《ふた》を持ち上げた。蝶番《ちょうつがい》が回る音とともに透明な覆いが取り去られる。

ふわ、と鼻腔《びこう》をくすぐったのは、薬品めいた、しかしどこか甘い匂いだった。

「不思議な匂い……」

嗅いだこともない匂いだが、決して不快ではない。すぅ、と吸い込み、うっとりする。

「香水……？　それとも、彼女自身の香りかしら……」

腐敗を止めた肉体は、かくも芳しく香るのだろうか。

「没薬《ミルラ》、という香料がある」

ふと思いついたように、カロンは言った。

「古代、遺体の腐敗を防ぐために用いられたそうだよ。……香りには、永遠の成分が含まれているのかもしれないね」

「永遠……」

ドロテは少女に目を落とす。

無垢な少女の肉体が香水に浸されれば、もう老いることも、朽ちることも、穢《けが》れることもない。——それは安らかな表情を浮かべた、香り高い永遠の体現だった。


「ドロテ、昨日は何してたの?」

フランシーヌは石垣に背をもたせかけながら、ベニエを食べている。ドロテの母が作ったものだ。至って庶民《しょみん》的な味つけだが、彼女はとても美味《おい》しそうに食べる。

敷物を広げた上に二人は並んで座り、ちょっとお行儀悪く足を投げ出して、からりと揚がったアカシアの花をつまんだ。

一瞬迷ってから、ドロテは言う。

「朝はいつも通りよ。……午後は、母さんの手伝いだったの。どうしても手が足りないって。ごめんなさい。もしかして待ってた?」

「いいの、気にしないで。約束もしてなかったもの」

言いながら、フランシーヌは水筒の蓋を取り、二人ぶんのカップにお茶を注ぐ。ハーブや柑橘《かんきつ》の香りのするお茶だ。銘柄《めいがら》は分からないが、高価なものには違いない。

今に始まったことではないが、フランシーヌは自分のものをドロテに分け与えることに躊躇《ちゅうちょ》がなかった。お茶やお菓子を持ってきてくれることはしょっちゅうだし、誕生日に上等の石鹸を贈られてギョッとしたこともある。仕掛け絵本や万華鏡で遊ばせてくれた時は楽しかった。――なぜか香水だけは一度も持ってきたことがないのだが。

片方のカップをドロテに渡してから、一拍置いて、フランシーヌは言った。

「ただ、ちょっと心配だっただけ」

「心配って……」

「ドロテ、様子がおかしかったから。……あの男の人に会ったあと」

答えるかわりに、ドロテは乾いた唇をカップの縁で湿らせた。

――どうして嘘《うそ》をつこうと思ったのか、自分でも分からない。

あの男がドロテにだけ声をかけたこと、男の言葉に誘われて城跡へ行ったこと、そこで不思議な少女の遺体を目にしたこと。それらをすべてフランシーヌに打ち明けることは造作もないし、そうすべきなのかもしれない。男《カロン》も秘密にしろとは言わなかった。

でも、ドロテはなんとなく隠しておきたかったのだ。

男と少女のいたあの場所は、よく見知った城跡にあって、全く別の世界だった。

恐ろしいところだった。そして、魅力的なところだった。手も足も絡め取られ、縛られて抜け出すことができない。シロップ味の毒薬みたいな甘い戦慄《せんりつ》に、自由を奪われる。

きっと自分はまた、あの場所を訪れてしまうのだろう——。

「ドロテ?」

「え? ああ……大丈夫よ。ちょっと、疲れていたのかも。心配ないわ」

怪訝《けげん》そうに顔を覗き込んでくるフランシーヌに、ドロテは明るい声で言った。

「薔薇の収穫って優雅に見えるけど、全然そんなことないのよ。腰も背中も痛いったら」

「……ふふ。ドロテ、おばあちゃんみたい」

「言ったわね。明日はフランシーヌも一緒におばあちゃんになる? 朝いちばん、ここで草笛プープー鳴らしてやるんだから」

「やだ、それ素敵よ、ドロテ。私ねぼすけだけど、いっぺんで目が覚めそう」

二人は顔を見合わせて、弾けるように笑いだした。アカシアに止まっていた小鳥が、何事かと驚いて飛び去っていく。

ひとしきり笑ってから、フランシーヌは一口お茶を飲んで、ぽつりと言った。

「ほんとうに、おばあちゃんになるまで一緒にいられたらいいのにね」

フランシーヌの表情は少しだけ切なげだった。

おばあちゃんになるまで、というのは彼女の口癖だ。聞くたびに、うら若い乙女が何を言うかと思ったものだが、それは昔の彼女——今よりずっと身体の弱かった頃のフランシーヌにしてみれば真実、切なる願いだったのかもしれない。もしかすると、今も。

けれど、ドロテは――。

「……おばあちゃんのフランシーヌなんて、想像できないな」

「私はできるわ。ドロテおばあちゃん」

「それはそれで、ちょっと微妙な気分ね」

「ドロテが言いだしたんじゃない」

どちらからともなく、また笑いがこぼれる。

他愛もないやり取りは、その瞬間きらきらと輝いて、こぼれ落ちて見えなくなる。ドロテはそれが本当は砂時計の砂だと気づいている。

――できないのではない。想像したくないのだ。

フランシーヌと過ごす時間はとても楽しい。そして、苦しくてたまらない。

木漏《こも》れ日のまばゆさに泣きたくなって、ドロテは目を閉じた。

その瞬間、瞼《まぶた》の裏に浮かんだのは、硝子の奥の静謐《せいひつ》に眠る亜麻色の髪の少女だった。

――永遠。

アカシアの香りを含んだ風がひと筋そよいで、流れていった。

次に城跡を訪れた時、カロンは現れなかった。次の日も、その次の日も。

彼はもう、ドロテの前に姿を見せるつもりはないらしい。

ただ硝子の棺だけが同じようにそこにあった。

――もしかすると、カロンという男は最初から存在しなかったのかもしれない。

天井から降る光に金の鍵をかざしながら、ぼんやりとそんなふうに思ったりもした。

薔薇の収穫期に入ってから二週間が経《た》っていた。しかし実際には、もっと長い時間が経過している気がした。午前に摘み取りをして、昼食を取り、午後は城跡へ……決めているわけでもないのに、足は自然とそちらへ向いた。

時たま、鍵を使って棺の蓋を開けてみる。

最初に嗅いだ匂いは忘れがたい印象をドロテに残した。重たい硝子の蓋をほんの少しだけ持ち上げ、その隙間に鼻を寄せて、エリスから漂う得も言われぬ芳香に恍惚《こうこつ》とする。香りが外へ逃げぬよう、少しだけ開けては蓋を閉じる。貴重な香水の瓶のように――そう、エリスはまるで香水だ。綺麗な硝子の器《うつわ》に秘められ、美しいまま時を止めた少女。

彼女を飾る枯れた花たちは、エリスという香りを残し続けるために犠牲になったのかもしれなかった。

エリスの隣に横たわり、仰向《あおむ》けになって目を閉じる。ただ、木々のざわめきと、鳥の声しか聞こえない。本当に時が止まってしまったかのようだ。

こうしているとフランシーヌのことが思われて、胸がわずかに痛んだ。

気づけば十日以上も会っていない。きっと寂しがっているだろう。彼女はドロテを見ると、まるで自分の半身を見つけたかのように喜んで胸に飛び込んでくるから。

会いに行かなければ……そんなことを思う自分が不思議だった。

義務感で彼女に会いに行ったことなどない。いつだって、会うのが楽しかった。それが普通のことで、時間があれば遊びに行った。

けれど今は、彼女と会って話すのが辛かった。

ドロテにとってフランシーヌは、いずれ失われるものだった。

フランシーヌはこの村を去り、二人は離れ離れになる。少女の日は遠ざかって二度と元には戻らない。子どもを産み、容色は衰える。里帰りしたフランシーヌに会いに行っても、彼女はもう石垣の上から飛び降りることはない。高いところからドロテを見下ろす彼女の髪には白い毛が交じり、肌は艶《つや》を失ってたるみ、手は骨ばって血管が浮きだし、声は嗄《か》れている。皺《しわ》の寄った顔で笑い、彼女は言うのだ。「お互い老けたわね、ドロテ」

変わりたくない。変わってしまうことが、どうしようもなくおそろしい。

エリスに出逢《あ》って分かった。ドロテは、時が経つのが、怖いのだ。

エリスの安らかな面差しを眺めている間は、そんな不安からも解き放たれていられた。

彼女はドロテの救いで、希望だった。永遠があることの証明であり、可能性だった。

棺の蓋を開け、エリスの香りを肺腑《はいふ》の奥へと深く吸い込むたびに、ドロテに永遠を分け与えてくれる気がする。この香りがドロテの身体に少しずつ染みわたり、いつか彼女と同じ眠りにつくことができればいい。――ああ、フランシーヌと二人、エリスの棺の中で混ざり合い、香水のように揺蕩《たゆた》っていられたなら。

フランシーヌは日に日に美しくなってゆく。

ドロテは焦る。花開いた薔薇は香りを失ってゆく一方だ。早く。

――早く、摘み取らなければ。

今この時を、留めるために……私たちが最も美しく香り立つ、この季節に。

ドロテは、エリスの握る銀の輝きに目を細め、硝子の上から愛《いと》おしく撫でた。

――あの子は怖がるだろうか。

でも、きっと大丈夫。

ドロテが手を繋いであげたなら、フランシーヌはどこまでもついてきてくれるだろう。

「――ドロテ！　おまえ、どこにいたんだい」

その日、帰ってきたドロテを迎えたのは、滅多に聞かない母の切迫した声だった。

いつもより早く帰宅していた父も、困惑した顔で奥から出てきた。

「お城のほうまで散歩に行ってたのよ。……どうしたの？」

「城跡へ？　おまえ一人でかい？」

父の声は落ち着いているが、やはり何かを問いただそうとする気配を伴《ともな》っていた。

「え……ええ」

「じゃあ、丘のお邸のお嬢さまとは、今日は会わなかったんだね？」

念を押すようなその言葉に、胸の底が冷える心地がした。

「そうよ。ねえ、どうしたの。フランシーヌに何かあったの？」

両親は互いに顔を見合わせてから、暗い四つの目でゆっくりドロテを見た。母は言った。

「フランシーヌお嬢さまがお怪我をなさったんだよ。そりゃあひどい怪我を」

お邸の裏の石垣から落ちて、と。

目の前が真っ暗になるようだった。両親は事のすべてをドロテに話して聞かせた。

昼下がり、裏庭に出ていた家女中の叫び声で、丘の邸はにわかに騒然となった。

石垣の下でフランシーヌが倒れているのが見つかったのだ。顔は血だらけだった。幸いにも気を失っているだけのようだったが、怪我のせいで高熱を出していた。

彼女の母はショックのあまり寝込んでしまったという。

状況からして石垣から転落したのだろう。飛び降りようと、誤って足を踏み外したのだ。

それだけならば打撲《だぼく》や捻挫《ねんざ》で済んだかもしれないが、落ちた場所が悪かった。鋭利な棘をいくつも生やしたアカシアの若枝が、彼女の顔を切り裂いたのだ。

なぜ深窓の令嬢が、そのような無謀を冒したのか。邸の誰もが知っていた。

ドロテに会うためだ。

フランシーヌの痛ましい姿に青ざめながら、邸の者たちは疑惑を抱いた。

——つまり、ドロテがフランシーヌを置き去りにして、逃げたのではないかと。

丘の上の騒ぎはすぐに工場へも伝わった。

報《しら》せを聞いた彼女の父は流石に冷静だったが、工場に勤めるドロテの父を呼び出して経緯を伝え、仕事を切り上げて娘の様子を見てくるよう言いつけたのだった。

折悪《おりあ》しく、ドロテは城跡にいたため、家には戻っていなかった。

両親が二人で村中を探して回ったが、娘の姿はない。いよいよ本当に娘がご令嬢を害して行方をくらませたのかもしれぬと、両親までもが疑いはじめた頃、ドロテが帰宅したのだ。

父はほっと一つ息をついた。

「まずは安心したよ。おまえがそんな真似をするはずがないのは分かっているが——」

母はひどく疲れた顔で「いつかこんなことになるんじゃないかと思ってたよ」と呟《つぶや》いた。

「ドロテ。もう、あのお嬢さんと関わるのはおよし。うちとじゃ身分が違うんだ。たとえお嬢さんが一人で起こした事故だとしても、元々おまえが危ないことを教えなければ起きなかったことなんだよ。分かるね？　お詫《わ》びに行ったら、もう会いに行くんじゃないよ」

そんな言葉も、呆然《ぼうぜん》とするドロテの耳にはほとんど届いていなかった。

その晩、ドロテは一睡もできなかった。

翌朝、赤くなった目をこすりながら、のろのろと起き上がって支度をし、いつものように母と薔薇の摘み取りに出た。花には人間の事情などお構いなしだ。

しかし肌に触れる空気は微かに軋《きし》んでいた。周囲で交わされる言葉はいくらか少なく、女たちはドロテと目が合うと困ったように逸《そ》らした。一晩の間に何が、どこまで、どのように伝わっているのか。ドロテに知る術《すべ》はなかったし、知りたいとも思わなかった。

ただ、瞳を閉ざしてこんこんと眠り続ける二人の少女の姿を思いながら、薄紅色の花を黙々と毟り続けた。

作業を終えたドロテは家には戻らず、そのまま真っ直ぐに丘へと向かった。

お邸を正面から見るのは変な気分だった。こんなふうに門の前に立つのは、初めてフランシーヌに会い、熱を出した彼女を友だちみんなと運んで来た時以来だ。

所在なく立っていると、ちょうど玄関から出てきた使用人がドロテの姿を認め、近づいてくる。厳しい顔をした初老の男は、ドロテが何者か悟ると苦りきった表情をした。

「お目覚めになられましたが、お怪我のせいで臥《ふ》せっておいでです」

「……お見舞いしたいんです。少しだけ、会わせていただくわけにはいきませんか？」

通してもらえないかと思ったが、彼は不承不承という様子で門を開けた。

「お嬢さまから、お通しするよう言われております。——くれぐれも手短に」

つかつかと早足に歩いてゆく黒い背を急いで追いかける。

邸内ですれ違った人々は皆、ドロテを見て何か物言いたげな様子だった。

階段をのぼり、日当たりのいい廊下を抜けた二階の奥の部屋へと案内された。使用人がドアをノックすると、ややあって向こう側から聞き慣れた声が返ってくる。

使用人が扉を開き、顎《あご》をしゃくってドロテを中へと促した。

「来てくれたのね、ドロテ……ああ、よかった。やっと会えた」

窓からは柔らかな光が差し込んでいる。寝台のフランシーヌは身を起こそうとしていた。長い黒髪は結われずに垂らされ、その表情を隠している。

ドロテはとっさに駆け寄り、彼女が起き上がるのを支えようとした。

「ありがとう」

そう言って、いつものように自分を見上げた友の顔を見て、ドロテは言葉を失った。

「フランシーヌ、あなた……」

――ああ、何てこと。

その小さな愛らしい顔には、右目を覆い隠すように包帯が巻かれていた。白い肌に幾筋も走る、紅をさしたような生々しい深紅の線……それは確実に、痕《あと》が残る部類の傷だった。

ドロテの顔が歪む。白磁の花瓶がひび割れたような、真っ白な花嫁衣装に血が滴《したた》ったような――どうしようもない、取り返しのつかないその傷を、自分自身が受けたかのように。

「ごめんなさい。びっくりしたでしょう？　でも、心配しないでね。ただの引っかき傷だもの。打ち身は治るし、頭も平気。目も……全く見えなくなるわけじゃないから」

立ち尽くすドロテに、フランシーヌは困ったように眉尻を下げて笑った。

「失敗しちゃったわ。私一人でもできると思って……でも、ドロテがいないと思うと、急に怖くなったの。今まで何度も飛び降りたのに、すごくすごく高いところに思えて、アカシアの樹につかまって降りようと……呆《あき》れるくらいおばかさんだわ。あなたが危ないって教えてくれたのに……だめね、ドロテがいなきゃ。ごめんなさい……泣かないで」

アカシアの枝につかまったフランシーヌは、棘で手を刺し、それに驚いて足を踏み外したのだ。きっと、とても痛かっただろう。落ちる瞬間はどんなに怖かっただろう。

ドロテの助けもなしに……本当に、ばかな子。

へたり込み、フランシーヌを抱きしめながらその胸に顔をうずめてしゃくりあげるドロテの頭を、彼女は優しく撫でた。

そして扉のところで控えている使用人に聞こえないよう、親友の耳元に囁く。

「私ね、もう結婚できないかもしれない」

ハッとして顔を上げるが、フランシーヌの目は穏やかだった。

「こんな顔だもの。きっと婚約も白紙に戻るわ。ねえ、ドロテ。私が何を考えてるか分かる？　――私、嬉《うれ》しいのよ。だって、これでずっとドロテと一緒にいられるのよ。おばあちゃんになるまで、二人でずっと……」

その表情には、少しの曇《くも》りもない。皮肉でも、捨て鉢な感情でもなく、彼女は本心からそう思っているのだ。ドロテは涙を拭《ぬぐ》いながら、よろよろと立ち上がった。

澄んだ碧色をした左目が、再びドロテを見上げる。

――可愛い、可愛い、私のフランシーヌ。

ドロテは彼女の頬を両の手で包みこむと、包帯をした右目にそっと口づける。失われた憧憬《どうけい》へ、二度と帰らぬ美しい日々へ、最後の挨拶《あいさつ》をするように――そして、言った。

「冗談じゃないわ」

きょとんとするフランシーヌに、ドロテは赤くなった目を細め、微笑む。

「ドロテ？」

おばあちゃんになるまで、二人で？　――そんな未来、願い下げだ。

傷だらけのかわいそうなフランシーヌ。今や、ドロテのほうが何倍も美しいではないか。

ずっと一緒にいたい。ただ、それだけだった。二人が同じ願いを抱いた。

けれど、願った形はこんなにも違ってしまった。

――それならもう、あなたと同じ棺には入れない。

「さようなら、フランシーヌ」

永遠には、ドロテ一人で辿《たど》り着く。


淡い香りの混ざった夜風が、駆ける少女の背中を押した。

太陽は地中深く潜りこみ、月だけが彼女の影を映しだす。花咲く道をひた走り、小川を越え、林を抜ければ遺跡が蒼《あお》白く浮かび上がる。

踊るようにアーチをくぐり、石段をのぼって、少女はついにその場所へと辿り着いた。

しらしらと降る光は午後の陽光ではなく、凍えそうな月光……それは彼女をこの場所へ招いた男の瞳にも似ていた。

時の流れを拒む月の城。それを支配する無垢な女王の棺が、氷のように輝いていた。

彼女を前にして、少女は祈るように膝を折る。その胸に、葡萄《ぶどう》酒の瓶ほどもある硝子製の透明な瓶を抱いて——中には薄い琥珀《こはく》色の液体が湛《たた》えられていた。

傍らへ瓶を置き、金の鍵で棺の錠《じょう》を開く。いつもはそろりと少しだけ開け、すぐに閉じてしまう硝子の蓋を、今日はおしまいまで開いた。

冴《さ》え冴《ざ》えとした輪郭。繊細な睫毛《まつげ》が光の雫《しずく》をのせている。亜麻色の髪も、陶器のような肌も、すべてが夜と溶けあって馥郁《ふくいく》たる香りを放つ。

『香りには、永遠の成分が含まれているのかもしれないね』

瓶の栓《せん》を抜くと、眩暈《めまい》がするほどの強烈な芳香が漂った。憧《あこが》れ続けた香りが胸を満たし、脳髄《のうずい》を浸潤する。鼻を近づけると、顔面を殴られるような衝撃に気が遠くなりそうになる。

幾百幾千もの花の命を含んだ液体だ。

瓶を持ち上げる。ちゃぷん、と中で液体が揺れる。

熱い唇に触れる、瓶の口のひんやりとした感覚。

そして杯を呷《あお》るように、一息に瓶を傾けた。

液体がどっと体内に流れ込み、喉《のど》が焼けるように熱くなる。鼻と目の奥から血が噴き出したかと思うほどの痛みが押し寄せる。涙が溢《あふ》れ、反射的に噎《む》せそうになるが、決して吐き出したりはしない。瓶の中身はぶくぶくと音を立てながら少女の体内へと吸い込まれていく。空の瓶が地面を叩き、粉々に砕け散る。

――エリス。

急激に狭まってゆく視界の中、痺《しび》れて震える手は棺の少女の頬に触れる。焼け爛《ただ》れた喉から、もう二度と声は出ない。彼女と同じになるというのは、そういうことなのだ。

身体が、熱い。燃えているみたいだ。少女はうっすらと笑う。

――やっぱり、一人でよかった……。

立ち上がることもままならない少女は、棺の上に倒れこむ。枯れ落ちた花たちが花弁を舞い踊らせる。まるで新たな客人を歓《よろこ》んで迎え入れるかのように。

熱い頬にエリスの冷たい肌が触れて、ひどく心地よい。視界は徐々に闇《やみ》に侵されてゆく。少女は薄れゆく意識の中で夢想する。香水の作用で永遠を得た肉体は、エリスとともに硝子の棺に収められ、どこかへ運ばれてゆくのだ。夜のようなあの男、カロンの手によって。それは、どんなにか素敵なことだろう……。

意識が途切れる寸前、脳裏に泡沫《うたかた》のように浮き上がり哀しげに消えた面影は、しかし棺の少女でも青い目の男でもない気がした。それが誰なのか、最後まで気づかぬまま――。

瞳を閉じた少女の鼻先で、銀色の短剣が月の光を浴びて静かに輝いていた。

◇◇◇

棺の上に寄りかかり事切れたドロテの上に、不意にゆらりと長い影法師が重なった。

「儚いものばかり……その通りになったね」

彼女を見下ろすのは、闇の中で異様に輝く二つの青い目だ。

辺りには薔薇の匂いが馥郁と漂っている。

「美しい物語をありがとう、お嬢さん《マドモアゼル》」

仮初《かりそ》めの永遠に手を伸ばした少女。男は跪《ひざまず》き、その青ざめた横顔を暫《しば》し眺めてから、まだ温もりの残る彼女の身体を冷たい床の上に横たえた。そして傍らに落ちた金の鍵を拾い上げると、もう一人の少女に目をやる。硝子の棺に眠る、本物の永遠たる存在に。

少女《ドロテ》が彼女《エリス》に捧げたものは、彼女の一部となって、悠久の時を渡ってゆくだろう。

男は、真っ黒な上着の胸元に挿《さ》していた薄紅色の薔薇の花を、そっと抜き取る。微かに香りの残滓《ざんし》があるその花を、男は棺の少女の上へ無造作に落とす。

そして硝子の蓋を閉じると、鍵をかけた。

◇　◇　◇

一年に一度、決まって麗しい五月に花を咲かせ、香りたつ薔薇が好きだった。

いくら摘まれようと、土に根づき何度でも花を咲かせるところが、尊いと思った。

——でも、香水は嫌いだった。

何かを覆い隠すためのきつい香りは、嗅覚の敏感な自分には耐え難かった。

邸の中は、いつも香水の匂いがする。母や女中たちばかりではない。訪ねてくる人々も
——出会ったばかりで求婚してきた青年も、みんな強い香水の匂いをさせていた。

だからこそ、いつも自然な香りのする彼女が好きだった。

手を伸ばせば、いつでも彼女は自分を外へと連れ出してくれた。

ずっと二人でいたかった。——いや、違う。当然のように思っていたのだ。

ずっと一緒にいてくれると。そして、彼女もそれを望んでいるのだと……。

工場で盗難騒ぎがあったのと、ドロテの姿が見えないことに彼女の家族が気づいたのは、
同じ日の朝だった。二つの事件は、その日のうちにどちらも最悪の形で決着した。城跡で
冷たくなって倒れていたドロテの傍《そば》で、紛失した瓶が粉々の状態で見つかったのだ。

亡骸《なきがら》は埋葬される直前まで濃い薔薇の匂いを発し続けていたという。

『工場から出荷前の香水を盗み出して大量に呷ったようですよ。酒精の中毒だそうです。とんでもない娘ですよ、まったく――』

そうぼやいた使用人は、フランシーヌの表情を見て慌てて口を閉じた。

なぜ彼女がそんなことをしたのかは分からずじまいだ。あの日、自分が怪我をしなければ、訪れていたのは別の未来だったのだろうか……今となっては、もう知りようがない。

一つだけ、胸に引っかかり続けていることがある。

二人で散歩をしていた時に出会った得体の知れない男。フランシーヌにはあの男が、ひどく恐ろしかった。だからだろうか。ドロテが彼に一瞬向けた、何か熱を帯びた、憧れのような視線に耐えられなかった。彼女が遠くへ行ってしまう気がして――そんな彼女を見ていたくなくて、無理に引き離した。

でも、それはきっと、目を逸らしてはならないものだったのだ。

見ようとしなかったから、見えないところで、彼女を奪われてしまった。

ドロテは戻らない。フランシーヌの記憶の中に閉じ込められ、永遠に少女の姿をしたまま、二度とフランシーヌの前に現れることはない。

自分だけが重いドレスを引きずって、もう誰もいない石垣の下を見下ろしている。

……あの後、結局フランシーヌの婚約は破談にならなかった。

顔の怪我のあとに約束を反故《ほご》にするのはあからさま過ぎるという理由もあったのだろう。しかし婚約者は、最初こそ傷ついたフランシーヌの容貌に衝撃を受けた様子だったものの、すぐに真剣な目をして言ったのだ。私があなたを支えます、と。

そこでやっと気がついた。「中身」を知ろうとしなかったのは、自分のほうだ。

求婚してきた彼は自分の顔目当てだと決めつけ、大好きだった彼女が自分と同じ思いでいると決めつけて。優しく自分を受け入れてくれる親友の胸の内に、一度でも思いを馳《は》せたことがあっただろうか。あの時、少しでも彼女に寄り添えていたなら――。

気遣わしげな表情で自分を見る背の高い青年の前で、フランシーヌは少しだけ泣いた。

その四年後、二人は結婚した。夫はフランシーヌの思いを尊重し、仕事をもつことにも反対しなかった。彼は言葉通りフランシーヌを支えてくれたのだ。子供もできた。難産で、危うく命を失いかける経験もしたが、どうやら思いのほか自分はしぶといらしい。

それから、いくつもの春が訪れては去っていった。

――私たちは、少女のままではいられない。

けれど香りはいつも鮮やかに、あの頃を思い出させる。

あの五月の薔薇の中に、ドロテは今も生きている。

だからフランシーヌは手を伸ばした。もう一度、彼女に出会うために。

紛《まが》い物でも構わない。儚く移ろい跡形もなく消え失せる、仮初めの存在でも。

それがたとえ親友の命を奪ったものだとしても。

香りがある限り、幾つもの思い出を遠い過去から蘇《よみがえ》らせることができるなら……かつて憎んだその業《わざ》にも手を染めようと思ったのだ。

香りの中には、たしかに永遠があるのだから——。


稀代《きだい》の調香師・フランシーヌ・メルシエが、その生涯を賭《と》して作り上げた香水『Dorothée』——その名の由来となった少女について、彼女が語ることはついになかった。

しかし、人生の最も美しい時代を思い出させるその香りは、百年ののちも人々に愛され続けたという。

青い瞳の肖像

「ここ、空いてる？」

男が視線を上げると、卓の向かいに立った青年が人好きのする笑みを浮かべていた。

暮れ方の酒場は橙《だいだい》色の灯《あか》りと人々のざわめきに満たされ、賑わいを見せている。都会から離れた小さな町といえど、酒場の活気は負けず劣らずだ。ホールには酒気を帯びた男たちの陽気な笑い声が溢《あふ》れ、その間を給仕の女たちが慌《あわ》ただしく動き回っている。

「……見ての通りだよ」

「そんじゃ失礼して──あっ、姐《ねえ》ちゃん！　俺にもビール、よろしく頼むよ！」

ジョッキより先に頭がぶつかりそうなせせこましい円卓を挟んで、青年は男の真向かいの椅子《いす》にどっかりと腰を下ろし、脇を通ったそばかす顔の女給にすかさず注文を入れた。

男は一口、酒で唇を湿らせてから、控えめに青年を観察する。

広い額が明るい印象を与える青年だった。二十代後半くらいだろうか。伸びすぎた褐色《かっしょく》の猫っ毛はろくに整えられず、無造作に分けられている。上着もなしでサスペンダーを剝《む》き出しにし、洗い晒《ざら》しのシャツを腕まくりしている姿は、一見すると労働者だ。

陶のジョッキを受け取る青年を見やりながら、男は何気ない口調で尋《たず》ねた。

「君は、画家なのか？」

「っ……よく分かったなぁ！」

素《す》っ頓狂《とんきょう》な声を上げる青年に、男は一言、「指だよ」と返した。

「え……ああ、なんだ絵の具か」

青年の指先と爪の間には、洗っても落ちないらしい顔料の色が残っていた。

「それと、テレピンの匂いもかなり」

「悪いなあ。酒が不味《まず》くなる？」

「残念ながら、ここの酒は元からさほど旨《うま》くない」

画家の青年は鳶《とび》色の目を丸くし、一拍おいて弾けるような子供っぽい笑い声を上げた。

「ハハハッ、あんたって結構いいヤツだなぁ！」

男は何か変な話でも聞いたというような渋い表情になる。青年は景気よくジョッキを呷《あお》ると、おもむろに頬《ほお》杖をつき、興味深いものを見る眼差《まなざ》しを男に向けた。

「あんた、不思議な目をしてるなあ。いくつもの王国の興亡を見てきたような目だ」

深い青色をした男の瞳の中で、試すような青年の表情が揺れた。

「奇妙なことを言う。君は私と大して違わないようだが」

「とてもそうは見えないね。えっと……あー、俺はギルベルト。あんたは？」

「……カロン」

「冥府《めいふ》の河の渡し守だな。夜《ニュクス》と闇《エレボス》の息子か。本名じゃないとしても、よく似合ってる」

「……」

カロン、と音を確かめるようにゆっくりと、ギルベルトはその名を口にした。

「勘違いしないでくれ、老けてるってんじゃないんだ。何ていうのか、普通の人間じゃ一生で足りないくらいの沢山《たくさん》の何かを見ちまったような、そんな感じだよ、あんた」

画家の言葉に男――カロンはわずかに瞠目《どうもく》したが、やがて意味深な微笑を滲《にじ》ませる。

「君のほうこそ。絵を描くという仕事は、余程ものを見る目を磨くようだ」

「何だよ、照れるなぁ。まだ仕事なんてものじゃないさ。画材を買うだけで赤字なんだ」

若い画家は決まり悪そうに笑った。一瞬、男は冷たい瞳でそれを捉《とら》えてからふいと逸《そ》らし、どこか遠くを見るような顔をして言った。

「確かに、君の指摘は当たっているのかもしれない。時折、私の周りだけ時間が早回しになっているように感じることがある。箒星《ほうきぼし》のように、多くの人生が燃えては流れて消えてゆくものだから。それも些《いささ》か物語的に」

「詩人だね」

にんまり目を細めるギルベルトの頬はすでに赤い。さほど強くはないと見える。

「あんたの仕事、当ててやろうか？　さっきから言いたくてウズウズしてたのに、あんたが先にやっちまうからさ。なあ、あんた……葬儀屋だろ？」

自信ありげに答えを待っている青年を前に、漆黒《しっこく》の揃《そろ》いを身につけた男はクックッと笑いはじめた。

「……あれ、違う？　まさか親類縁者が不慮の事故でどさどさ死んでいくとか、そういうやつか？」

「ああ、言われてみればそれも近いな。君は本当に目がいい」

「なんでも煙《けむ》に巻いちまう人だなあ……」

まあいいや、とギルベルトは困り笑いで頭を掻《か》いたあと、しばらく逡巡《しゅんじゅん》したように視線を泳がせていたが、やがて真っ直ぐにカロンを見据えた。

「会ったばかりでいきなりだけどさ。あんたに、ちょっと頼みたいことがあるんだよ」

「何かな？」

「絵のモデルを引き受けてくれないか？」

ジョッキを傾ける男の手が、ぴた、と停止する。

「――は？」

「いやさ、ここへ入ってきた時にあんたが一人で飲んでるの見て、コレだと思ったんだ。頼むよ。俺にあんたを描かせてほしいんだ」

「……」

「もちろん、少ないけど謝礼は出す。場所書いとくから、気が向いたら来てほしい」

ギルベルトはクロッキーで埋まった手帳をばらばらとめくり、白いページに住所と簡単な地図とを鉛筆で書き込むと、破り取って男の前に置いた。

普段ならば適当な理由をつけて断っただろうが、カロンはふと、柄にもない気まぐれを起こす気になった。ジョッキの脇に置かれた紙を取り上げて、眺める。

決して旨くはない酒が、今夜はやけに心地よく彼を酔わせていた。

「——分かった。受けよう」

「本当か!?」

「ああ。しかし謝礼は結構。代わりといっては何だが、私も君に頼みたいことがある」

ギルベルトは望みが叶う喜びに目を輝かせながらも、不思議そうな顔をした。

「絵を描き終えたら、あるモノを君に預かってほしいんだよ」

実にいいことを思いついたといった風に、男は口の端を吊り上げた。


あくる日カロンが画房を訪ねると、ギルベルトは文字通り飛び上がって喜び、半ば引きずり込むようにして中へ招き入れた。

画布がいたるところに立て掛けられ、広い机には絵の具のチューブが散乱し、色を混ぜ合わせたパレットがそのままになっている。薄汚れた絨毯《じゅうたん》の上には木炭や絵筆、デッサン用と思《おぼ》しき木製の人形やら動物の頭骨標本やらが散らばり、足の踏み場もないほどだ。テレピン油の匂いが充満する部屋の片隅《すみ》で、寝台やクロゼットがガラクタのように縮こまっていた。

まさしく絵に描いたような画家の部屋だなと、それまで芸術家の類《たぐい》に縁のなかったカロンは感心しながら周囲を見回した。

ここで起居しているとは信じられないくらいに手狭だが、決して暗くはない。正面に大きな窓のある南向きの部屋は、日の出ている間ならば灯りは必要ないだろう。

「本当に来てくれて嬉《うれ》しいよ。いや信じてなかったわけじゃないけど、あんたっていつの間にかどっかに消えてそうでさ。狭っ苦しいところでごめんな。あ、喉渇《のど》いてないか？」

描きかけの油絵や、足元に散らばった素描をカロンが物珍しく眺めている間に、ギルベルトは散らかった物をどけたり、イーゼルを引っ張ってきたり、隅に寄せてあった古いゴブラン織りの布張りの椅子を窓辺へ運んだりと、せこせこ動き回りながら始終楽しそうに何かしら喋《しゃべ》っている。

「何枚か試しに描いてみたいから、とりあえずそこの椅子に座ってもらえる？　背もたれ使って楽にしてていいから、あんまり動かないように……そうそう、いい感じだ。うまいなあ。モデルしたことある？」

「まさか」

軽くカーテンに肩が触れる形でカロンはやや斜めに腰かけ、扉脇の棚に置かれたオイルランプの辺りへと視線を向けた。

「へえ……うん、やっぱりいいよ、あんた」

ギルベルトは扉の前まで自分の椅子を引っ張っていくと、イーゼルに写生帳を立て、素早く木炭を滑らせはじめる。軽快な喋り声が途絶えたことで急に静けさが訪れ、木炭が紙の上を走る音ばかりが残った。

妙なことになったものだ、とカロンは改めてしみじみと思った。

このようにささやかな、夜の気配と血の香りからあまりにも遠い事件が自分の身に起きるなど予想もしないことだった。

陽《ひ》の光の中、絵の具の匂いに包まれて、なぜか自分のほうが観察される側に回っている。酒の席の気まぐれが呼び寄せたのがこの珍妙な状況だと考えると、本来、何者にも仕組まれない人生の味わいとはこういったものなのかもしれない。

ギルベルトは何度か身体《からだ》や顔の向きを変えるよう指示したが、それ以外ではほぼ声を発さず、無心に手を動かしていた。それまではよく喋る快活な若者という印象が強かったが、絵と向きあう姿はどこまでも真剣かつ張り詰めており、神経質にさえ見えるほどだ。

画家の鳶色の瞳には、自分の姿が一体どのように映っているのだろうか。

カロンは、自分が透明な存在になってしまったかのような錯覚に陥《おちい》った。彼が写し取っているのは確かに自分の形なのだろうが、見えているのはその向こうにある別な何かである気がしてならなかった。

視覚が捉えるのは対象物の表面にすぎないが、それを認識する人間の意識はそれらを意味内容で把握《はあく》できる。向き合った人間同士が見ているのは、互いの顔ではなく自我だ。単なる視覚情報を超えたものまで捉えることが、いつの間にか当たり前になっている。

だから、造形を写されるためだけに存在する自分が、あたかも自分ではないかのように感じるのかもしれなかった。

――無言で静止するだけの時間が続くと、いつの間にか考え込んでしまう。

それこそデッサン人形のように、ギルベルトに指示されるがまま体勢を色々と変えていたカロンだが、そのうち表情の注文までつくようになったのには閉口した。

「あんたって全然、素直に笑わないなぁ」

笑ってみるよう言われたので仕方なく応じたのだが、画家先生は不服らしい。

「これでも私としては大変素直に従っているつもりなのだが。大体、笑えと言われて作る笑顔が自然になるわけないだろう」

ギルベルトの言い草に、さしものカロンも文句を言わずにはいられなかったが、彼は「違う違う」と首を横に振った。

「別に自然じゃなくていいんだよ。実際、あんたの笑顔は今のままで十分自然だから安心していい。作り慣れてる笑顔だな。違うか？」

「……」

「あんたの表情の作り方は確かに魅力的だよ。何役もこなす舞台俳優みたいな、謎めいた魅力だ。でも少しは素の表情も見てみたいね」

「……無茶なことを言うな、君は」

「ま、絵が完成するまでには、そこんところもきっと摑《つか》んでみせるさ。たとえ、あんたが最後まで素直に笑わなくてもね。知ってるか？　本当にいい画家ってのは、目の前に見える以上のものが見えるんだよ」

「私の『素直な』笑顔も見えると？」

「当然だろ」

胸を張るギルベルトは本当にそう信じきっているようだった。その様子に、カロンはわざと彼の言う「作り慣れた」笑顔を浮かべる。

「では君のもとへ肖像画の注文が殺到する日も、そう遠くはないだろうね」

「そん時は自慢していいぞ。あの画家のモデルになったことがあるんだ、ってさ！」

「……皮肉の通じない男だな」

呆《あき》れ顔のカロンを見て、今のはちょっとよかったな、と画家は朗《ほが》らかに笑った。


てっきり一度きりだと思っていたモデルの役目は、日を空けて何度かにわたった。言葉の端々から何となしに勘づいてはいたが、ギルベルトは本気でカロンの肖像画に取り組むつもりらしい。この様子では謝礼代わりの「預けもの」の出番はしばらく訪れないだろう。

画房へ通う日が続いた。絵を描いている時以外は相変わらず饒舌《じょうぜつ》になる彼と、互いの休憩を兼ねて茶を飲んだり、時間によっては二人で食事を取ったりしているうちに、ギルベルト自身のことも少しずつ分かってきた。

どうやら彼は、それなりに裕福な家柄の出らしい。多くの画家がそうであるように、彼もまた幼少期から絵を描くことに熱中していた。ある時、画家になりたいと両親に打ち明けたところ猛反対にあい、結果、出奔《しゅっぽん》。自分で生活費を稼ぎ、唯一理解のあった兄からの援助も受けつつ、二年ほどは国外で絵の勉強をしていたという。兄と連絡を取り合っていることに両親も途中から気づいていたようだが、しばらくの間は黙認されていた。

しかし実家の財政事情が悪化したことで、その送金も途絶えがちになる。学費と生活費を賄《まかな》うために賃仕事を増やした結果、肝心《かんじん》の画業に割ける時間が減り、やむなく学校を途中で退学して帰国したのが五年ほど前だという。今は不定期の賃仕事やわずかばかりの絵の依頼で日銭を稼ぎつつ展覧会などへの出品を繰り返し、何度かいい結果は残しているものの、現状を打破するほどの目覚ましい成果を上げるには至らないようだった。

つまるところギルベルトは、典型的な「売れない画家」だった。

聞けばなかなかの生活苦だが、ギルベルトはあっけらかんとしている。実家の兄とも手紙のやり取りは続いているらしく、彼の口からは何度か兄についての話題が出た。

「兄貴は、絵ばっか描いてた俺と違って昔から優秀でさ。ちょっと気は弱いけど優しくて、とにかくいい人なんだよ――」

その日の仕事を切り上げると、絵の具の染みついた画房の片隅で、二人は薄めたアブサンを飲んだ。エメラルドを思わせる蠱惑《こわく》的な緑色の液体は、水で割ると途端に愛らしい乳白色に濁る。好きなくせに酒に弱いギルベルトはいつも、グラスの底にほんの少し垂らしたその安酒に、これでもかというほど水を入れていた。芸術家を狂わせるという「緑の妖精」もこれでは形無しだなと、カロンは苦笑する。

「たまにはあんたの話も聞きたいな。兄弟はいるのか？」

「……どうかな。君にはどう見える？」

「まただ。すぐそうやって煙に巻く」

ギルベルトはそう言って肩をすくめたあと、少しだけ真面目な顔をした。

「そんなに始終気取ってたら、いくらあんたでも疲れるだろ？　俺は確かにあんたのこと知りたいけどさ。答えたくないことだってあるのも分かってるよ。無理に話せだなんて言わないから、聞かれたくない時くらいそう言ってくれよ……」

最後のほうはやや情けない口調になって、吐き出した息をもう一度飲み込むようにグラスの酒をぐいと呷る。

カロンは黙り込んだ。裏表のないこの青年の調子に付き合っていると、とうの昔に失ったものが、まるでまだ残されているかのような気分になる。

「――言っただろう？　私はあまりにも多くの物語を目にしすぎた。自分のつまらない一生など、どうでもよくなってしまうほどにね。……箱というのは中身が大切なのであって、箱そのもの《ハコそのもの》は物事の中心にはない。いつでも周辺的な存在だ。いくら外側を飾っていても、私自身は薄っぺらで、語れるような中身などありはしない」

「……箱職人に失礼じゃないか？」

ふてくされた声で言うギルベルトに、「ああ、そうだね」とカロンは意地の悪い笑みを浮かべてみせた。

「だが君だって、自分の棺桶《かんおけ》を誰が作るかなんて想像もしないだろう？」

「死を想えっ《メメント・モリ》てやつ？」

「単なる言葉遊びだよ」

つまらない話だ、とカロンは虚《うつ》ろな目をして呟《つぶや》いた。

◆　◆　◆

四方を森に囲まれた沼地のほとりに、その館は建っていた。濡れた緑と薄靄《もや》に包まれた館に住んでいるのは、資産家の主人と二人の息子、幾人かの使用人たちだった。

息子二人は大変に仲が良く、いつも一緒に遊んでいた。

もっとも彼らは実の兄弟ではなかった。弟のほうは実際には主人の甥《おい》子に当たるが、彼が二歳の時に両親——主人から見た妹夫婦が相次いでこの世を去ったため、養子としてこの館に迎え入れられたのだ。つまり二人は、血縁上は従兄弟《いとこ》同士に当たる。

ともあれ彼らは二人とも何の分け隔てもなく、その家の息子として扱われていた。

また、主人の妻であり兄の母である女性は、やはり兄が物心つく前に亡くなっていた。

母を知らぬ子供たちだったが、父は温厚で優しい人物で、使用人たちもよく二人の世話を焼いたので、彼らは寂しい思いをすることなく健やかに成長していった。

平和な館に小さな事件が起こったのは、兄が十二歳、弟が五歳の時だ。

きっかけは、兄が地下室の鍵を手に入れたことだった。

広い館にはいくつもの部屋があり、そのすべてが兄弟にとっては遊び場だった。しかし一つだけ、常に鍵が掛かっていて入ることができない部屋があった。——地下室だ。

ある晩、兄は偶然、父が地下室へ入ってゆくのを目にした。

それからしばらくして、兄はこっそりと父の書斎に忍び入り、それらしい鍵を失敬した。そして弟の手を引き、地下室の扉の前に立ったのだ。

彼らを突き動かしていたのは、ごくごく単純な好奇心にすぎなかった。閉じているものは開きたい、入ったことがない場所に入りたい……そんな幼稚な興味があるばかりで、なぜ自分たちが入れてもらえないのかということにまでは、頭が回りようもないのだった。

兄弟は息をひそめ、瞳をきらきらさせながら、灰色の鍵を鍵穴へ差し込んだ。

かくして秘密の小部屋はその姿を現した。

左側の壁の上方には地上から光を取り込むためか、横に長い窓がいくつか切ってあり、鉄格子《ごうし》が嵌《はま》っていた。そこから白く差し込む光が、中の様子を浮かび上がらせた。

そこに、黒い布の掛かった大きな四角い「何か」だけが、ぽつんと置かれていた。陰《かげ》になった壁際に寄せられ、一見すると衣装入れか何かのように見えた。

二人は顔を見合わせ、そして、何のためらいもなくその布を引き剝がした。

現れたのは、硝子《ガラス》でできた透明な箱だった。

兄弟は並んでしゃがみ込み、その中に入っているモノをしげしげと眺めた。

――それは、目を閉じて横たわる美しい少女だった。

兄より年上に見える彼女は、幼い二人の目には大人の淑女のように映った。

「ねてるのかな？」

硝子の蓋《ふた》にぺたんと手をついて、小さな弟は不思議そうに兄のほうを見た。

「ぜんぜんうごかないね」

「きっと人形なんだ。こんなところに入っていたら息がつまって死んでしまうもの」

そう呟く兄の視線は、少女に向けられたまま離れない。

「しんじゃったのかも」

無邪気に言う弟に、兄は「ばかだな」と眉根を寄せた。

「死んだらお墓になるんだから、こんなところにいるわけないだろ」

「そっかー」

囁《ささや》きあう兄弟は、背後から近づく人影に気がつかなかった。

「——坊ちゃん方」

うわあっと飛び上がり振り返った二人を見下ろしていたのは、使用人の一人だった。

彼は兄弟が生まれる以前から父に仕えているらしいが、極端に年齢の分からない顔立ちと謎めいた瞳をもつ、捉えどころのない男だった。

彼は兄の手から鍵を取り上げると、さっさと二人を部屋から追い出して元通り鍵を掛けてしまった。兄がいくら少女について尋ねても、男は何一つ答えなかった。

「悪いことは申しません。今日のことは夢と思ってお忘れなさい。そして二度と、この部屋へは近づかないことです」

以来、兄は心ここにあらずといった様子で、弟ともあまり遊ばなくなった。

弟は例の使用人と仲が良かったので、その後もよく遊び相手になってもらっていたが、兄のほうはそれを快《こころよ》く思っていなかった。何度も地下室に入れてくれるよう頼んだにもかかわらず、使用人は兄の求めに応じなかったのだ。

埒《らち》が明かないと気づいた兄は、今度は父親を味方につけようとしたが、事の次第を話し終わるより先に強く叱責された。普段はごく穏和で息子に甘いところさえある父親が、その時ばかりは烈火のごとく怒りを露《あらわ》にしたのだった。

これは流石《さすが》に衝撃が強かったらしい。しばらくの間、兄は気を落とした様子だった。

弟のほうはといえば、いい加減つまらなくなっていた。使用人たちは構ってくれるが、仕事があるので子供の相手ばかりもしていられない。早いところ兄の機嫌を直して、一緒に遊んでもらわなければならなかった。

弟は父に相談した。父親のほうでも強く叱りすぎたという自覚はあったのだろう。考え込む父を、弟は不安げに見上げた。少しして、何か閃《ひらめ》いたらしい父親は息子の頭を撫《な》でながら「大丈夫だ。父さんに任せておきなさい」と笑顔を見せた。

——ほどなくして、館に新たな家族が加わった。

父が抱えて帰ってきたものを見て、兄弟は歓声を上げた。灰色がかった黒の毛玉は父の腕の中でもそもそと動き、オリーブのような円《つぶ》らな瞳で二人を見た。

父の妙案とは、グレート・デーンの仔犬だったのだ。

子供たちはすっかり、この生き物に夢中になった。兄の顔には明るさが戻り、二人は一匹を挟んでまた一緒に遊びはじめた。

館は再び子供たちの笑い声と、そして仔犬の鳴き声で満たされるようになったのだ。

◆
◆
◆

ギルベルトは絵筆を置き、腕を組んで満足げに息を吐き出した。

「──完成したよ。お疲れさま」

窓辺に佇《たたず》んでいたカロンもまた、その言葉にふっと息をつく。

「出来栄えはいかがかな、先生？」

「最高だ。見るだろ？」

「……もちろん。モデルの権利としてね」

つかつかと歩み寄ると、ギルベルトはイーゼルの前から身を引いた。自信ありげな表情ながらも、その隙間《すきま》から緊張と不安が微《かす》かに覗《のぞ》いているのを見ると、カロンのほうまで何やら神妙な気持ちになってくる。

カロンは完成した絵と向き合った。

「ふむ……なるほど、よく描けている」

それは暗色の背景の中に佇む男の、腰から上を描いた肖像だった。

闇《やみ》に溶け込むような漆黒の上着を着て、シャツと顔だけが青白く浮き上がって見える。

帽子は取らないでほしいと言われていたため、絵の中の彼も山高帽をかぶり、その下から青い瞳を覗かせていた。男の顔は、向かって左側は光が当たったように明瞭で、唇の端は笑みなのか判別がつかないほどのわずかな角度で上がっている。反対に右側は陰になり、暗がりの中で瞳だけが光を放っていた。

カロンは不思議な感覚に囚《とら》われた。絵の中の男は、自分の外見を的確に再現していたが、それ以上に、恐らく自分が半ば意図的に演出しようとしている「カロン」という役柄そのものを写し取り、強調しているように見えた。

素人《しろうと》目にもギルベルトの画力は卓越している。にもかかわらず「売れない画家」に甘んじているのは、彼ほどの才能でも画壇においては取るに足らないということなのか、それとも単に運が巡ってこないのだろうか。

暫《しば》し無言で絵を見つめてからギルベルトに視線を戻すと、彼は「もっと何かないのか」と言いたげに口を尖らせていた。

「素人に詳細な感想を求められても困るよ。……だが私は気に入った。いい絵だと思う」

カロンの言葉で、ギルベルトの表情がいっぺんに明るくなる。

「それが聞けたら十分だ」

「おや、私の感想くらいで喜んでいていいのかい？　そういえば、私の『素直な笑顔』とやらを掴むとかなんとか言っていたが、結局そちらについては成功しなかったようだね。それとも、この絵がそうだとでも？」

「まさか！　そっちについても順調だよ。まあ、いずれ見せてやるから安心して待っててくれ。それより、今夜は飲まないか？」

イーゼルを脇にどかしていたギルベルトが晴れやかな笑顔で振り返った。前々から感じていたことだが、この青年、人懐こさの方向性がどことなく犬に似ている。

カロンは肩をすくめた。

日はすでに落ち、家々の窓からは灯りが漏《も》れている。二人そろって件《くだん》の酒場へ出かけてゆくと、あの日の席は図ったように空いていた。

「完成を祝って」

カロンがおもむろにジョッキを持ち上げると、ギルベルトは目を見開き、次いで糸のように細めて自分もジョッキを上げる。

「あんたと俺に栄光を」

「大袈裟《おおげさ》だな」

「いいだろ？　――乾杯《プロースト》！」

小気味よい音を立てて、ジョッキがぶつかり合った。

「あんたが来るのも最後だと思うと寂しいな、カロン。結局あんたの素性は全然分からなかったし……せっかく知り合ったんだから、たまには訪ねてきてくれよ。あと手紙送っていいか？　居所を教えたくないなら局留めでもいいからさ」

ギルベルトは普段以上に喋り倒していた。酒も前回より進んでいて、いくらも経《た》たないうちに顔は茹《ゆ》でたように赤くなっている。

「そういえば、あんた俺に頼みたいことがあるとか言ってなかったか？」

「ああ……」

ギルベルトのことばかりも言っていられない。今夜はカロンのほうも、いつになく酔いが回っていた。――あるいは、そういうことにしておきたかっただけかもしれないが。

「あの話はもういいよ。謝礼も要らない」

気づいた時には、そう口走っていた。

「は？　いや、そういうわけにはいかないだろ。前の頼みごとが必要なくなったんだとしても、礼くらいはさせてくれよ」

「なら、ここの飲み代でいい」

「そんな安いわけないだろ！」

珍しく、ギルベルトがやや声を荒げた。

「あんた、俺の絵を誉めてくれたけど、俺だってあんなにいい絵が描けたの、初めてなんだよ。できることなら、これからもずっとモデルやってほしいくらいだ」

「……流石に無理だな」

「知ってるよ。でも、だから、せめて礼がしたいんだ。これは俺の我儘《わがまま》か？」

背中を丸めて卓の上に顎《あご》をのせ、泣きそうな顔になりながら上目遣いに自分を見上げてくる青年に、カロンは大きなため息をつく。

「それなら、何でもいいから一枚、君の絵が欲しい。それで手打ちにしよう」

「そんなことでいいのか？」

「そんなこと、ではないだろう。私は芸術家に無償で作品を譲ってくれと言っているんだ。嫌なら断ってくれて構わない」

「断るわけないだろ！　ああ、分かった。あんたのために描く」

「頼むよ。ついでに資産価値も上がるよう、早いところ売れてくれると助かるね」

「精々頑張るさ」

やっとギルベルトの顔に笑顔が戻った。

カロンは薄い笑みを返しながらも、自分の行動に戸惑いを隠せなかった。

心を覆《おお》っていた厚い氷の壁がゆるゆると溶け出し、雫《しずく》を滴《したた》らせているのが分かる。

こんなことになるとは思わなかった。自分の中に、まだこんな感情が残っていたとは。

けれど、その温かさは抗《あらが》いがたいほどに心地よかった。

――どうせ、もう会うこともない。

絵は完成した。すべてはカロンの気まぐれから始まったことにすぎず、そこに「彼女」の存在がつけ入る隙などありはしない。

今夜は、酒精の見せるまやかしに身を委《まか》せていたかった。この時間を、男自身のささやかでつまらない、誰ひとり魅了することのない平凡な物語として閉じてしまいたかった。

「俺さ、あんたに会えてよかったよ」

「聞き飽きたよ」

カロンは静かに目を閉じ、火照《ほて》って色づく頬を微かに緩ませた。

「何度言っても悪いことなんてないさ。……それに俺、あんたを描いてて気づいちまったことがあるんだ。何となく勘づいてたけど、見ないふりをしてきたこと」

ギルベルトはそう言って、ほろ苦い笑みを浮かべた。

「あの絵をあんたはいい絵だと言ってくれたし、俺だってそう思う。間違いなく今まで描いた絵の中で一番の出来だよ。でもそれは、モデルがあんただったからだ」

「……意味がよく分からないが」

「こんなことは恥ずかしくて言いにくいんだが……つまり題材次第なんだよ、俺の絵は」

　ギルベルトは一口ちびりとビールに口をつけ、眉を寄せる。

「学校に通ってた頃、先生に言われたんだ。『君の絵にはムラがある』ってさ。あの時は全く意味が分からなかった。何しろまさに描いてる途中で言われたもんだから、最初は色の塗り方だと思って首を傾《かし》げたよ。可笑《おか》しいよな」

　乾いた声で笑うギルベルトの表情は、それまでにも何度か見たことがあった。それは決まって、彼が画家としての行き詰まりを漏らす時に見せる顔だ。

「でも、段々と分かるようになってきた。本当にたまに、コレだと思ったものを描くと、いい評価が返ってくる。自分でも不思議なんだよ。身体ごと引き込まれるみたいに描ける時があるんだ。まるで自分のほうが描かされてるような気分になる時が……」

　ギルベルトはとろんとした目でカロンの瞳を捉え、重い息を吐いた。

「でもそれ以外だと大体いつも選評は同じだ。『今一つ惹《ひ》きつけるものに欠ける』とね……できることは全部やってるつもりなのにな。これじゃ本当にただのムラッ気画家だ」

　ああ、とカロンは納得した。なるほど、そういう種類の才能もあるのだろう。

　世の中には人の数だけ才能があるものだ。不幸なことがあるとするならば、それを見出されないこと、あるいは伸ばし方を知らないことだが――。

「……だが、依頼された絵でもない限り題材を選ぶのは君だろう。好きに描けばいい」

たとえ題材次第でも評価されるだけの出来のものが描けるのは、ギルベルトの潜在能力が高いからに他ならない。

いい題材を選んで描き続ければ、きっと彼が注目される日もそう遠くはないだろう。

「分かってる。だからあの日、あんたに声をかけたんだよ。問題は、あんたに出会えなければ、俺はあの絵を描けないってことだ」

「……なるほど」

つまり、彼の能力を最大限に引き出すことのできる題材《モチーフ》に出会う機会というのは、よほど稀《まれ》なことなのだろう。それこそ「運命の出会い」と呼べるほどに――。

一瞬、ひどく厭《いや》な連想が働いた。

掻き消そうと勢いよくジョッキを呷るが、透明な水にインクが一滴落ちた時に似て、その考えは不穏な軌跡を描きながらカロンの胸の中に黒々と広がってゆく。

「――そろそろ、お暇《いとま》しようかな」

ジョッキを置き、おもむろに席を立とうとするカロンは、しかし強い力でその場に引き止められた。

「悪かった、つまんない話だったよな。待ってくれ……なあ、もう少しだけ一緒に飲んでくれよ」

　摑まれた手首を振り払うことができず、立ち上がろうとした姿勢のまま、カロンは身動きが取れなくなる。みるみるうちに黒い軌跡が何かの輪郭《りんかく》を描きはじめる。見たくないものを、見せようとする。

「あんたのおかげで描けたんだ。感謝してもしきれないよ」

　目の前のギルベルトは屈託のない笑顔を浮かべる。そして、言った。

「まるで芸術の女神《ミューズ》に愛されたみたいな幸運だ」

　その瞬間、世界は一切の音を失った。

　白い茫漠《ぼうばく》とした無音の空間に煙のように緩やかに描きだされたのは、一人の少女だ。

　――「彼女」を与えてやってはどうだ？

　心の中で嘲《あざけ》るように囁く声は、紛《まぎ》れもなくカロン自身のものだった。

　ギルベルトは描くべき題材を求めている。彼が心から惹かれ、熱を注ぐことによって、真に彼の才能を開花させることのできる最高のモデル――芸術家に霊感を与えるとされる、神話の女神のような存在を。それさえあれば、あるいは彼は画壇で大きな成功を収め、後世まで名を残すような偉大な画家になれるかもしれない。

　間違いなく「それ」に相応《ふさわ》しいモノを、カロンは一つだけ知っている。

そして、それを与えてやれるのもまた、自分だけなのだ。

「――君は、女神《ミューズ》が欲しいのか？」

カロンの様子が変わったことに、ギルベルトは訝《いぶか》しげな顔をする。

「どういう意味だ？」

「もしも、の話だよ……君が夢中になれる最高の題材があって、それが君のものになり、いつまでも描き続けられるのなら――」

流れ出す言葉を抑えることができない。

「身を滅ぼすかもしれない危険を負ってでも、君はそれを手に入れたいと願うかい？」

抗いがたい誘惑に支配される。

温かな光は遠のき、鋭利で凄絶《せいぜつ》な氷の彫像を削りだす、凍《こご》えるような闇が訪れる。

――美しい物語が生まれそうじゃないか。

冷酷《れいこく》な「カロン」の瞳が、異様に輝く二つの眼が、愉《たの》しそうに嗤《わら》っている。

「芸術の女神《ミューズ》というより、運命の女《ファム・ファタール》だな」

ギルベルトが呟くように言う。鳶色の瞳は、静かに男の姿を捉えた。

「……ああ。欲しい」

穏やかな絶望が、溶けかかっていたカロンの心臓を再び端のほうから凍りつかせてゆく。

そっと手首からギルベルトの手を引き剝がす。青い瞳は暗い光を宿し、そして男は、いつか画家が魅力的だと評した謎めいた笑みを浮かべて、言った。

「では、君に『彼女』をあげよう。——きっと気に入ってくれるはずだ」

とある売れない青年画家の画房へ、深夜、黒ずくめの影のような男たちが硝子の棺《ひつぎ》に納められた少女の遺体を運んできたのは、それから数日後のことだった。

◆　◆　◆

森の館にやって来た仔犬はイザークと名づけられ、立派な成犬になった。逞《たくま》しい見た目に反して人懐こい性格の彼は、子供たちのよき遊び相手になった。

イザークは子供たちが行くところへ必ず付き従った。

しかし、ただ一箇所、地下へ続く階段だけはなぜか嫌がった。兄弟のどちらかが少しでも近づくと珍しく吠えたので、自然と二人は地下室から遠ざかった。

イザークは家族の一員として愛され、優秀な番犬として信頼された。

沼地に足を取られて溺《おぼ》れかけた弟を命がけで救い出したこともあるし、館へ入った泥棒をこてんぱんにやっつけたこともあった。まさに一家の守護者とも呼べる存在だった。

そうして、十年の歳月が流れた。

平和だった館に突如《とつじょ》として影が差したのは、その年の夏のこと。学校が休暇に入り、兄弟が二人とも帰ってきていた時の出来事だった。

イザークが死んだのだ。

すでにイザークは老犬で、二、三年前から目に見えて体力が落ちていた。十年以上生きるのは稀な犬種だということだから、彼は十分に長生きだった。別れが来るのは時間の問題であり、死に際に家族全員がそろっていたことは幸福といえただろう。

父はイザークのために立派な墓石を仕立ててやった。イザークが仔犬の頃に駆け回っていた裏庭の気持ちのよい木陰《こかげ》に、兄が穴を掘った。そして、イザークの亡骸《なきがら》をお気に入りだった毛布に包み、木箱に納めて穴の底に横たえたのは、弟だった。

それは兄弟が初めて目《ま》の当たりにし、明瞭に理解した「死」だった。

死んだイザークの毛並みに触れた弟は妙な気分になった。生きていた時と全く同じ姿をしているのに、イザークはまるで別のモノだった。盛んに息を吐いていた口は力なく閉じられ、触れれば温かく弾力のあった腹はたるんだ皮と冷たい肉になっていた。

なぜかその時、遠い日の記憶が蘇《よみがえ》った。鍵のかかった地下室の中、硝子の箱に眠っていた人形の少女――あれは、本当に人形だったのだろうか、と。

イザークが死んで、館は少しずつおかしくなっていった。

まるで、これまでイザークが家族を護《まも》っていたために手を出すことができなかった魔物が、イザークの死をきっかけにして、その毒牙を剝《む》いたかのように――。

使用人たちも寝静まった真夜中過ぎ、悪夢に魘《うな》された弟が目を醒《さ》まして部屋を出ると、廊下の向こうに蠟燭《ろうそく》の灯りが揺れるのが見えた。ちらりと照らされたのは兄の姿だ。

自分と同じで兄も眠れないのだろうと思った彼は、朝まで二人で話すのもよかろうと思った。何しろ夏休みなのだから。

しかし、兄のほうは弟に気がつかず、すぐに曲がり角の陰に消えてしまった。追いかけると、階段を下りる足音が聞こえてくる。

カツン……カツン……と闇の中に染み入るような靴の音が、いやに不気味だった。

ただならぬ雰囲気を感じ取った弟は、いつの間にか足音を殺していた。兄は、普段は滅多に使わない地階へと下りてゆく。

彼がどこへ向かっているのか、もう弟にも分かっていた。

真っ直ぐな廊下の突き当たりにあるのは開かずの地下室だ。

物陰に隠れて弟が様子をうかがっていると、兄は地下室の扉の前で一度だけ振り返り、そして扉の向こうへと消えていった。

それ以上、追いかける勇気はなかった。嫌なものを見るような気がしたからだ。

翌朝、兄は少しだけ眠たそうにしていたものの、何事もなかったように振る舞った。

しかし、その時には何もかもが手遅れだったのだ。

ほどなくして第二の事件が起きた。——イザークの墓が何者かによって暴かれたのだ。

墓石は倒され、土が掘り返されて木箱が露出していた。中からは、半ば腐敗し、変色したイザークの脚《あし》が突き出しており、その周りには羽虫が集《たか》っていた。

墓は使用人たちの手ですぐさま埋め戻された。けれど影はすでに館を覆い尽くしていた。

動きを止めていた運命の歯車が十年の沈黙を破って回りだしたのだ。

そして、それを止められる者はもう誰もいなかった。

◆　◆　◆

燭台《しょくだい》の灯りを頼りに、男は何通かの手紙をしたためていた。

傍《かたわ》らには、ひとひらの新聞記事と、昨日届いた一通の手紙が置かれている。

新聞記事には、ある美術展に出品された作品の紹介と、批評が掲載されていた。中でも目立つのは、この一年間に次々と異色の作品を発表している若い画家だった。

以前から力のある新人として一部では知られていた一方、やや精彩を欠くところがあった彼は、急に何かに取り憑《つ》かれたように強烈な作品を発表しはじめたのだ。長閑《のどか》で朗らかな色調が特徴的であった彼の作品は、妖艶《ようえん》な色香の漂うものへと変貌《へんぼう》していった。周囲はその豹変《ひょうへん》ぶりを称賛するというよりは、戸惑いをもって迎えていた。

モデルになっているのはすべて、同一の少女であると思われた。しかし、その描かれ方は、花に囲まれて十字架を手にしているものに始まり、童話の姫君のように硝子の棺に横たわっていたり、妖精の翅《はね》や天使の白い翼が生えたり、かと思えば寝台に横たわる官能的な娼婦《しょうふ》になったり、果ては荘厳な光を纏《まと》う女神になったりと、夢幻の色彩が極めて強かった。そしてなぜか、どの絵でも、描かれた少女は瞳を閉ざしているのだ。

彼はよくやっている、と男は思った。

いつだったか青年が言った、「本当にいい画家は目の前に見える以上のものが見える」という言葉は真実らしい。――彼は、本当にいい画家だ。男の心は軋《きし》んだ音を立てた。「彼女」は恐らく、止めどなく湧いてくる霊感の泉のようなものだ。魅力的な題材を独占したことで、彼の才能もまた際限なく溢れだしている。

もしかすると彼ならば、その存在に押し潰されることなく、彼女の性質を御し得るのではないかと都合のいい期待を抱いたこともあった。しかし――。

封の切られた手紙に男は目をやり、すぐに逸らした。記事に載っているのと同じ名が、差出人として記されていた。

男が画家から受け取った手紙は、もう数え切れないほどになっていた。ブルーブラックのインクは回数を重ねるごとに乱れていき、内容も徐々に抽象的で要領を得ないものへと変わってきている。

明らかに、彼の精神は蝕《むしば》まれつつあった。それでも男に手紙を送ることをやめないところに、喋り好きだった青年の面影が見える気がした。

男は自らが招いた悲劇の行く末を、特等席で目撃し続けているのだ。

胸を抉《えぐ》られるような痛みと、気が狂いそうなほどの快楽が湧き上がってくる。それこそが、一瞬でも運命《彼女》を欺《あざむ》こうとした男への懲罰《ちょうばつ》だった。

致命的な結末は間もなく訪れるだろう。

男は書き終えた手紙をそれぞれ封筒に入れると、赤い封蠟《ふうろう》を燭台で溶かして封をし、上から印を捺《お》した。小舟と花の意匠が組み合わされた特徴的な紋章は、揺れる蠟燭の灯りを受けて血のように毒々しく輝いた。

ランプの灯《ともしび》を受けて、金色の鍵は暗い輝きを帯びていた。

ギルベルトはぼんやりとそれを見つめながら、炙《あぶ》るようにして鍵を指先で弄《もてあそ》んだ。

淀《よど》んだ金の光沢が渦を巻いている。その中に、占い師の水晶玉のように未来の自分の姿が映るのではないかと、つまらない妄想を巡らせる。

――思われるのは、ただ過去ばかりだった。

『あんたは、この娘《こ》がそうだって言うのか？　俺の女神だと……彼女を描けと？』

『ああ』

あの晩のカロンは、怖くなるほど完璧だった。

彼は一分の隙もなく自らの役回りを冷徹に演じているように見えた。

『何を言ってるか、分かってるのか？　この娘にはもう、自分の在《あ》り処《か》を自分で決めることだってできないんだぞ』

『決めているよ。彼女がここにいるということは、そういうことだ。……いずれ分かる。彼女は何者にも奪われない。奪われるのは――』

言葉を切って、カロンはギルベルトを見た。悲しいくらいに青い瞳だった。

黒い手袋をはめた手が、何かを差し出した。

『預けておく。必要になったら使うといい』

渡されたのは金の鍵だった。小さなそれが、ずしりと手のひらの上に落ちた。

あれからカロンには一度も会っていない。手紙の返事も返ってはこない。

ギルベルトはゆっくりとした動きで鍵をランプの横に置き、続けて視線を巡らせる。

男が運んできたモノは、暗く沈んだ部屋の中央で無言のままに存在していた。

——硝子の棺に納められた、美しい少女の遺体。

その姿は、この国の誰もが知るであろうお伽噺《とぎばなし》を思い出させた。

この哀れな「白雪姫」を、カロンはギルベルトに与えると言ったのだ。

死体を所持するということがいかような罪に問われるのか、ギルベルトは知らない。

仮にもかつて魂《たましい》をもち、人間社会で生きていた者の肉体を物体のように捉えるのは、あまり倫理的とはいえないだろう。若い身空で亡くなったというだけでも同情に値《あたい》する少女が、死してなお、その肉体を自らの意思の届かぬところで赤の他人の目に晒《さら》されるのだ。

冷静に考えれば、すぐにでも彼女の存在を明るみにし、丁重に葬《ほうむ》ってやるべきだ。それが善良な市民というものだろう。だが——。

それはギルベルトにとって、本当に為すべきことだろうか?

『彼女は腐敗しない。彼女が何者で、いつ落命し、なぜこの姿になったのか、誰にも分からない。悠久の時を朽ちることなく存在し続ける……古代の彫刻のようにね』

カロンはそう言った。

もはやギルベルトには、平凡な常識を説くことなどできなくなっていた。

引き込まれる、などという生易《やさ》しいものではない。絵を描くために存在していたギルベルトの目は、彼女だけを捉えるためのものへと変わってしまった。亡骸を美術品のように扱うカロンへの反感とは裏腹に、少女から目を逸らすことができなかった。

気がついた時には、描きたい、と強く思っていた。

この少女を描きたい。永久に自分だけのモデルとして、そこにいてほしい。カロンを見た時に抱いた想いに似ているが、それよりずっと強烈に、抗いようもなく迫ってくる。

──運命というものがもしあるのなら、きっと彼女の姿をしているだろう。

自分でも不思議だった。容貌《ようぼう》だけならば他に美しい少女はいくらでもいる。もし生前の彼女に出逢《あ》っても、これほど惹かれることはなかったはずだ。

ならば自分が彼女に惹かれるのは、彼女がすでに死んでいるからなのか。

それとも、腐敗せず美しいままだからだろうか？

……そうであるような気もしたし、どこか違っている気もした。

あどけない表情を浮かべる可憐《かれん》な少女が感じさせるのは、すでに亡き者であるということへの純粋な驚きと、憐《あわ》れみ、庇護欲だ。次いで、その肉体が不朽のものであると知った時に抱く、神秘的存在に対する畏怖《いふ》と崇敬《すうけい》、彼女を目にする栄誉を得た恍惚《こうこつ》、そして永遠への憧憬《どうけい》……彼女は美しく、愛らしく、輝かしく、神々しい……。

だが、それだけではない。

彼女は常に、淡い翳《かげ》りを纏っている。

これは気配だ。古い本の匂いのような、弱々しいが確かに感じる、過去の気配。

魂と呼ぶにはあまりに異質で、歪《いびつ》で、禍々《まがまが》しいが、それに極めて近い何か。

それが彼女に奇妙な存在感と、深遠な謎とを与えていた。

ギルベルトはその謎を解きたかった。彼女という存在の内側に分け入りたかった。

もう題材を探しにあてどなく外を歩き回ったり、つまらない賃仕事を引き受けたりすることはなかった。彼女を描く以上にすべきことなど存在しない。

貪《むさぼ》るように無心で描き続けた。構想は次から次へと湧き、画布に筆をのせるのが間に合わないほど膨大な枚数の素描が積み重なった。

カロンの言った通り、やはり彼女はギルベルトの女神《ミューズ》だったのだ。

それまでパッとしなかった美術展の結果も、一転して入選が続いた。画廊が絵を買い取ってくれるようになり、沢山の依頼が飛び込んできた。

ギルベルトは画家としての成功を収めつつあった。

以前のギルベルトであれば、やっとのことで摑んだ未来に胸を躍《おど》らせただろう。

――しかし、もうその頃には、そんなものはどうでもよくなってしまっていたのだ。

依頼は早々に受けなくなった。彼女を描くのに割ける時間が減ってしまうからだ。

画壇の者たちや画廊とのやり取りも希薄になった。図々しい彼らは下手をするとギルベルトの画房にまでやって来ようとする。間違っても彼女を人目に晒すわけにはいかない。カーテンは昼間も閉めきり、仲良くしていた画家仲間も立ち入らせぬようにした。

いくら名が売れても、絵が売れなければ収入にはならない。画材は買った端からなくなっていく。食費を切りつめ、生活は以前に輪をかけて困窮した。画布を買う金がない時には、過去に描いた絵を上から塗りつぶして使った。惜しむことなどない。

そう、彼女を描く以上にすべきことなどないのだから。

……ギルベルトは瓶《びん》の栓《せん》を抜き、中身をグラスへと注いだ。口に含んだ液体が、空っぽの胃の中へ落ちてゆく。ランプの灯りが音もなく揺らいだ。

画房の中は彼女の絵で溢れていた。最初こそ何点か売ったものの、次第にギルベルトはそれらの絵を人手に渡したくないと思うようになっていた。たとえ自分で描いた絵の中の彼女だとしても、他人に譲るのは許しがたいように思えた。

幻想の彼女は様々な姿をとってギルベルトの前に現れた。新たな彼女を捕らえては、あたかも蝶《ちょう》を展翅《てんし》するかのように、画布の上に繋《つな》ぎとめる。するとまた別な彼女が現れてギルベルトを誘い、その姿を追いかけて楽園の奥深くへと駆けてゆく。

はじめのうち、それはあまりにも楽しくて、胸が痛くなるほど嬉しくて仕方がなかった。自分が絵を描いてきたのは、この歓《よろこ》びに出会うためだったのだと確信した。彼女から放たれる天上の香気にくらくらと酔い痴《し》れた。

無我夢中で走って、走り続けて息を切らして——そして、ふと辺りを見回した時だ。

不意にギルベルトは気がついてしまった。

自分はただ彼女の見せる夢をなぞり、彼女という楽園の周りを彷徨《さまよ》っていたにすぎないのだと。今まで自分が描いてきたのは、彼女のようで彼女自身ではなかった。それは彼女の影……どこかの誰かが、そしてギルベルト自身が彼女に抱いた幻想でしかない。

それらは謂《い》わば、彼女を巡る「物語」だ。

それらがすべて彼女であることに違いはない。だが、決してその本質ではあり得ない。ギルベルトは幾度も彼女という存在の本質をなぞろうとして、失敗していたのだ。

心臓を握り潰されたような気分だった。

——俺では、足りないのか？

才能も、力量も、時間も……何もかも。あらゆる可能性を孕《はら》んだ無限で永遠たる存在を前にして、自分はあまりにも卑小で、そして限りある存在でしかなかった。

何でもいい。彼女を読み解くきっかけが、突破口が欲しかった。「妖精」の魔法に頼るなどわけもないことだ。澄んだ緑色の酒に注ぐ水の量はみるみるうちに減ってゆき、とうとう乳白色に変ずることはなくなった。それでも、まるで蜃気楼《しんきろう》を追いかけるように、辿《たど》り着いたと思えば彼女は更に遠くにいた。

──身を滅ぼすかもしれない危険を負ってでも、君はそれを手に入れたいと願うかい？

虚空《こくう》に浮かび上がった青い瞳が、謎めいた光を放っていた。

──ああ……あんたは最初から、こうなることが分かっていたんだな。

画房を出ていこうとするカロンの背に、何か言わなければならないと思って、それでも何を言うべきか見つからず、結局ギルベルトの発した一言は平凡なものだった。

──ありがとう、カロン。……俺、描くよ。

男は立ち止まる。一瞬、彼が動揺したように見えたのは気のせいだろうか。

──成功を祈っているよ。そのために、彼女を運んできたのだから。

カロンは最後まで振り返らなかった。真っ黒な背中が夜闇の中に消えてゆく姿が、ギルベルトの目には今もはっきりと映っている。

死者を彼岸《ひがん》へと運ぶ、冥府の河の渡し守。夜と闇より生まれし「カロン」──その名を彼に与えたのは、一体どこの誰なのだろう。

あとに残されたのは「彼女」と、小さな金の鍵だけだった。

ギルベルトはのろりと椅子から立ち上がると、覚束《おぼつか》ない足取りで棺の傍《そば》へ歩み寄った。

暗がりの中、彼女の握る短剣が鈍い光沢を放っていた。彼女を模写する過程で、この銀の短剣も何度となく描いた。柄《つか》に刻まれた文言は墓標のようでありながら、何かしら呪術的な雰囲気も漂わせている。

『エリス　罪深き者よ、安らかに眠れ』

――エリス。それが彼女の名前なのか。

だとすれば、金の鍵に未来など映るはずもない。それでも構わないと今は思えた。

自分は彼女に奪われるのではない。捧げるのだ。

たとえこの先に待ち受けているのが破滅であったとしても、彼女《エリス》が運命であるならば、自分はそれを愛さずにはいられないのだから。

◆　◆　◆

墓の一件があってからというもの、兄の様子は益々《ますます》おかしくなっていった。

食事の時を除いては部屋に籠《こ》もりきりで、たまに顔を合わせても目を赤く腫《は》らして眠たそうにしている。皆、兄を心配そうに見守ってはいるものの、イザークを失ったうえ、あれほど衝撃的な出来事があったのだから当然だろうと考えているにすぎなかった。

しかし、弟だけは違った。あれからも何度か、弟は深夜まで起きていてこっそりと兄の様子をうかがっていたが、やはり兄は夜毎《よごと》、部屋を出て地下室へ入ってゆく。

あの場所には今も、あの少女がいるのだろうか。

十年前、兄が言ったように彼女が本当に人形であったのなら、まだ同じようにあそこに置かれていてもおかしくはない。明かり取りの窓があったことを思い出し、館の周囲を歩き回って、それらしい部分――地面との境目に換気口のように設けられた格子《こうし》窓を発見したが、いくら覗いてみても陰になっている部分は全く見えなかった。

こうなれば兄に直接聞いてみるしかない。

食事の時にすら出てこなくなった兄の部屋へ、弟は女中の代わりに軽食を持っていった。

薄暗い部屋の中、兄は寝具にくるまって死んだように動かなかった。眠っているのかもしれなかったが、構わず声をかけた。

「兄さん……この頃、どうしたの？」

「……」

「イザークがいなくなって、僕だって辛いよ……でも、それだけじゃないよね」

「……」

「兄さん、毎晩、地下室で何してるの」

寝具の塊がビクリと動いた。ややあって、くぐもった兄の声が弟の名を呼ぶ。

「……お前さ……死んだ、生き物の体が……どうなっていくか、知ってる……？」

泣きはらしたあとのような兄の声は、弟の知るものよりもずっと幼く聞こえた。

「僕は、死がこんなに悲しいものだって、ずっと知らなかったんだ……だって嘘《うそ》みたいだろ。昨日までそこにいたのに、今日にはこの世界のどこを探してもいないんだよ……食べ物みたいに、グズグズに腐っちゃってさ……あんなイザーク、知らないよ……」

「兄さん、まさか――」

「だってそこにいるんだ。まだ蓋を開ければそこにいると思ったんだ。お別れなんてしたくなかった。目を開けなくていい、駆け回れなくてもいい……ただずっと、傍にいてほしかった……なのに……」

イザークの墓を暴いたのは、他ならぬ兄だったのだ。

「忘れたかっただけだ……楽しかったことも何もかも、今は全部悲しいんだ……気がついたら、あの部屋に……彼女が全部、忘れさせてくれるから――」

「彼女って……あの人形？」

「人形？」

突如、けたたましい笑い声が響いた。寝具がぶるぶる震えている。

「人形だって？　彼女はそんな紛《まが》い物じゃない、イザークと同じホンモノなんだ。だけど彼女は、僕を置いていかない。ずっと傍にいてくれる！　だってエリスは――」

腐ったりしないんだから！　と、兄は笑った。

寝具の隙間からギラギラと光る目がこちらを見ていた。

弟は兄の部屋を飛び出した。あの空間はおかしい。頭が変になりそうだった。

弟は十年前、イザークがやって来た時のことを思い出した。あの時、沈んでいる兄を元気づけたい一心で、幼かった自分は父に相談した。そしてイザークがやって来て、また兄は自分と遊んでくれるようになったのだ。

同じようにすれば、きっとすべてが元通りになる。祈るようにその考えにすがって、弟はその足で書斎へ向かい、父に打ち明けた。近頃、兄の様子がおかしいのは、地下室に通い詰めているからではないか、と。

しかし、それを聞いた瞬間、父の表情は見たこともないほど冷たいものへと変わった。

弟は急に、自分がとんでもない間違いを犯してしまったような気がした。――弟は知らなかったのだ。かつて兄が気を落としていた原因が、地下室へ入ったことを父親に激しく咎《とが》められたことにあったということを。

父はすぐに冷たい表情を掻き消して微笑《ほほえ》み、あの日と同じように優しげに言った。

「大丈夫だ。父さんに任せておきなさい」

貼り付けたような微笑。抑揚のない声だった。

そして弟が求めた父の「妙案」は、間もなく望まぬ形で劇的な作用をもたらしたのだった。

その日はちょうど、夏の休暇の最終日だった。

深夜、どこかから獣《けもの》の唸《うな》り声が聞こえてきたことで、弟は目を覚ました。

「イザーク……?」

もうこの世にいない愛犬の名を寝ぼけ眼《まなこ》で呼びながら部屋を出ると、声は下の階から聞こえてくる。嫌な予感に導かれながら階下へ下りてゆくにつれ、その恐ろしい声は、次第に大きくなっていった。地下室の方向から、騒がしい雰囲気が伝わってくる。

階段を下りてゆくと、弟に目を留めた使用人の一人がやんわりと行く手を阻んだ。

「坊ちゃん、お部屋へお戻りを――」

しかし、その時、耳を劈《つんざ》くような一際大きな叫び声が前方で上がり、弟はやっと、声の主が何者であるか気がついたのだ。

「兄さん……？」

眠りを破られた使用人たちは何かを遠巻きに見守っていた。弟は彼らの間を割って、騒ぎの中心へと向かってゆく。

「……っ！」

目の前に広がっていた光景に、弟は絶句し、立ち尽くした。

地下室へ繋がる鋼鉄の扉を叩き、ひっかき、突進しながら、咽《むせ》び泣き、掠《かす》れた声で悲痛な叫びを上げているのは、紛《まご》うことなき兄その人だった。

「兄さん、何してるんだ！」

寝間着の兄を羽交い締めにしようとするが、自分よりも体格のいい兄に突き飛ばされ、床に倒れ込む。後ろからそれを助け起こしたのは、例の使用人だった。

「一体、どうなって……」

「旦那《だんな》さまが人を呼んで、あの部屋の鍵を交換なさったのです。お兄さまが部屋に籠もっていらっしゃる間に」

では兄は、いつも使っていた鍵で地下室へ入ることができなかったために、こんな行為に及んだということか。しかしあまりにも度が過ぎている。兄は完全に錯乱《さくらん》していた。

不意に、廊下の向こうの暗がりから足音が聞こえてきた。

使用人たちはそれに気づいて道を空け、頭を下げる。

「お前たちは部屋に戻りなさい。しばらく私たちだけにしておくれ」

主人がやって来たことで安心したらしく、使用人たちは言われた通りに各々が自分の部屋へと帰っていった。

すでに兄は声も体力も枯れ果てたらしく、扉の前で呆然《ぼうぜん》と座りこんでいる。だらりと垂らされた兄の手が目に入り、ぎょっとした。よく見ればその指先は傷ついて血だらけになり、爪も何枚か剝がれている。

「手当てしないと……」

兄を助け起こそうとした弟の前に、父が音もなく立ちはだかった。

「お前も、もう寝なさい。明日には学校へ戻らなければならないのだろう」

「でも……」

「さあ坊ちゃん、参りましょう。私も治療道具を取りに戻りますから、ご一緒に……大丈夫。お兄さまには、旦那さまがついていらっしゃいます」

弟は兄の様子が気がかりで仕方なかったが、父と使用人に促《うなが》され、流されるようにしてその場をあとにするしかなかった。

階段へ向かうまでの間、後ろからは父と兄の会話が聞こえてきた。

「皆、仕事が終わって疲れているんだ。早く自分の部屋に戻りなさい」

「……ぎ、を」

「もう休暇も終わるというのに、夜ばかり起きて昼間寝ているだなんて生活を続けるのはやめなさい。学業に支障が出るだろう」

「かぎを……ください……」

「お前は昔から賢い子だ。そんなことをしても、どうにもならないと分かっているはずだ。お前が子供の頃にも言ったね。この部屋にはもう、近づいてはならないと」

「かぎを！　お父さま、鍵を、ください、僕は——僕は彼女を愛してるんだ！」

ガラガラにひび割れた兄の叫びに、耳を塞ぎたくなった。

——めちゃくちゃだ、ぜんぶ……イザーク……助けて、イザーク……。

なぜ、こんなことになった？　何が兄をあんな風にしたのだ？

弟の脳裏に浮かんだのは、あの地下室の少女だけだった。

階段をのぼる間際、弟が最後に聞いたのは父の声だった。

それは悪夢的な響きを伴《ともな》って石の壁に反響した。

「あれはお前たちの母親だ——」

最悪の休暇明けとなった。あの状態の家族を放っておいて学校へ戻るなど気が気ではなかったが、弟自身は至って健康である以上、戻らない理由がない。

考えたくもないが、兄はもしかすると病院行きかもしれないと思った。あの様子では学校どころか、これから普通に暮らしていけるかどうかも分からない。今の兄にとってあの館は毒にしかならないだろう。

地下室に「彼女」がいる以上、兄が元に戻るとは思えない。

『人形だって？　彼女はそんな紛い物じゃない、イザークと同じホンモノなんだ』

『彼女は、僕を置いていかない。ずっと傍にいてくれる！』

『だってエリスは、腐ったりしないいんだから――』

では、あの少女は本当に人形ではなく、亡骸だったのだろうか。だが腐敗しない死体など、にわかには信じがたい。仮に可能だとして、なぜそんなものが館の地下にあるのだ。

『この部屋にはもう、近づいてはならない』

『あれはお前たちの母親だ』

父は、地下室に不可思議な遺体が存在するのを知っていたのか？　それは当然だろう。父は館の主《あるじ》なのだし、すべての始まりは地下室に下りていく父の姿を兄が目にしたことにあったのだから。

　であれば、父は亡くなった夫人の遺体を硝子の棺に納め、地下に安置し続けていたとでもいうのだろうか？　それに父は「お前の母親」ではなく「お前たちの母親」と言った。兄と自分は血縁上、従兄弟同士にあたるはずだ。同じように父の息子として育ったが、自分が生まれる前に亡くなっている夫人を「母」と呼ぶことには抵抗がある。

　大体、十年前に見た少女の姿は、あまりにも若すぎた。幼い自分からすればかなり年上に見えはしたが、それでも母親と呼ぶには幼い顔立ちだったように思う。

　――一体、あの少女は何者だったのだ。

　授業が始まっても弟は暗澹《あんたん》たる気分で毎日を送っていた。

　しかし程なくして、そんな日々にも突然終わりが来る。……すべてが解決して元通りになったのではない。ただ何もかもが粉々に壊れ尽くし、破局を迎えたすぎなかった。

　気の休まらない日常を送っている弟のもとへ届いたのは、二件の訃報《ふほう》だった。

　森の中の沼地で、兄が溺れ死んだ。

　そして、その直後、父が自殺した。

　あとから聞き知った話によれば、新たな鍵を探して父の書斎を荒らしていた兄の前で、父は鍵を窓から外の森の方へと投げ捨てたのだという。兄は何ごとか叫びながら、半狂乱で館を飛び出し、森の中へ消えていった。まるで投げられた球を追いかける犬のように。

戻らない兄を使用人たちが探しに行ったところ、沼地に浮かんでいるのが発見された。

そしてその夜、父もまた裏庭の木で首を括《くく》った。木の根元にあるイザークの墓は、かつての主人の足の裏を悲しげに見上げたことだろう。

こうして森の館の惨劇《さんげき》は、唐突に幕を閉じたのだった。

◆◆◆

画房は絵の墓場と化していた。

いくつものラフ画が千切っては捨てられて吹雪《ふぶき》のように床に散らばり、絵の具の載った画布は尽《ことごと》くナイフでズタズタにされている。

それらのほとんどが同じ一人の少女を描いたものらしかった。

描かれた少女が誰なのかは明らかだった。なぜなら彼女は今も部屋の中央で、自分を写し取ろうとする画家のために、微動だにせず最も美しい姿を保ち続けているのだから。

生きた人間はいくら静止しているつもりでも少しずつ動いてしまう。加えて時間の制約もあるため、同じ人物を何週間も何カ月も毎日のように描き続けることは不可能だ。

その点、彼女は静物も同然だった。石膏《せっこう》像の不変性と果実の瑞々《みずみず》しさを兼ね備えた彼女は、さぞかし完璧なモデルだったろう。

しかし、彼女を愛した若き画家は、もう永久に筆を取ることはないのだ。

自らの作品の残骸《ざんがい》に囲まれて、彼は硝子の棺に横たわる麗《うるわ》しきモデルへ寄りかかるようにして倒れ、事切れていた。

戸口に立った男は、その惨憺《さんたん》たる光景を前に暫し沈黙したのち、黒手袋をはめた手を静かに上げた。それを合図に、男の背後の暗闇から影のような黒服の男たちが湧きだし、音もなく画房の中へと入ってくる。

彼らの仕事は迅速だった。足元に散らばった紙に靴跡を残さないよう器用に避けながら、画家の死体を注意深く棺から引き剝がして自然な形に見えるよう床へ横たえ、棺を画房の外へと運び出してゆく。

その間に、男はざっと部屋の中を検分した。

文机の上に遺書らしき紙きれが残されているのを見つけ、素早く目を走らせる。ブルーブラックの筆記体は余すところなく歪な軌道を描き、全く読めない部分も少なくはなかったが、辛うじて読み取ることのできた部分には歌うような調子で書かれていた。

『我が愛、我が破滅』

『愛《いと》しき白雪姫よ』

男――カロンは発作的に、その紙を細切れに破り捨ててしまいたい衝動に駆られた。そして、その直後、そんな自分の感情を嗤う。

――君も大概、詩人じゃないか。

振り払おうとしても浮かんでくるにんまりした笑顔に向かって、心の中で毒づく。すぐ後ろの床に転がっている当の本人の顔は、見る気にならなかった。

真に描くべき運命の女《ファム・ファタール》を手に入れた画家は、彼女を描ききれない自らに絶望して逝《い》ったのか……あるいは、身を捧げることによって彼女という芸術の一部となることを望み、自らの死をも描こうとしたのか。

彼女に魅入られることのないカロンには、ただ想像することしかできない。

エリスは多くの者たちを惑わせ、その人生を狂わせる。

しかし、彼らは最期までエリスを憎もうとしない。安らかな死に顔を見たことも一度や二度ではなかった。彼らは死んでゆく時、幸と不幸の一体どちらを味わっていたのだろう。彼女に出逢ったことを後悔しただろうか。それとも、同じ結末が待っていたとしても、やはり彼女と出逢う人生を望むのだろうか――。

棺を積み込んだ霊柩《れいきゅう》馬車が、闇の中へと走り出す音がした。

カロンは影たちを先に引き上げさせ、一人で画房に残った。文机の周囲や抽斗《ひきだし》の中などを調べているうちに、ふと窓辺の椅子に目が吸い寄せられる。

椅子の脚に立て掛けられていたのは、一枚の油絵だった。

蒼い瞳が束の間、風を受けた水面《みなも》のように揺れる。ゴブラン織りの座面の上には見覚えのある手帳が置かれており、間にきらりと光るものが挟まれていた。――金の鍵だ。

その頁《ページ》を開くと、白い紙の上に遺書と同じ色のインクで短い言葉が残されていた。

『我が友へ　約束の品を、ここに捧ぐ』

カーテン越しの月明かりが、窓辺に立ち尽くす漆黒の男を優しく浸した。

その時初めてカロンは振り返り、冷たい床に横たわるギルベルトを見下ろした。

「……待たせすぎだよ」

褐色の髪に隠されて、画家の顔は見えなかった。

――結局、男が持ち去ったのは手帳から破り取った書き置きと、金の鍵だけだった。

己を死へと招いた者のことを、人は「友」とは呼ばぬであろうから。

◆
◆
◆

揺れる馬車の中で、喪服の少年が一人、ぼんやりと窓の外を見つめていた。

馬車は森の中へ入り、景色は濃い緑色に染まってゆく。休暇になるたびに心を躍らせながら眺めていた家路の風景は、もはや永遠に少年の目を楽しませることはない。

少年の手には、萎《しお》れた二輪の白い花が握られていた。それを献じるべき二つの棺を前にした時、彼の身体は急に動かなくなってしまったのだ。少しでも身体の力を緩めれば、そこからボロボロと形が崩れて二度と元に戻れなくなるような気がした。

気づけば葬儀は終わっていて、少年はたった一人で森の館へ帰ってゆく自分を馬車の中に見つけたのだ。まるで他人の身体を借りているかのように現実感がなかった。

自分はなぜ、あそこへ向かっているのだろうか。

父も兄も、イザークも、誰ひとり待っている家族のいない、空っぽの家に。

馬車を降りた少年を、静まり返った館と喪服姿の使用人たちが出迎えた。それはやはり、少年の知らない場所だった。

目を閉じていても歩き回れたはずの館の中で、彼は道を失った。どこへも行けず、どこに行きたいのかも分からず、いつの間にか立っていたのは地下室の扉の前だった。

鍵は開いていた。少年は扉を開けた。

胸を締めつけるような黄金色の午後の光の中で、記憶の中にある幼い日の情景と同じように、彼女は横たわっていた。ただ閉じられていたはずの蓋は、開ききっていた。

――僕は彼女を愛してるんだ！

大好きだった兄の絶叫が頭から離れなかった。

――お前たちの母親だ。

尊敬していた父親の狂気じみた言葉が耳の奥で反響していた。

少女は罪のない表情で眠っている。なんという、忌《い》まわしい存在だろうか。

憎くてたまらなかった。自分の大切なものを壊し、すべてを奪い去っていった彼女が、一片の曇《くも》りもない美しさで存在し続けていることが――そして、彼女にすべてを奪われながら、彼女を憎むことのできない自分のことが、心底憎らしかった。

「……君のせいだ」

気がつくと、握りしめた花を棺の上へ乱暴に投げつけていた。

「大事な人たちだった。君が殺したんだ」

その時、背後で扉が開く音がした。振り返ると、あの使用人が立っていた。

「坊ちゃん。お話がございます」

「……一人にしてくれないか」

「二人に、の間違いでは」

青い瞳に静かな怒りを燃やして、少年は使用人を睨《にら》んだ。

「兄さんにここの鍵を渡したのは、お前だな——カロン」

年齢の分からない容貌と謎めいた瞳をした使用人もまた、棺の少女と同じように十年前と変わらない姿に見えた。

「だとしたら何だというのです？」

使用人——カロンはゆったりと微笑んだ。

「いずれこうなることは分かっていました。十年前……いいえ、旦那さまが彼女をお求めになった二十年前から。よく、ここまでもったものです。イザークのおかげでしょうかね」

「お前は何を知ってるんだ。彼女は一体、何者なんだ……」

「ですから、お話がございますと先に申し上げたでしょう。しかし、その前に——」

カロンは少年の両肩を摑むと、後ろを振り向かせた。

「どうです、坊ちゃん？　彼女をお気に召しましたか？」

棺で眠る彼女の表情が間近で見えるよう、使用人は強い力で少年を無理やり跪《ひざまず》かせる。

面白がるような声が頭上から酷薄《こくはく》に響いた。

「美しいでしょう、彼女は？　ご覧なさい、ちょうど坊ちゃんと同い年くらいでしょうかね。もっとも、実際には坊ちゃんよりもずっと歳上《としうえ》の女性ですが……あなたがもしも彼女をお気に召したのなら、差し上げたってよろしいのですよ？」

「――ふざけるな」

少年は唸《うな》るように低く言った。

「気に入る？　冗談だろう。こんなモノ、要らない。欲しくない」

本当に欲しいものは、大切なものは、もう二度と手に入らないのだから。

背後でカロンが微笑む気配があった。

「よくできましたね。では教えて差し上げましょう。――この少女は、旦那さまの奥さまなどではございませんよ」

「……ッ」

胸の奥底に隠していた少年の不安を掬《すく》い上げるように、彼は優しく言った。

「何度も申し上げますが、いずれこうなることは目に見えていたのです。坊ちゃんには今回の事件がほんの数週間、あるいはたった数日のことと思われるのかもしれませんが、旦那さまはもう十年以上も昔から少しずつ、彼女のために――有《あ》り体《てい》に言えば、心を狂わされていらっしゃいました」

十年以上と、今、そう言ったのか。

まず考えられなかった。少年の小さい時分から父は変わらず優しく、温かく、子供思いで、尊敬できる人だったではないか。どう考えても、地下室の扉が開かれ、この呪わしい棺が現れたことが発端としか考えられない。

「信じられない……父さまはずっと、僕たちに優しかった……」

「それは坊ちゃん方が、旦那さまと奥さまの間の大切なお子さまだからです。――少なくとも、『彼女』の恋人になり得ない間は」

「……僕は、父さまの実の息子じゃない」

「ええ、そうでしょう。しかしあなたを引き取られた時、すでに血縁など、旦那さまには関係のないことだったのです」

淡々としたカロンの言葉を、少年は棺の少女の輪郭を目でなぞりながら、まるで他人の物語のように聞いていた。

「私が旦那さまと初めてお会いしたのは、奥さまがまだ赤子だったお兄さまを残して身罷《みまか》られた直後のことでした。まさに絶望のどん底にあった旦那さまに、私はエリスをお贈りしたのです」

「エリス……」

彼女の手に握られた銀の短剣には「罪深き者よ、安らかに眠れ」という文言が、この国の言葉で彫り込まれていた。しかしその上の、少女の名と思しき部分はあまり見ない綴《つづ》りになっている。「イーリス」あるいは「エリーゼ」ならば分かるが、「エリス」という名前は一般的ではない。

「旦那さまは、彼女を得たことにより悲しみから徐々に立ち直られました。……当然、彼女と奥さまは似ても似つきません。確かに生前の奥さまは若くお美しい方でしたが、御髪《おぐし》の色も面差しも背丈も違いますし、そもそもこのような少女ではございません。しかし、旦那さまが奥さまと出会われたのがちょうど奥さまが十七の頃だったと申しますから、その時分の奥さまとのことを思い出されて、お気持ちを慰めていらしたのでしょう……少なくとも、初めのうちは」

最後の呟きが不穏に響いた。

「旦那さまはエリスのことを、次第に奥さまご自身であると思うようになられたのです」

少年は暫し、唖然《あぜん》とした。

「まさか……そんなに、都合よく事実をねじ曲げて信じ込めるはずがない」

「人間とは、かくも不思議な生き物ですね。地獄で天国を視《み》ることもできるのですから」

カロンはどこか寂しげに言った。

その話が仮に真実だとするならば、自分が今までずっと父として慕ってきた人物にとって、自分はどんな風に見えていたというのだろう。

急に父が知らない人間になってしまったようで、少年は小さく震えた。

「旦那さまは本当の奥さまのお写真も焼いておしまいになりました。恐らくは、無意識に整合性を取ろうとしてなさったことでしょう。私にも、旦那さまのお心の変化をすべて捉えることができたわけではありませんが……一つ申し上げられるのは、旦那さまには奥さまを『二度と死ぬことのない存在』として永遠に愛したいという願いがおありになったことです」

——愛する者を亡くした父にとって、「腐敗しない死体」は希望だったのか。

そしてイザークを亡くした時、兄も同じものを渇望した。たとえそれが、いつかは綻《ほころ》びることになる偽《いつわ》りの楽園だとしても。

多くを失った今の少年には、それを完全に否定することはできなかった。

「ご両親を亡くされた坊ちゃんを引き取られたのも、もちろん妹ご夫妻と坊ちゃんを憐れまれてのことでしょうが、あるいは彼女——奥さまとの新たな息子として授かったと思われたかったのかもしれませんね……。あとは、坊ちゃんもご存じの通りです。一度目に扉が開いた時、お二人はまだ心身ともに未成熟でいらっしゃいました。お兄さまのほうは少々危険でしたが、それでもエリスとの接触を絶つことで一時的に彼女から逃れることができる程度には幼かった。しかし十年も経てばそういきません。彼女は幼かった頃のお兄さまの心に恋の種を植えつけていた。発芽するのは時間の問題でした。そして旦那さまもまた、愛する子供が妻を奪う若い男へと変わった時、自らも父ではなく一人の男として闘わざるを得なかったのです」

　そして兄は恋のために心を病んで死に、自分の過《あやま》ちを悔いた父が自死を選んだ……とでも言うのか。

「馬鹿《ばか》げてる」

　少年は吐き捨てた。

「たかが死体のために、生きている人間が二人も、それも実の親子同士が憎しみあって死んだ……？」

「坊ちゃん、彼女はただの死体ではありませんよ」

「腐らないって言うんだろ!?　でも、それだけだ。死体には変わりない！」

　肩に掛けられた腕を振り払い、少年はエリスから目を背けるように立ち上がると、カロンを睨みつけた。カロンはその視線を感心したように見返す。

「ええ……坊ちゃんにとっては、きっとそうなのでしょう」

「――何が言いたい」

「確かに、彼女の肉体は腐敗しないということを除けば単なる遺体に過ぎません。実際、最初はただの偶発的な不朽体、あるいは高度な技術をもつ何者かの手により保存された遺体だったのでしょう。しかしそんな彼女も、永《なが》い時の中で少しずつ『ただの死体』ではなくなってしまったのですよ」

カロンが語りだしたのは、腐敗しない遺体・エリスの、世にも奇妙で、不気味で、忌まわしい作用の話だった。

「魂も意思もない虚《うつ》ろな彼女は、見る者の想い次第で何者にもなり得ます。ですが結局、それは彼ら自身の内面を反射したものにすぎません。彼女を介して彼らは自分の内面世界を覗き込みます。無限に続く反射の中に放り込まれれば、たとえはじめは種火のような小さな光だとしても、それはすぐに目を焼くほどの光にまで膨れ上がるでしょう。――人の感情を増幅させること。それが恐らく、彼女のもつ魔力の本質」

「魔力……?」

「ええ、立派に効く魔力です。そして彼女自身にもまた、触れた感情や出来事が見えない形で蓄積されてゆくのです。長い時間の中で少しずつ彼女の肉体に蓄積されたものが、彼女に……そうですね、『存在の力』としか呼びようのない力を与えてきた。少なくとも私はそう解釈しています。本来ただの美しい死体にすぎなかった彼女は、そうして朽ちることなく多くの人々の手を転々としてゆくうちに、人を惹きつける魔性《チャーム》の魅力を備えたのでしょう。彼女に恋をした者は悲劇的な末路を辿り、それを糧《かて》にして彼女はさらに運命に作用する力を蓄える……」

まるで悪趣味なお伽噺だった。

「その話が本当だとして、お前は二十年以上前から『彼女』のことを知っていて、共に過ごしてきたんだろう。なのに、なぜ平気でいられるんだ」

「……それは私がどうしようもなく惹かれてしまうものが、彼女自身ではないからです。そして、それこそが、いつからか連綿と続く棺の担《にな》い手『カロン』の呪い――」

カロンは重い息を吐く。

「奇妙な力を持つとはいえ、彼女は死体です。運ぶ者がいなければ、彼女はどこへも移動できない――そこで彼女は単なる物体でありながら、あたかも生物のように振る舞いはじめたのです。……自らに良質な餌《えさ》を与えてくれる者への寄生ですよ」

ぞわりと肌が粟立《あわだ》った。

「彼女の魔力《チャーム》は『カロン』に作用しない――しかし、代わりにあるものへの欲求を異常に高め、彼女を次々と新たな人間のもとへと運び続けるよう仕向けるのです」

「……あるもの？」

「物語、ですよ」

カロンの瞳は、その声色《こわいろ》と同じように、ひどく暗いものだった。

「誰かの人生を覗き見たいという欲求、人の不幸に感じる悦楽、あるいは甘美な悲劇を観ることで得られるカタルシス……大抵の人間が多かれ少なかれ持っている感情。それを増幅させ、彼女は、自らを巡る物語の味を少しずつ『カロン』に覚えさせるのです」

「では、お前は……」

「旦那さまは本当にいい方でした。最初、私は本当に、悲しむあの方を少しでも励ましたいと思っていただけでした。でも……呪いからは逃れられなかった」

「お前が使用人として仕えていたのは、僕たち家族の顚末《てんまつ》を間近で見るためか？」

「……ええ、その通りです」

カロンの顔が歪んだ。無理に人の悪い笑みを浮かべようとしたような表情だった。

——本当に、それだけだったのだろうか。

二十年という歳月は無視できぬほど長い。その間を、この男は有能な使用人としてこの館に仕えてきた。息子である少年よりも彼のほうが、父と多くの時間を過ごしてきたのだ。

ふと、少年はずっと気になっていたことを訊《き》いてみる気になった。

「お前、一体いくつなんだ……？」

するとカロンは少しだけ、声を出して笑った。昔、彼が少年の遊び相手をしてくれていた頃、時折見せたのと同じ笑みだった。

「そう若くはございませんよ。少なくとも、見た目ほどには……。どうしてか、彼女の運び手というのは、多少そうした影響を受けてしまうのでしょうね。私もよく、自分の周りだけ時の流れが早回しになっているように感じたものです……しかし、ただの人間であることに変わりはありません。ですから、私自身が『カロンの舟』の厄介《やっかい》になる前に、彼女を誰かに譲り渡さなければならないのです。新しい、エリスの運び手に」

そう言って、カロンは少年の瞳を真正面から捉えた。

「坊ちゃん……どこまでもあなたに不幸をもたらすことしかできない、この罪深い使用人のことを、どうぞお恨みください」

カロンはそっと少年の手を取ると、その手に金の鍵を握らせる。

まるで死体のように冷えきった手だった。

「何を……」

「坊ちゃん。あなただけが生き残り、あなただけが彼女を『たかが死体』と言い切った。

その事実がすべてです」

受け継がれるカロンの呪い。彼女自身に惹かれることのない唯一の存在であり、彼女の見せる物語にどうしようもなく惹かれることを運命づけられた者――。

少年は手の中に残されたものに呆然と目を落とす。

その瞬間、頭の中で、鍵の回る乾いた音を聞いた気がした。

――隣で何かがゆらりと傾いだ。

「旦那さま……ああ、やっと――」

視界の端に、銀色の光が閃《ひらめ》く。

「……ッ! やめろ、カロ――」

振り向いた少年の目の前が真っ赤に染まった。

使用人の男は深紅の花を首に咲かせ、ばったりと仰向《あおむ》けに倒れた。謎めいた輝きを宿していた瞳からは急速に光が消え失せ、少年の革靴の周りに赤黒い水が広がってゆく。

息絶えた男は、絶望と安堵《あんど》とをわずかな笑みの中に滲ませ、その顔は長旅を終えた老人のように見えた。

男の首から生えていたのは、たった今まで棺の少女が手にしていた短剣だった。

『罪深き者よ、安らかに眠れ』

頭の芯が痺《しび》れた。心臓が脈を打つ。

粉々に砕かれた自分の心が、急速に見知らぬ形へ再構成されてゆく。

少年は、足元に転がっている自らの運命をぼんやりと見下ろした。

——Eris
——ああ、思い出した。

それは古き異国の神の名だ。夜と闇との間に生まれた、不和と争いをもたらす娘にして、あらゆる厄災《やくさい》の母——その女神の名を、エリスという。

◆◆◆

今、小さな画房の扉を叩いたのは、褐色の髪と鳶色の瞳が特徴的な青年だ。

不安そうな面持《おもも》ちでそこに住む画家の名を呼ぶが、中からの返事はない。

恐る恐る把手《とって》に手を掛けると鍵はかかっておらず、いやにすんなりと扉は開いた。

その瞬間に鼻を衝《つ》いた異臭が明らかに絵の具とは別種のものであることに、彼の心臓は激しく鼓動し、果たして予感は最悪の形で的中した。

昼下がりの暖かな陽光がカーテンを透かして窓から差し、画房の中は仄《ほの》明るい。

倒れ伏して動かない人物――実の弟の変わり果てた姿を目の当たりにして、彼は為す術《すべ》もなくその場に座り込んだ。

部屋は嵐が過ぎ去ったあとかと思うような、殺伐《さつばつ》とした様相を呈《てい》していた。画布は漂着した難破船のように破壊され、床の上には破り捨てられた紙が散らばっている。

そして、切り裂かれた描きかけの油絵や、無数のラフ画に描かれているのがすべて同一の少女であることに気がついた彼はゾッとした。

散り散りになった紙で埋め尽くされた床には一箇所だけ、切り取ったように床が見えている場所があった。弟はその場所に寄り添うようにして死んでいた。まるで、愛しい者がそこで眠っていたかのように。

これではまるで、絵の中の架空の少女と心中してしまったかのようではないか。

死んだ画家の兄である彼は何とか立ち上がると、とにかく誰かに助けを求めるため、よろけながら外へと走り出た。

ばたん、と扉が閉まる。

彼は結局、気がつかなかったらしい。再び静寂が戻ってきた画房の中に、たった一枚、少女以外をモデルとしたもので、完成した油絵があった。

窓辺の古びた椅子に立て掛けられた画布。

その画面の中では、柔らかな光に満たされた窓辺に寄りかかって、不思議に輝く青い瞳をした男が一人、静かに微笑んでいた。

暮れ方。男が一人、墓地に佇んでいた。

墓参者らしく全身を漆黒の揃いで固め、黒い手袋をして、山高帽をかぶっている。

しかし、男が手向《たむ》けの真っ白な麝香撫子《ネルケ》の花束を置いたのは、ろくに墓石も立てられていないような荒涼とした区画だ。そこは身元不明の遺体や、まともに葬儀も出せないような者たち——自殺者のための埋葬場所だった。

つい最近、そこに新たな棺が葬られたことを男は知っていた。男の花束のすぐ隣には同じような花束が置かれており、元は白い花びらが端のほうから茶色く枯れてきていた。きっと、埋葬された者の家族がせめてもの弔《とむら》いにと手向けていったものだろう。

「……あの、もしかして、ゆうべの方のお知り合いですか？」

不意に背後から声を掛けられて振り返ると、質素な身なりの少年が男を見上げていた。

「君は？」

男が尋ねると、まだ変声期を迎えていない高い声が「この教会の墓守です」と答えた。

「君一人で、この墓地の管理を？」

「はい。ちょっと前にはもう一人いたんですけど」

「……ご家族は、どうしていらっしゃるんだい？」

「かぞく……？」

聡明そうな少年は、そこで急に知らない外国の言葉を聞いたように考え込んだが、ややあって、パッと明るい表情になった。

そして、言った。

「お墓の下です」

少年の笑顔は、死にゆく夕陽を浴びて真っ赤に照り映えた。

「ここのみんなが僕の家族です。だから、ゆうべの方も僕の新しい家族なんですけど、石がないから名前が分からなくて……あの、もし知ってたら、教えてもらえませんか?」

男は、腹の底が冷たくなってゆくような気がした。

「――いや、知らないね。すまない」

「そうですか……」

少しだけ残念そうにする少年の表情は、純粋そのものだった。

この少年にとって、死とは即ち隣人を意味するのだ。いや、ひょっとすると彼自身、自らを生者とは感じていないのかもしれない。

歪な少年だった。……だが、心惹かれる。

彼に「彼女」を与えたら、一体どんな物語を見せてくれるのだろう。

「……では、いずれ、私が君の花嫁を連れてくることにしよう」

「はなよめ？」

「ああ。君ならきっと気に入ってくれるはずだ——」

夕陽を背にして、男の青い瞳は炯々《けいけい》と輝いた。

※この作品はフィクションです。実在の人物・団体・事件などにはいっさい関係ありません。

集英社オレンジ文庫をお買い上げいただき、ありがとうございます。
ご意見・ご感想をお待ちしております。

●あて先
〒101-8050　東京都千代田区一ツ橋2-5-10
集英社オレンジ文庫編集部 気付
柳井はづき先生

花は愛しき死者たちのために

集英社オレンジ文庫

2022年 7 月25日　第1刷発行
2022年12月 7 日　第2刷発行

著　者　柳井はづき
発行者　今井孝昭
発行所　株式会社集英社
〒101-8050東京都千代田区一ツ橋2-5-10
電話【編集部】03-3230-6352
【読者係】03-3230-6080
【販売部】03-3230-6393（書店専用）
印刷所　図書印刷株式会社

ISBN 978-4-08-680458-5 C0193